DESEO

AF274417

CATHERINE MANN

TODO LO QUE DESEO

Editado por Harlequin Ibérica.
Una división de HarperCollins Ibérica, S.A.
Avenida de Burgos, 8B - Planta 18
28036 Madrid

© 2024 Harlequin Ibérica, una división de HarperCollins Ibérica, S.A.
N.º 548 - 27.9.24

© 2011 Catherine Mann
Todo lo que deseo
Título original: Billionaire's Jet Set Babies

© 2012 Catherine Mann
Honradas intenciones
Título original: Honorable Intentions
Publicadas originalmente por Harlequin Enterprises, Ltd.
Estos títulos fueron publicados originalmente en español en 2012

I.S.B.N.: 978-84-1074-084-6
Depósito legal: M-16549-2024
Impreso en España por: BLACK PRINT
Fecha impresión para Argentina: 26.3.25
Distribuidor exclusivo para España: LOGISTA
Distribuidora para México: Distibuidora Intermex, S.A. de C.V.
Distribuidores para Argentina: Interior, DGP, S.A. Alvarado 2118.
Cap. Fed./Buenos Aires y Gran Buenos Aires, VACCARO HNOS.

Capítulo Uno

Desde que creara su propia empresa de limpieza de aviones privados, Alexa Randall había encontrado un sinfín de objetos que la gente se dejaba olvidados, y había de todo. La mayoría de las veces eran cosas como por ejemplo un *smartphone*, una *tablet*, una carpeta, un reloj… Siempre se aseguraba de hacérselos llegar a su dueño. Pero también había encontrado cosas más comprometidas, como unas braguitas, unos boxers, y hasta algún juguete erótico. Todas esas cosas las recogía con unos guantes de látex y las tiraba a la basura.

Sin embargo, el hallazgo de ese día marcaría un hito en la historia de A-1 Servicios de Limpieza de Aviones Privados. Nunca antes alguien se había dejado un bebé a bordo. Bueno, dos en aquel caso.

Al verlos, se le cayó al suelo el cubo en el que llevaba los productos de limpieza, y aquel golpe seco sobresaltó a los pequeños, que dormían hasta ese momento. Sí, dos niños gemelos, con el pelito rubio y rizado y mofletes de querubín. Los niños debían tener más o menos un año y a juzgar por la ropita azul y rosa que llevaban respectivamente debían ser niño y niña.

Estaban sentados en sendas sillitas de bebé sobre un sofá de cuero a un lado del avión, el avión privado de Seth Jansen, el dueño de Aviones Privados Jansen. El mismo que se había hecho millonario al inventar un mecanismo de seguridad con el que prevenir atentados terroristas en los despegues y los aterrizajes.

Si conseguía añadirlo a su cartera de clientes su pequeña empresa de limpieza despegaría, pero para eso tenía que lograr impresionarlo con su trabajo.

Los niños parpadearon y se movieron un poco, pero al cabo de unos segundos volvieron a quedarse dormidos. Alexa se fijó en un papel que había enganchado en el bajo del vestidito de la niña con un imperdible. Se inclinó hacia delante y entornó los ojos para leerlo.

Seth, siempre has dicho que querías pasar más tiempo con los gemelos, y ahora tienes la oportunidad de hacerlo. Perdona que no haya podido avisarte con tiempo, pero es que un amigo me ha sorprendido invitándome a una estancia de dos semanas en un spa. Disfruta ejerciendo de papá con Olivia y Owen.

Besos y abrazos, Pippa.

¿Pippa? Alexa se irguió espantada. ¿Pippa Jansen, la ex de Seth Jansen? Aquello era surrealista. Alexa se metió las manos en los bolsillos del pantalón, unos chinos de color azul oscuro que eran, junto con el polo azul, que llevaba el logo de la compañía, el uniforme de A-1.

¿Qué mujer firmaría una nota con «besos y abrazos» a un hombre del que se había divorciado y que, por lo que daba a entender, no se preocupaba en absoluto de sus hijos? Anonadada, Alexa se dejó caer en un sillón frente a los pequeños pasajeros. ¡No podía creerse que hubiese podido ser tan insensible como para dejar a sus hijos en el avión privado de su exmarido sin haberle dicho nada!

Los ricos jugaban según sus reglas, una triste realidad que ella conocía demasiado bien porque se había criado en ese mundo. La gente le había dicho muchas veces lo afortunada que había sido su infancia. ¿Afortunada de haber tenido una niñera con la que había pasado más tiempo que con sus padres? Lo mejor que le había pasado en la vida era que su padre hubiese llevado a la ruina la empresa familiar. Lo único que le había quedado a Alexa había sido un fondo fiduciario de su abuela con 2000 dólares, que había invertido en hacerse socia de una empresa de limpieza que estaba a punto de irse a pique por la dueña, Bethany, una mujer ya mayor que no podía seguir cargando con todo el trabajo ella sola. Alexa había recurrido a sus contactos y había conseguido revitalizar el negocio.

Su ex, Travis, se había mostrado horrorizado al conocer su nueva ocupación, y se había ofrecido a ayudarla pasándole una pensión para que no tuviera que trabajar, pero Alexa había declinado sin dudar su ofrecimiento. Prefería fregar suelos y limpiar inodoros a depender de él.

Cuando otra empresa la había llamado para subcontratar la suya para encargarse de la limpieza de uno de los aviones privados de Jansen apenas había podido creer que hubiese tenido tan buena suerte.

Pero ahora que se había encontrado con «aquello», tenía un serio problema. No podía ignorar a esos dos bebés y seguir limpiando.

Tendría que llamar a seguridad, y a la ex de Jansen podían meterle un buen puro, y posiblemente también a Jansen. Y ella perdería la oportunidad que llevaba tanto tiempo esperando. Tenía que localizar al padre de los gemelos cuanto antes.

Tomó el móvil y buscó el número de Aviones Privados Jansen. Lo tenía porque llevaba casi un mes intentando conseguir una entrevista con Jansen, pero sólo había logrado que su secretaria accediera a pasarle el folleto de A-1 con su propuesta.

Miró a los pequeños, que seguían durmiendo plácidamente. En fin, tal vez surgiera algo bueno de aquello si conseguía hablar con Jansen, sólo que no sería como había planeado, y dudaba que estuviese muy receptivo cuando supiese el motivo de su llamada.

–Aviones Privados Jansen; espere un momento por favor –le contestó una voz femenina, y la dejó en espera con una música de fondo.

Un ruidito llamó su atención, y al alzar la vista vio que Olivia, la niña, estaba removiéndose en su sillita, dando patadas, acababa de tirar al suelo su mantita y poco después le siguió un zapato. Justo en ese momento la pequeña escupió el chupete y empezó a lloriquear, despertando a su hermano, que parpadeó y contrajo el rostro. A los pocos segundos se le había contagiado el llanto de su hermana.

Sin apartar el móvil de su oído, Alexa intentó tranquilizarlos.

—Eh, pequeñines, no lloréis —les dijo—. Supongo que tú debes de ser Olivia —le dijo a la niña, haciéndole cosquillas en el pie descalzo. Ésta dejó de lloriquear y se quedó mirándola. Su hermano se calló también, para alivio de Alexa—. Y tú eres Owen, ¿a que sí? —le dijo al niño, acariciándole la tripita—. Ya sé que no me conocéis, pero hasta que aparezca vuestro padre tendréis que confiar en mí.

Recogió del suelo la mantita, la dobló y la dejó sobre el sofá antes de peinar con la mano los rizos de Owen, que estaba empezando a inquietarse de nuevo, mientras volvía a escuchar por cuarta vez la misma melodía en el teléfono.

¿Y si los niños se ponían a llorar otra vez o les entraba hambre? Abrió la cremallera de la bolsa de tela y se puso a inspeccionar su contenido. Leche en polvo, potitos, pañales… Con suerte quizá la tal Pippa hubiese dejado alguna dirección de contacto en caso de que el padre no se presentara.

El ruido metálico de pisadas en la escalerilla del avión la hizo incorporarse y volverse justo en el momento en que un hombre aparecía en el umbral de la puerta. Era alto y ancho de espaldas, pero como estaba a contraluz no podía verle la cara. De manera instintiva, Alexa se colocó delante de los niños en actitud de protección y luego cerró el teléfono.

—¿Puedo ayudarle en algo?

El hombre se adentró un poco más, hasta que las luces del techo iluminaron su rostro. Alexa lo reconoció de inmediato, porque había estado buscando información sobre su compañía en Internet y había visto algunas fotos: Seth Jansen, fundador y presidente de Aviones Privados Jansen.

Las piernas le flaquearon de alivio; ya no tendría que preocuparse por qué hacer con los niños. Aunque quizá no fuera sólo de alivio. El tipo era aún más guapo en persona. Debía medir un metro noventa y el traje gris que llevaba, y que tenía toda la pinta de ser caro y hecho a medida, resaltaba su cuerpo musculoso. De pronto, a Alexa le pareció como si el espacioso interior del avión hubiese encogido.

Su cabello rubio oscuro tenía algunas mechas más claras, por efecto del sol, como atestiguaba también su piel morena. Además, olía a aire fresco no a *aftershave*, a colonia y a puro, como su padre y su ex, se dijo arrugando la nariz al recordar esos olores.

Incluso sus ojos evocaban la naturaleza. Eran del mismo verde que las aguas del Caribe que bañaban la costa de la isla de San Martín, al este de Puerto Rico, donde había estado una vez. Ese verde brillante que hacía que uno quisiese zambullirse de cabeza para explorar sus profundidades. Se estremeció de imaginarse nadando por esas aguas cristalinas y se reprendió por estar pensando esas cosas tan poco apropiadas y mirando boquiabierta a aquel hombre como si fuese una divorciada hambrienta de sexo. Que era lo que era en realidad.

–Ah, señor Jansen. Buenas tardes –lo saludó–. Soy Alexa Randall, de A-1 Servicios de Limpieza de Aviones Privados.

Él se quitó la chaqueta y, al fijarse en que llevaba el cuello de la camisa desabrochado y la corbata aflojada, a Alexa le hizo pensar en un nadador olímpico confinado en un traje de ejecutivo.

–Ya veo –dijo él. Miró su reloj–. Sé que llego pronto, pero es que tengo que salir lo antes posible, así que si pudiera darse un poco de prisa, se lo agradecería.

Y pasó por delante de ella y de los niños –sus niños– sin mirarlos siquiera. Alexa se aclaró la garganta.

–¿Sabía que va a tener compañía en el viaje?

–Se equivoca usted –respondió él, guardando su maletín en un compartimento sobre el asiento en el que había dejado su chaqueta–. Hoy viajo solo.

–Pues me temo que ha habido un cambio de planes.

Seth giró la cabeza para mirar a Alexa Randall. Sí, sabía quién era aquella guapa rubia, pero no tenía tiempo y no estaba interesado.

–¿Le importaría decirme de qué habla?

Tenía menos de veinte minutos para ponerse en camino desde Charleston, Carolina del Sur, a San Agustín, en Florida. Tenía una reunión de negocios para la que llevaba seis meses preparándose, una cena con los Medina, una familia real que vivía en el exilio en los Estados Unidos. Un buen negocio si la cosa salía bien; una oportunidad única, de las que sólo se dan una vez en la vida.

Le daría la libertad necesaria para volcarse más en la filial filantrópica de su compañía. Libertad... una palabra que había adquirido para él un significado muy distinto en comparación con los días en los que había pilotado un avión fumigador en Dakota del Norte.

–Le estoy hablando de… esto.

Alexa le tendió un papel y se hizo a un lado, dejando al descubierto a… ¡sus hijos! Tomó el papel y lo leyó. ¿Qué? ¿En qué diablos estaba pensando Pippa dejándole a los gemelos así? ¿Cuánto tiempo llevaban allí? ¿Y por qué diablos no lo había llamado en vez de dejarle una nota, por amor de Dios?

Sacó el móvil del bolsillo de su chaqueta y la llamó, pero de inmediato le saltó el buzón de voz. Sin duda estaba evitándolo. Justo en ese momento le llegó un mensaje. Lo abrió, y todo lo que decía era:

Kería asegurarme d k lo supieses. Te dejo a los gmlos en el avión. Perdona x no decírtelo antes. Bsos.

–¿Qué diablos…? –Seth se contuvo antes de soltar una palabrota delante de los niños, que estaban empezando a aprender a decir sus primeras palabras. Guardó el teléfono y se volvió hacia Alexa–. Perdone que mi ex le haya obligado a hacer de niñera. Naturalmente le pagaré un extra. ¿No se fijaría usted en qué dirección se fue? –le preguntó.

–Su exmujer no estaba aquí cuando llegué. He intentado llamarlo a su oficina –respondió Alexa levantando su móvil–, pero su secretaria no me dejó decir una palabra y me puso en espera hasta que ha aparecido usted. Si llega a tardar un poco más habría tenido que llamar a seguridad y habría venido alguien de los servicios sociales y…

A Seth se le estaba revolviendo el estómago de sólo pensarlo y alzó una mano para interrumpirla.

–Gracias, es suficiente; ya me hago una idea de lo que habría pasado.

A Seth le hervía la sangre. Pippa había dejado solos a los niños dentro de un avión en su aeropuerto privado. ¿Y cómo la había dejado subir allí el personal de seguridad? Probablemente porque era su ex. Allí iban a rodar cabezas. Estrujó la nota de Pippa y la arrojó. Luego se relajó para no asustar a los pequeños, y desabrochó el cinturón de la sillita de Olivia.

–Eh, ¿qué pasa, princesa? –dijo levantándola muy alto para hacerla reír.

La niña dio un gritito, entusiasmada, y cuando sonrió Seth vio que le había salido un diente. Olía a melocotón y a champú de bebé, y no había tiempo suficiente para darse cuenta de todos los cambios que parecían sucederse día a día en sus hijos.

Quería a sus hijos más que a nada en el mundo, desde el instante en que los había visto moviéndose en una ecografía. Había sido una suerte que Pippa le hubiese dejado estar presente el día en que habían nacido, teniendo en cuenta que ya entonces había empezado el procedimiento de divorcio. Detestaba no poder estar cada día con ellos, perderse los momentos importantes, por pequeños que fueran.

Alargó la mano y le revolvió el cabello a Owen.

–Eh, chavalín, os he echado de menos.

Lo tomó en brazos también y se dijo que tenía que mantener la cabeza fría. Enfurecerse no le serviría de nada. Tenía que averiguar qué iba a hacer con sus hijos. No podía llevárselos con él.

En la época en la que se había mudado a Carolina del Sur había sido un idiota de remate que se había dejado deslumbrar por el lujo. Así fue como se había acabado casado con su ex. Se había criado con unos valores sencillos, en un entorno rural, pero había perdido aquellos valores cuando había ido en busca de playas y fortuna.

Ahora vestía aquellos trajes de chaqueta y corbata en los que se sentía prisionero, y ansiaba los momentos de soledad que le proporcionaban esos vuelos de un lugar a otro. Sin embargo, había aprendido que, si quería hacer negocios con cierta gente, tenía que vestirse de acuerdo con el papel que tenía que representar y aguantar las pesadas reuniones de negocios. Y aquel posible acuerdo con la familia Medina era muy importante para él. Miró su reloj y dio un respingo. Debería haber salido ya.

—¿Le importaría sujetar un momento a mi hijo mientras hago unas llamadas? —le pidió a Alexa.

—No, por supuesto que no.

Alexa extendió los brazos, y cuando Seth le pasó al pequeño le rozó sin querer un seno con la mano. Era un seno blando y tentador. Aquel simple y breve roce accidental lo excitó de un modo inesperado.

Alexa gimió como si le hubiese dado una descarga eléctrica. Lo mismo que le había pasado a él.

Olivia apoyó la cabecita en su hombro con un bostezo, devolviéndolo a la realidad. Era un padre con responsabilidades. Pero también era un hombre. ¿Cómo podía ser que no se hubiese fijado en el atractivo de aquella mujer al subir al avión? ¿Tanto lo había cambiado el ser rico que estaba empezando a ignorar a quienes estaban por debajo de él? Aquel pensamiento lo incomodó, pero también hizo que mirara a Alexa con más detenimiento.

Llevaba el cabello, de un rubio claro, recogido con un sencillo pasador plateado, y vestía unos pantalones de color azul oscuro y un polo azul claro que hacía juego con sus ojos. No le quedaba ajustado, pero tampoco disimulaba sus curvas.

En otras circunstancias le habría pedido su teléfono, la habría invitado a cenar en uno de los ferris que recorrían el río, y la habría besado bajo el cielo estrellado hasta dejarla sin aliento. Pero ya no tenía tiempo para citas románticas; el trabajo lo mantenía muy ocupado y estaban también sus hijos.

Sus ojos se posaron en el logotipo que llevaba impreso el polo de Alexa, el mismo que llevaba el papel de la carta de presentación que le había enviado con el folleto informativo de su pequeña empresa, A-1 Servicios de Limpieza de Aviones Privados.

–Sí, le envié una carta ofreciéndole nuestros servicios –le dijo ella enarcando una ceja cuando él levantó la cabeza–. Supongo que ése será el motivo por el que estaba mirando mi polo, ¿no?

–Evidentemente; ¿por qué iba a mirarlo sino? –respondió él con aspereza–. Debería haber recibido una respuesta de mi secretaria.

–La he recibido, y cuando no tenga tanta prisa le agradecería que me concediese una entrevista, porque si no es molestia querría que me explicase los motivos por los que ha rechazado mi propuesta.

–Le ahorraré tiempo y me lo ahorraré a mí también: no me interesa correr riesgos con una compañía tan pequeña como la suya –le dijo él.

Alexa lo miró con los ojos entornados.

–No leyó mi propuesta hasta el final, ¿verdad?

–La leí hasta que mi intuición me dijo que dejara de leer.

–¿Y se dejó llevar por su intuición?

–Así es –respondió él, con la esperanza de que su respuesta pusiera fin a aquella incómoda situación. De pronto, lo asaltó una sospecha–. ¿Y cómo es que está usted limpiando en vez de alguien de la compañía con la que tengo contratado el servicio de limpieza?

–Nos han subcontratado porque no daban abasto, y obviamente no iba a rechazar una oportunidad para impresionarlo –le dijo.

Parecía que no se había achantado a pesar de que hubiera rechazado su propuesta, pensó él. Guapa y arrogante; una combinación peligrosa.

–Ya, bueno, si no le importa tengo que hacer esas llamadas –respondió sacando de nuevo el móvil.

–Entonces no lo molestaré –dijo Alexa. Metió la mano en la bolsa de tela con las cosas de los bebés y sacó dos tortas de arroz. Le dio una a Owen y otra a Olivia–. Así estarán callados mientras habla.

Owen se puso a mordisquear su torta mientras los dedos de su otra mano se enredaban y tiraban del pelo de Alexa, que curiosamente ni se quejó.

Seth marcó el número de su ex… y volvió a saltarle el buzón de voz. Luego se puso a llamar a varios familiares, pero cinco llamadas después no había conseguido que alguien accediera a ayudarlo.

Claro que las excusas eran convincentes: su prima Paige tenía a sus dos hijas con amigdalitis; su primo Vic le había dicho que su esposa acababa de dar a luz a su tercer hijo… ¡Pero él tendría que haber salido hacía ya cinco minutos!

Mientras le daba vueltas a todo vio a Alexa colocarse a Owen en la cadera como si fuera algo cotidiano. Era evidente que se le daban bien los niños. De pronto se le ocurrió una idea. Quizá fuera absurda, pero no tenía demasiadas opciones.

Aunque le había dado a entender a Alexa que se había leído su propuesta por encima, no era cierto. El espíritu emprendedor de la joven, que había logrado revivir una empresa moribunda, captó su interés, pero su instinto le dijo que no era el momento de arriesgarse. No cuando su negocio estaba expandiéndose. Necesitaba una agencia de servicios de limpieza consolidada, aunque le costase más dinero.

Pero dejando eso a un lado, lo que necesitaba en ese momento era una niñera. Alexa parecía una persona responsable y de confianza, y saltaba a la vista que se manejaba bien con los niños. Era como si hubiese caído del cielo. Tomada la decisión, se lanzó.

–Tengo una propuesta para usted. Si viaja con los niños y conmigo a San Agustín y hace de niñera las próximas veinticuatro horas, le dejaré que me exponga su propuesta en detalle –le dijo Seth–. No voy a cambiar de opinión, pero le explicaré por qué la rechacé. Podría serle útil si quiere hacerle una propuesta similar a otras empresas. E incluso estoy dispuesto a darle unos cuantos contactos; muy buenos contactos. Y le pagaría bien, por supuesto: la paga de una semana por un día de trabajo.

Ella lo miró suspicaz.

—¿Veinticuatro horas haciendo de Mary Poppins a cambio de consejos y unos cuantos contactos?

—Creo que podré encontrar una persona que se ocupe de los niños en veinticuatro horas pero entre tanto me haría un gran favor.

Tiempo atrás habría añadido para sus adentros que también le bastaban veinticuatro horas para seducir a una mujer, pensó recorriendo las curvas de Alexa con la mirada. Lástima que no pudiese aprovechar aquel viaje para desempolvar esa habilidad.

—¿Y se fía de dejar a sus niños con una extraña? —inquirió ella en un tono que rezumaba desdén.

—¿Le parece que éste es el momento adecuado para criticarme como padre?

—Podría llamar a una agencia para que le manden a una niñera.

—Ya lo he pensado, pero tengo que salir cuanto antes y es imposible que puedan mandarme a alguien a tiempo y puede que a mis hijos no les guste la persona que manden, y con usted en cambio parece que están a gusto –le respondió Seth–. Además, sé quién es usted –incapaz de resistirse, tocó con el dedo el logotipo del polo de Alexa, justo encima del pecho. Fue un instante, pero casi le pareció que iba a salir una llama de su dedo–, y creo que es una persona en la que se puede confiar.

Alexa vaciló un momento.

—Bueno, mañana es mi día libre –murmuró pasando una mano por el logo, como si el contacto de su dedo permaneciese–. ¿De verdad me escuchará para aconsejarme, y me recomendará a otros?

–Palabra de honor –le dijo él, sonriendo.

–Antes de darle una respuesta, quiero que sepa que no pienso darme por vencida, seguiré intentando convencerlo para que contrate mis servicios.

–No tengo inconveniente en que lo haga.

Seth estaba seguro de haberle hecho una oferta lo bastante tentadora como para que aceptara, pero necesitaba una respuesta ya.

–Tengo que marcharme dentro de un par de minutos, así que si va a rechazar mi propuesta le agradecería que me lo dijera ya para poder buscar a otra persona –la presionó.

–De acuerdo –respondió ella–, trato hecho. Llamaré a mi socia para decírselo y…

–Estupendo –la cortó él–, pero después de que hayamos sentado a los niños. Ponga a Owen en su sillita y abróchele el cinturón –dijo mientras él hacía lo propio con Olivia.

Alexa obedeció, aunque aturdida.

–¿Pero dónde está el piloto? –inquirió alzando la vista hacia él mientras abrochaba a Owen.

Seth la miró y no pudo evitar preguntarse cómo sería ver esos ojos azules ardiendo de deseo. No iba a resultarle fácil concentrarse durante las próximas veinticuatro horas con aquella atractiva mujer a su lado, pero sus hijos eran su máxima prioridad.

–¿El piloto? –respondió con una sonrisa divertida–. El piloto soy yo.

17

Capítulo Dos

A Alexa le dio un vuelco el estómago y rezó para que llegaran sanos y salvos a su destino. Después de borrar cuatro llamadas perdidas de su madre y dejarle un mensaje a su socia, Bethany, Alexa apagó el móvil y se abrochó el cinturón de seguridad mientras Seth entraba en la cabina. Si el tipo tenía su propia compañía de aviones parecía lógico que supiese pilotar, se dijo. ¿Por qué entonces estaba nerviosa?

Porque aquel hombre la había descolocado, se respondió. Lo que le había ofrecido era inesperado, y hasta indignante, pero se dijo que no podía dejar pasar una oportunidad así. Lo que tenía que hacer era inspirar profundamente, relajarse, y concentrarse en encontrar la manera de hacer cambiar de opinión a Seth Jansen respecto a su propuesta.

Respecto a que pilotara él mismo el avión… había pensado que un hombre tan rico como él tendría a alguien que pilotara mientras él se tomaba una copa y leía los periódicos.

Observó a Seth, que había dejado abierta la puerta de la cabina mientras se preparaba para el despegue. Lo vio ajustar el micrófono de los auriculares mientras hablaba, comunicándose con la torre de control mientras ponía los motores en marcha.

El avión se deslizó fuera del hangar, y pasaron por delante de otros aviones hasta llegar a la pista. Los motores rugieron con más fuerza.

–Gulfstream Alpha a torre de Charleston. Dos, uno… Recibido… Preparado para el despegue…

La confianza con que Seth se desenvolvía ante los controles hizo que Alexa se relajara. Miró a los bebés, sentados uno a su izquierda y otro a su derecha, los pequeños que estarían a su cargo durante las próximas veinticuatro horas. Sintió una punzada en el pecho al pensar en lo que podía haber sido y no fue. Su matrimonio con Travis había sido un desastre. Aunque por una parte se había sentido aliviada de que no hubieran tenido hijos que habrían sufrido con su ruptura, por otra le habría gustado tenerlos.

El avión comenzó a elevarse hacia el cielo. Olivia y Owen se removieron inquietos en sus asientos, y Alexa alcanzó la bolsa de tela, por si acaso. ¿Tendrían hambre, querrían un juguete? Esperaba que no necesitaran aún que les cambiara el pañal, porque no podría hacerlo hasta dentro de un rato. Por suerte, justo cuando el pánico empezaba a apoderarse de ella, el ruido de los motores consiguió calmarlos y al poco volvieron a dormirse.

Dejó la bolsa en el suelo y se quedó mirando por la ventanilla, se veía que estaban dejando Charleston atrás. También atrás quedaba su apartamento vacío, y el teléfono que ya apenas sonaba porque después del divorcio sus amigos habían dejado de llamarla.

Las agujas de las iglesias salpicaban la ciudad, que se alzaba junto al junto al mar. Después de arruinarse sus padres se habían mudado a Boca Ratón para empezar de cero lejos de los rumores. ¡Qué irónico que las reservas que sus padres tuvieron en un principio respecto a Travis hubiesen resultado completamente erradas! Le habían insistido en que firmara un acuerdo prematrimonial. Ella se había negado, pero Travis le aseguró que no le importaba y firmó los papeles.

Alexa creyó que finalmente había encontrado al hombre de sus sueños, a un hombre que la quería de verdad.

Teniendo en cuenta que su padre había dejado a la familia sin un céntimo, podrían haberse ahorrado lo del acuerdo. Para cuando Travis y ella habían roto, él no había querido saber nada más de ella, de su familia, ni de lo que él llamaba su «obsesión por la limpieza».

El modo en que Travis parecía haberse desenamorado de ella de la noche a la mañana había sido un golpe a su autoestima del que le había costado bastante tiempo recuperarse. Ni siquiera podía echarle la culpa de su ruptura a otra mujer. Jamás dejaría que otro hombre volviese a tener el control sobre su corazón.

Razón de más para impulsar su pequeño negocio de limpieza y afianzar su independencia económica. No tenía nada más que eso, aparte de un montón de facturas por pagar, y una vida que reconstruir en su querida ciudad. Y por eso estaba allí, subida a un avión privado en dirección a San Agustín, con un extraño y dos adorables bebés. La costa se veía minúscula ahora que habían alcanzado más altitud.

–Alexa, querría…

La voz de Seth hizo que apartara la vista de la ventanilla, y al verlo de pie en el umbral de la cabina el estómago le dio un vuelco.

–¿No debería estar pilotando?

–He puesto el piloto automático –respondió–. Ya que los niños se han dormido me gustaría que viniera a la cabina para que charlemos. No tardaremos mucho en llegar, pero tendremos la oportunidad de hablar un poco más en profundidad de lo que espero de usted mientras estemos en San Agustín.

Alexa se fijó en que estaba mirándola con los ojos entornados, como analizándola. Aunque le hubiera ofrecido aquel trato antes de que salieran, era evidente que pretendía saber más de ella antes de dejarla al cuidado de sus hijos.

Se desabrochó el cinturón, fue hasta donde estaba Seth, y se detuvo, esperando a que volviera a su asiento frente a los mandos. Sin embargo, se quedó allí de pie, inmóvil, mientras sus ojos verdes la escrutaban. Alexa sintió un cosquilleo y un impulso repentino de apretarse contra su torso, contra aquel recio muro de músculos. Se estremeció y él sonrió de un modo arrogante, como si se diera perfecta cuenta del efecto que tenía en ella. De pronto retrocedió con un movimiento brusco para regresar al asiento del piloto, y le señaló a Alexa el del copiloto con un ademán para que se sentara en él.

Alexa tomó asiento, y se quedó mirando los aparatos del panel de control después de abrocharse el cinturón de seguridad. Seth accionó unos cuantos botones y retomó el control del avión.

Alexa se sentía incómoda por la manera en que se le disparaban las hormonas sólo con oír su voz acariciadora, o al notar su intensa mirada fija en ella. Estaba allí para hacer un trabajo, no para meter en su vida, ya bastante complicada, a un hombre, se dijo.

—Bueno, ¿y qué es tan importante para que no pudiera posponerlo? —le preguntó a Seth.

—Tengo dos pequeñas bocas que alimentar —respondió él—; y responsabilidades. Deberíamos tutearnos y dejarnos de formalidades. Necesito relajarme. Va a ser un día muy largo, y para mí no ha empezado precisamente bien, con esta sorpresa inesperada.

Alexa se volvió para mirar a los bebés, que seguían dormidos.

—Lo comprendo. ¿Y qué sueles hacer para relajarte?

—Volar.

Alexa giró la cabeza hacia él, y al verlo con la mirada perdida en el cielo azul salpicado de esponjosas nubes blancas, se dio cuenta de que aquello lo apasionaba. Aviones Privados Jansen no era sólo una compañía para él. Había convertido su afición, su pasión, en un negocio de éxito. Tal vez pudiera aprender algo de él sobre los negocios después de todo.

—Me da la impresión de que estabas deseando hacer este vuelo, ¿no? Resulta curioso que algo que tienes que hacer por trabajo y que conlleva estrés te ayude a relajarte.

Él la miró con el ceño fruncido.

—¿Esta sesión de psicoanálisis irá incluida en tus honorarios?

Alexa puso una mueca. Travis siempre le había dicho lo mismo, que parecía que quisiera psicoanalizarlo. La verdad era que tenía bastante experiencia pues se había pasado la adolescencia yendo de psicólogo en psicólogo. No podía negar que había necesitado ayuda, pero también habría necesitado que sus padres se comportasen como tales. Al ver que la ignoraban, había intentado llamar su atención desesperadamente, y aquello casi le había costado la vida.

¿Por qué estaba pensando en todo eso de repente? Seth Jansen y sus hijos habían hecho aflorar esos recuerdos que solía mantener a buen recaudo.

–Lo decía sólo por hablar de algo –respondió–. Creía que querías que charláramos para saber algo más de mí ya que voy a cuidar de tus hijos las próximas veinticuatro horas, pero si no es así no tienes más que decirlo.

–No, tienes razón, ésa es la idea. Y lo primero que he aprendido de ti es que no te dejas intimidar, y eso es algo muy bueno. Mis gemelos son todo un carácter, y cuando se ponen rebeldes hace falta una persona que sepa ser firme con ellos –contestó él–. Pero dime, ¿cómo es que una chica de buena familia acaba enfundándose unos guantes de goma para dedicarse a limpiar?

Ah, de modo que sabía algo de ella…

–Así que hiciste algo más que limitarte a leer mi carta de presentación –apuntó.

–Reconocí tu nombre… o más bien tu nombre de soltera. Tu padre era cliente de una compañía que compite con la mía, y tu marido alquiló uno de mis aviones en una ocasión.

—Mi exmarido —puntualizó ella.

—Cierto. Pero, volviendo a la pregunta que te había hecho: ¿qué te hizo trabajar de limpiadora?

¿Por qué no había emprendido un negocio más sofisticado, como el suyo? Porque tras su divorcio, un año atrás, había despertado en la amarga realidad de que no tenía dinero, ni había nada que supiera hacer para subsistir.

Siempre había tenido una cierta obsesión por el orden y la limpieza, y se le había ocurrido que los mejores clientes eran la gente rica, con sus caprichos y excentricidades.

—Porque no se trata sólo de limpiar; comprendo las necesidades del cliente y eso hace que los servicios que presta mi empresa la hagan destacar. Me preocupo de averiguar si el cliente tiene alguna alergia, cuáles son sus fragancias favoritas, sus preferencias personales respecto a las bebidas del minibar... Volar en un avión privado es un lujo, y deben cuidarse al máximo los detalles para que la experiencia resulte a la altura de lo que se espera de ella.

—Ya veo; y es un mundo que conoces bien porque viviste en él.

—Quiero triunfar por mis méritos en vez de vivir del dinero de mi familia —respondió ella.

O al menos era lo que habría pensado si su familia no estuviese en la ruina.

—¿Pero por qué aviones precisamente? —inquirió él, señalando a su alrededor.

Los ojos de Alexa se posaron en su antebrazo moreno, que contrastaba con las mangas dobladas de su camisa blanca, y sintió un impulso casi irresistible de tocarlo para ver si aquella piel de bronce era tan cálida como parecía.

Hacía mucho tiempo que no sentía un impulso así. El divorcio la había agotado emocionalmente. Había intentado salir con un par de tipos, pero no había habido química alguna con ellos, y luego su negocio la había absorbido por completo.

–Me temo que no te sigo –murmuró. ¿Cómo iba a seguirle cuando se había quedado mirando su fuerte brazo como una tonta?

–Creo que eres licenciada en… Historia, ¿no?

–Historia del Arte. Así que te leíste también mi currículum… Sabes más de mí de lo que me habías dejado entrever.

–De otro modo no te habría pedido que te hicieras cargo de mis hijos. Son más valiosos para mí que cualquiera de mis aviones –Seth la miró con un gesto serio que daba a entender que no le consentiría ningún error mientras estuviera al cuidado de sus pequeños–. ¿Por qué no buscaste trabajo en una galería de arte si necesitabas algo en lo que ocuparte?

Porque dudaba que con un empleo en una galería de arte hubiese podido pagar el alquiler del apartamento en el que vivía, ni el seguro de su coche de segunda mano. Porque quería demostrar que no necesitaba a un hombre a su lado para salir adelante. Y, lo más importante, porque no quería volver a sentir el pánico de estar a sólo seiscientos dólares de quedarse en números rojos.

De acuerdo, quizá estuviera siendo un poco melodramática cuando aún tenía algunas joyas que podía vender, pero casi le había dado un patatús cuando, después de vender su casa y su coche, se había encontrado con que el dinero que había conseguido apenas cubría las deudas que ya tenía.

—No quiero depender de nadie, y tal y como está la economía ahora mismo, en la sección de empleo de los periódicos no abundan las ofertas dirigidas a licenciados en Historia del Arte. Mi socia, Bethany, fue quien inició el negocio y tiene mucha experiencia; yo me ocupo de buscar nuevos clientes. Formamos un buen equipo, y por extraño que pueda parecer, me gusta este trabajo. Aunque A-1 cuenta con suficientes empleados, a mí no se me caen los anillos por ponerme a limpiar para sustituir a alguno cuando está enfermo, o cuando se trata de un encargo especial.

—Está bien, te creo. De modo que antes te gustaba el arte y ahora disfrutas limpiando aviones de lujo.

El sarcasmo en su voz irritó a Alexa.

—¿Te estás burlando de mí, o todas estas preguntas tienen algún propósito?

—Todo lo que hago tiene siempre un propósito. Me estaba preguntando si esta vena tuya de empresaria no será sólo un capricho pasajero del que te cansarás cuando te des cuenta de que la gente no aprecia tu trabajo y que lo dan por hecho.

A Alexa le dolió que la viera como una persona voluble y caprichosa. No estaba siendo justo con ella.

—Imagino que tú no vas a cerrar tu compañía sólo porque la gente no aprecie que lleguen a tiempo a su destino y que los aviones estén bien mantenidos. Supongo que haces lo que haces porque te gusta.

—Me temo que no te sigo. ¿Me estás diciendo de verdad que te gusta limpiar?

—Me gusta que las cosas estén en orden —respondió ella con sinceridad.

Los psicólogos que la habían tratado la habían ayudado a canalizar la necesidad de perfección que su madre le había inculcado. En vez de dejarse morir de hambre con su obsesión por estar más delgada, había empezado a buscar la perfección en el mundo del arte, y la calma y el orden la reconfortaban.

—Ah… —una sonrisa burlona asomó a los labios de él—. Te gusta tener el control… Ahora comprendo.

—¿Y a quién no? —le espetó ella.

Se quedó mirándola de un modo muy sexy, y Alexa sintió como si hubiera electricidad estática entre ellos.

—¿Quieres pilotar tú?

—¿Estás de broma? —respondió ella.

Sin embargo, no podía negar que el ofrecimiento resultaba tentador. ¿Quién no querría saber qué se sentía al estar al mando de un avión, con el cielo extendiéndose ante ti? Sería como la primera vez que había conducido un coche, como la primera vez que había galopado a lomos de un caballo, se dijo, evocando momentos felices de su vida pasada.

—Anda, toma los mandos.

A Alexa le habría encantado hacerlo, pero algo en su voz la hizo vacilar. No estaba segura de a qué estaba jugando Seth.

—Tus hijos están a bordo.

Estaba segura de que su contestación había sonado remilgada, pero al fin y al cabo iba a hacer de niñera por un día; se suponía que debía preocuparse por ellos.

–Si veo que se te va de las manos tomaré yo los mandos –le dijo él.

–Tal vez en otra ocasión –murmuró levantándose del asiento–. Me ha parecido oír a Olivia; puede que se haya despertado.

La suave risa de Seth la siguió hasta que regresó al sofá, donde los dos niños seguían durmiendo.

Dos horas más tarde estaban instalándose en la lujosa *suite* que había reservado Seth en el hotel Casa Mónica de San Agustín, en Florida, uno de los más antiguos de la histórica ciudad.

Tenía que llamar a Bethany. Estaba segura de que se las apañaría sin ella , pero quería hablar con ella de todos modos para darle la dirección del hotel.

La *suite* que Seth había reservado tenía dos dormitorios conectados por una sala de estar. El baño, que era gigantesco, tenía una bañera circular que parecía estar llamándola cuando Alexa posó sus ojos en ella. Le dolían los músculos de haber estado todo el día trabajando, y de haber acarreado con el Maxi-Cosi de uno de los bebés. Y de pronto, se encontró imaginándose en aquella bañera con un hombre… y no con cualquier hombre…

Regresó a su dormitorio, que tenía pesadas cortinas de brocado y muebles tapizados de terciopelo azul y las cunas de los dos bebés. Seth se había quedado con el otro dormitorio, que era más pequeño.

Miró a los niños, que dormían.

–¡Cómo duermen tus hijos! Me están haciendo el trabajo muy fácil.

–Pippa, mi ex, no lleva un horario como Dios manda con ellos, y el primer día que los tengo conmigo siempre duermen mucho –respondió Seth–, pero verás cuando se despierten con las baterías recargadas… Owen parece un angelito pero cuando menos te lo esperas va y te hace una trastada. Siempre anda subiéndose donde no debe. ¿Ves la cicatriz que tiene en la ceja izquierda? Tuvieron que darle puntos porque se hizo una brecha. En cuanto a Olivia… no pierdas de vista sus manos –le explicó dirigiéndose a su dormitorio–. Es muy aficionada a meterse cosas pequeñas en la nariz, en las orejas, en la boca…

El cariño que Seth sentía por sus hijos se hizo aún más evidente mientras le detallaba de ese modo la personalidad de sus hijos. Parecía que los conocía bien. No era lo que habría esperado de un padre divorciado que sólo veía a sus hijos de cuando en cuando. Intrigada, lo siguió, pero se detuvo al llegar al umbral de la puerta abierta y ver que se había aflojado la corbata y que estaba desabrochándose la camisa. Alexa dio un paso atrás.

–Em… ¿qué estás haciendo?

Seth se sacó la corbata aún anudada por la cabeza y se sacó los faldones de la camisa del pantalón.

–Owen me dio con los zapatos antes cuando lo tomé en brazos –le explicó, mostrándole las manchas que había dejado en la camisa–. Tengo que cambiarme para la cena; no puedo presentarme así.

Ah, cierto. Casi se había olvidado. Seth le había

dicho que tenía una cena de negocios en el restaurante del hotel y que pidiera al servicio de habitaciones la cena de los niños y la suya. También le había dicho que volvería en dos o tres horas. Tal vez podría hacer unas llamadas mientras le daba un baño a los niños, pensó Alexa. Hablaría con su madre y vería si tenía algún mensaje en el buzón de voz.

—Claro, no puedes permitirte ir a esa cena tan importante con una camisa sucia.

—¿Podrías sacarme una camisa limpia de la maleta?

—Eh… claro —balbució ella, dándose la vuelta antes de que siguiera desvistiéndose.

Fue donde estaba la maleta, y al abrirla… oh, Dios, fue como si la ropa que había dentro desprendiera olor a él. El aroma le resultaba embriagador.

Buscó una camisa blanca entre la ropa y se sorprendió de ver que también había otras bastante coloridas. Parecía que el serio empresario tenía un lado salvaje. Un cosquilleo le recorrió la piel y cerró azorada la maleta.

Con la camisa en la mano se volvió hacia Seth, que sólo llevaba los pantalones y una camiseta interior de manga corta. Sus anchos hombros estiraban la tela casi al límite. Alexa trató de ignorar la ola de calor que la invadió y, tendiéndosela, le preguntó:

—¿Te sirve ésta?

—Estupendo, gracias.

Los nudillos de Seth rozaron los de ella cuando tomó la camisa, y Alexa volvió a sentir que un cosquilleo le subía por el brazo hasta el pecho. Había algo tan íntimo en aquella escena… Estaba en un dormitorio con un hombre guapísimo, ayudándolo a vestirse, y en la sala de estar dormían dos preciosos bebés. Era demasiado hermoso, demasiado similar a lo que una vez había soñado con tener con su ex.

En cuanto Seth hubo tomado la camisa, Alexa retrocedió.

—¿Hay alguna cosa que deba tener en cuenta antes de que llame para pedir la cena?

—Owen es alérgico a las fresas, pero a Olivia le encantan y si caen en sus manos siempre intenta compartirlas con él, así que ten cuidado con eso —respondió Seth mientras se ponía la camisa.

Alexa hizo un esfuerzo por apartar la vista de sus dedos mientras se abrochaba.

—Si hubiera una emergencia llámame a este número —Seth tomó un bolígrafo y lo apuntó detrás de una de sus tarjetas—. Es mi móvil privado.

—De acuerdo.

Alexa tomó la tarjeta y la encajó en una esquina del espejo del dormitorio.

Seth se desabrochó el cinturón para meterse por dentro la camisa, y Alexa no pudo evitar quedarse mirando, como hipnotizada, pero cuando se dio cuenta de que él la había pillado se dio media vuelta con las mejillas ardiendo. Mejor mirar por la ventana, pensó, aunque había estado en San Agustín al menos una docena de veces. A lo lejos se veía la Universidad Flagler, uno de los sitios donde había barajado estudiar. Pero sus padres le dijeron que no le pagarían la universidad si se iba de Charleston.

Los estudiantes de la universidad de Flagler, un

conjunto de edificios del siglo XIX que tenían el aspecto de un castillo, debían sentirse como si estuvieran en Hogwarts. De hecho, toda la ciudad tenía un aire irreal… casi como aquel viaje.

Si Seth no acababa de vestirse ya, pronto le entrarían ganas de tirarse de los pelos. Era demasiado tentador como para no girar la cabeza y echarle otra mirada con disimulo. No podía creerse que se estuviese excitando aun cuando no podía verlo.

–Ya puedes darte la vuelta –le dijo Seth.

Alexa se mordió el labio y se volvió. ¿Por qué tendría que ser tan endiabladamente guapo?

–Puedes irte tranquilo; he hecho de canguro otras veces.

No muchas, pero sí había cuidado de los bebés de sus amigas en alguna ocasión pensando que algún día ella necesitaría que le devolvieran el favor. Sólo que ese día nunca había llegado.

–Los gemelos son diferentes –respondió él mientras volvía a meterse la corbata por la cabeza.

Si tan preocupado estaba, que cancelase su cena de negocios, habría querido espetarle Alexa, pero no lo hizo. Estaba irritada, pero no por eso. Se sentía muy atraída por aquel hombre al que se suponía que quería cortejar para conseguir un contrato para su pequeña empresa y no para llevárselo a la cama.

Su mente se vio asaltada por recuerdos de sábanas revueltas y cuerpos sudorosos. Había tenido una vida sexual muy satisfactoria con su ex, y eso había hecho que creyera erróneamente que todo iba bien entre ellos.

–Seth –la facilidad con que su nombre abandonó sus labios la sorprendió–, los gemelos y yo nos las arreglaremos. Tomaremos puré de manzana, patatas fritas y *nuggets* de pollo, y luego nos empacharemos de dibujos animados en el canal de pago. Y tendré cuidado con que no caiga en manos de Olivia ningún objeto pequeño, y de que Owen no se suba a ningún sitio ni tome fresas. Anda, vete a tu cena; estaremos bien.

Seth vaciló un instante antes de tomar su chaqueta.

–Si me necesitas no dudes en llamarme.

Su cuerpo desde luego que lo necesitaba. Pero no iba a dejarse dominar por sus hormonas; su cerebro llevaba el timón.

Seth salió del ascensor y atravesó el pasillo que conducía al bar y al restaurante. Buscó con la mirada al hombre con el que había quedado para cenar, Javier Cortez, pero no lo vio. Parecía que había llegado antes que él, se dijo dirigiéndose al bar.

Cortez era primo de los Medina, una familia real cuyo reinado en un país europeo había acabado con un violento golpe de Estado. Los Medina y sus parientes se habían exiliado a Estados Unidos, y habían vivido en el anonimato hasta que un medio de comunicación había descubierto su identidad el año anterior.

Cortez había servido como jefe de seguridad de uno de los príncipes antes de que saltara la noticia, y ahora era el encargado de las medidas de seguridad de toda la familia. Para Seth, que los Medina se convirtieran en sus clientes, sería todo un logro.

Se encaramó a uno de los taburetes de la barra del bar, y le pidió al camarero una botella de agua mineral con gas. No quería tomar alcohol esa noche.

Aviones Privados Jansen era todavía una compañía relativamente pequeña, pero gracias a un contacto había conseguido aquella reunión con Cortez: la hermana de la esposa de su primo estaba casada con un tipo apellidado Landis, y uno de los hermanos de éste estaba casado con una hija ilegítima del defenestrado rey.

Una de esas cosas que le hacían pensar a uno que el mundo era un pañuelo. El caso era que gracias a aquello había conseguido esa reunión, y ahora todo dependía de él. Igual que le había dicho a Alexa. ¿Alexa? ¿Por qué había pensado en Alexa en ese momento?

Sí, era una mujer atractiva, se había dado cuenta nada más subir al avión, y había logrado mantener esa atracción bajo control hasta que la había pillado mirándolo cuando estaba desvistiéndose. La ola de calor que lo había invadido no era precisamente lo que le convenía antes de una cena de negocios.

Pero necesitaba su ayuda, así que le costara lo que le costara tenía que conseguir luchar contra esa atracción. Sus hijos eran su prioridad número uno.

En ese momento se oyó el ascensor, y de él salió Cortez. La gente empezó a murmurar. Todavía no se había diluido la novedad de tener a miembros de la realeza europea allí. Cortez, de unos cuarenta años, avanzó con paso firme hacia él, que se había puesto de pie y le había hecho una señal para que lo viera.

–Siento llegar tarde, señor Jansen –le dijo tendiéndole la mano cuando llegó junto a él.

Seth se la estrechó.

—No se preocupe, sólo han sido unos minutos.

Volvió a tomar asiento y el Cortez se sentó junto a él y pidió un whisky.

—Le agradezco que se haya tomado la molestia de venir hasta aquí para reunirse conmigo —dijo mientras le servían—. A mi mujer le encanta este sitio.

—Lo comprendo, tiene mucha historia.

Y también es un buen sitio para llevar a cabo negociaciones, cerca de la isla privada de los Medina, a unos kilómetros de la costa de Florida.

A él, sin embargo, no lo habían invitado aún a aquel sanctasanctórum. Las medidas de seguridad eran muy estrictas. Nadie sabía la localización exacta, y pocos habían visto la fortaleza que había en la isla. Los Medina tenían un par de aviones privados, pero a medida que la familia crecía con matrimonios e hijos se iban quedado cortos para sus necesidades de transporte.

Cortez tomó un sorbo de su bebida y la depositó sobre el posavasos.

—Como mi mujer y yo estamos aún técnicamente de luna de miel le prometí que nos quedaríamos unos días más. Ya sabe, para que pueda ir de compras y disfrutar del sol de Florida y de la piscina antes de que regresemos a Boston.

—Ah, ya veo —murmuró Seth, sin saber qué decir.

—Creo que ha venido usted con sus hijos y su niñera.

A Seth no le sorprendió que lo supiera. Sólo llevaban una hora en la ciudad, pero seguramente Cortez no acudía a ninguna cita sin tantear el terreno y tenerlo todo bajo control por motivos de seguridad.

–Sí, bueno, me gusta poder pasar con mis hijos todo el tiempo que puedo, y no quería dejarlos atrás, así que por eso los he traído junto a nuestra Mary Poppins particular.

Cortez se rió.

–Excelente. Sé que habíamos quedado para cenar y hablar de negocios, pero mi esposa se ha empeñado en que la lleve a un espectáculo, así que confío en que no le importe que lo pospongamos.

Justo lo que menos necesitaba, tener que prolongar su estancia allí. Y a saber si la cosa se alargaría aún más…

–Por supuesto, no hay problema.

Cortez apuró su copa, pagó las bebidas de ambos, y los dos se levantaron y se dirigieron al ascensor.

Cortez, que según parecía también se alojaba en el ático del hotel, pasó la tarjeta por la ranura del panel lector, y cuando las puertas se hubieron cerrado y empezaron a subir le dijo:

–A mi esposa y a mí nos gustaría desayunar con usted y con sus hijos mañana por la mañana. Y puede traer también a la niñera, por supuesto. ¿Le va bien sobre las nueve?

Lo que faltaba… Desayunar en un restaurante con un niño pequeño podía ser un infierno, conque con dos…

–Eh… sí, claro, a las nueve.

El ascensor se detuvo, y las puertas se abrieron.

–Estupendo, pues allí nos veremos.

Salieron del ascensor, y Cortez tomó hacia la derecha mientras Seth tomaba hacia la izquierda.

Cuando estaba acercándose a la puerta de la suite, a Seth le pareció oír un chillido de uno de sus pequeños. ¿Se habría hecho daño? Preocupado, apretó el paso y se apresuró a abrir la puerta para encontrarse con Alexa, que llevaba a un bebé en cada cadera, los dos recién bañados y mojados. Tenía las mejillas sonrosadas y le sonrió.

–No sabes lo que me ha costado atraparlos –dijo jadeante–; para estar empezando a andar son muy rápidos.

Seth alcanzó una toalla del brazo del sofá y la abrió.

–Pásame a uno.

Alexa le tendió a Owen, y Seth tuvo que hacer un esfuerzo para no quedarse mirándola embobado. Tenía la blusa empapada, y la tela se le pegaba al cuerpo, resaltando sus curvas. ¿Quién habría pensado que Mary Poppins podría ganar un concurso de camisetas mojadas?

Capítulo Tres

Consciente de que la tenía pegada a los pechos, Alexa se tiró de la camiseta. Lo último que necesitaba era sentir el fuego de la mirada de Seth sobre ella, y mucho menos responder a él como estaba respondiendo su cuerpo en ese momento. Él tenía que concentrarse en su trabajo y ella en los niños.

Alexa se dio la vuelta y fue a por otra toalla que había arrojado sobre el sofá para perseguir a los dos pequeñajos, que se habían puesto a corretear por la *suite*.

—Has vuelto muy pronto de tu cena.

—Necesitas ropa —dijo él sin contestar a su observación.

—¿Ropa seca? Sí, ya lo creo. Deberían subir la cena enseguida. Cuando he oído la puerta he pensado que era el servicio de habitaciones.

Seth sacó un par de pañales y dos camisetitas de la bolsa de tela, una azul y otra rosa que le tendió a Alexa junto con uno de los pañales.

Los dos procedieron a extender sendas toallas sobre el sofá para vestir a los pequeños, y Alexa se maravilló de ver lo bien que se apañaba Seth.

—Bueno, ¿y qué tal tu reunión? —insistió.

—Sólo hemos tomado algo en el bar —respondió él, ajustándole el pañal con firmeza pero con suavidad a

Owen, que no dejaba de moverse–; mi cliente ha pospuesto la reunión a mañana –en cuestión de segundos también le puso la camiseta a Owen. Lo tomó en brazos y le dio un beso en el moflete–. Llamaré al servicio de habitaciones para que me traigan a mí algo también.

Alexa sintió un cosquilleo de nervios en el estómago. ¿Seth no tenía que trabajar o hacer alguna otra cosa? ¿Iba a quedarse allí con ella el resto de la tarde? Bueno, estaban también los niños, por supuesto, pero… ¿y cuando llegase la hora de acostarlos? Seth había mencionado que su ex no los acostaba hasta tarde, y Alexa deseó que fuesen capaces de aguantar por lo menos hasta medianoche.

–Lástima que ese cliente potencial no te avisara antes de que saliéramos de Charleston –murmuró acabando de vestir a Olivia antes de alzarla en brazos también–. Así no habrías tenido que salir corriendo y podrías haber buscado a una niñera de verdad.

Y ella podría estar tranquilamente en su apartamento tomándose un helado mientras veía la televisión, en vez de estar allí, nerviosa, intentando mantener sus hormonas bajo control.

–Me alegra poder pasar un poco más de tiempo con ellos –dijo Seth–. ¿Podrías quedarte un día más? Sé que no es justo, pero me harías un gran favor.

Oh, oh… De modo que por eso había dicho lo de la ropa…

–Bueno, creo que podré arreglarlo con mi socia. La llamaré cuando los niños se hayan dormido.

–No sabes cómo te lo agradezco. Entonces ya sólo tenemos que buscarte algo de ropa y unas cuantas cosas de aseo. Cuando llame al servicio de habitaciones le pediré al conserje del hotel que se ocupe y…

—No es necesario, de verdad —lo cortó ella alzando una mano. Le incomodaba la idea de llevar ropa que él hubiera pagado—. Me pondré un albornoz y pediré que me laven la ropa. Mañana puedo irme al centro de compras con los niños y comprar algo. Claro que para eso necesitaría un carrito…

—Ya he pedido que me busquen uno, pero vas a necesitar una muda de ropa antes de eso —respondió él frunciendo el ceño—. Mi cliente quiere que baje mañana a desayunar con su esposa y con él y que lleve a los niños, y es imposible que pueda hacerlo solo; los gemelos acabarían volviéndome loco. Además, es culpa mía que te hayas venido sin ropa.

¿Un desayuno de negocios? ¿Con dos bebés? ¿A qué persona en su sano juicio podía ocurrírsele una idea semejante?, pensó Alexa. Sin embargo, no hizo ningún comentario al respecto y claudicó ante el hecho de que necesitaba algo apropiado que ponerse; no podía ir vestida con el uniforme de trabajo de A-1.

Reprimió los nervios ante la idea de tener que decirle qué talla usaba. Atrás habían quedado los días en que se subía a la báscula cada mañana para que su madre comprobase su peso. Y gracias a Dios también habían quedado atrás los días en que había estado al borde de una muerte por inanición en su afán por estar más delgada. Parpadeó, dejando a un lado el pasado, y respondió:

—Está bien, pues diles que me compren una cuarenta de ropa. Y mi número de pie es el treinta y ocho.

Los ojos verdes de Seth brillaron traviesos.

–¿Y qué talla tienes de ropa interior?

–No pienso responderte a eso –dijo ella clavándole un dedo en el pecho. Cielos, su pecho parecía de acero. Dio un paso atrás–. Y asegúrate de que te den la factura de todo porque pienso pagártelo.

–Esa muestra de orgullo es innecesaria, pero si es lo que quieres… –dijo él, con tal arrogancia que Alexa sintió deseos de darle una colleja.

–Pero al menos deja que te preste una camiseta para dormir. No creo que vayas a dormir muy cómoda con el albornoz del hotel.

¿Sentir una prenda de ropa suya contra su piel desnuda? La sola idea hizo que una ola de calor la invadiera, pero antes de que pudiera protestar Seth había dejado a Owen en el suelo y había ido a llamar por teléfono al conserje y al servicio de habitaciones.

Aturdida, dejó ella también en el suelo a Olivia, que estaba revolviéndose al ver a su hermano libre, y siguió a los gemelos al dormitorio principal mientras oía a Seth hablar con recepción.

Olivia y Owen se acercaron curiosos a inspeccionar las cunitas plegables que el personal del hotel había dispuesto un lado de la enorme cama de matrimonio. Se había dispuesto todo para acomodar a una familia, sólo que no eran una familia, y ella se acostaría sola en aquella cama… vestida con una camiseta de aquel hombre tan increíblemente guapo.

Alexa se rodeó la cintura con los brazos, lamentándose una vez más por lo que habría podido ser y no había sido. Era algo en lo que no había pensado desde hacía un año, lo que había ansiado más que nada en el mundo. Encontrarse en aquella situación le estaba despertando deseos que llevaba tiempo ignorando.

Había accedido a aquello por su empresa, por su futuro, pero no se había dado cuenta de que jugar a aquel juego podía acabar haciéndose daño.

Seth descubrió, para su sorpresa, que estaba disfrutando mucho de la tarde con Alexa y sus hijos. Era casi como si fuesen una familia, pensó pinchando con el tenedor el último trozo de lubina que le quedaba en el plato. Alexa, entretanto, ya había empezado con el postre, un pastel de melocotón. Habían dado de comer primero a los bebés y los habían acostado para poder cenar ellos tranquilos en el balcón.

Les habían dispuesto la cena en la mesa de hierro forjado con una solitaria rosa roja entre ambos. La luz de los candelabros que había en la pared, a ambos lados de las puertas abiertas, arrojaba una luz tenue y cálida sobre ellos, y desde dentro llegaban unas suaves notas de música que Seth había puesto con su iPod. En realidad la idea era conseguir que Olivia y Owen se durmieran, pero a la vez creaba un ambiente muy íntimo.

Y a ello contribuía también la belleza que tenía frente a sí. Alexa se había cambiado, poniéndose una camiseta que él le había prestado, y encima el albornoz del hotel. Parecía que acabase de levantarse de la cama, y la brisa del océano agitaba su cabello rubio suavemente.

Seth no había tenido muchas citas desde que se había divorciado, y cuando había tenido alguna se había cuidado mucho de separar aquello de sus hijos.

El tener a Alexa a su lado para ocuparse de los niños esa noche había hecho que la tarea resultase la mitad de agotadora, y aquello lo hizo sentirse irritado una vez más por no haber conseguido que su matrimonio funcionase.

Pippa y él habían sabido que no sería fácil, pero los dos habían decidido intentarlo, por sus hijos. O al menos eso era lo que él había pensado, hasta que había descubierto que Pippa no estaba segura siquiera de que él fuera el padre biológico.

Se le hizo un nudo en el estómago. No, diablos, Olivia y Owen eran sus hijos. Su apellido estaba escrito en el certificado de nacimiento de ambos, y se negaba a dejar que nadie se los quitase. Pippa le había asegurado que no iba a recurrir la sentencia de custodia compartida, pero ya le había mentido antes, y de tal modo que le costaba confiar en su palabra.

Estudió en silencio a la mujer sentada frente a él, deseando poder saber qué estaría pensando, pero parecía tener un control tan férreo sobre sí que no dejaba traslucir nada.

Sabía que no podía juzgar a todas las mujeres por la mala experiencia que había tenido con Pippa, pero desde luego lo había hecho bastante desconfiado. Quien se dejaba engañar una vez era un ingenuo, pero quien se dejaba engañar dos veces era un idiota.

Además, Alexa estaba allí por un único motivo: porque lo necesitaba como trampolín para afianzar su pequeño negocio; no había ido a San Agustín para jugar a papás y mamás con él. Mientras no se olvidara de aquello, todo iría bien, se dijo.

—Se te dan bien los niños —comentó.

—Gracias —respondió ella, como si pensara que sólo lo decía por decir.

—No, lo digo en serio; seguro que serás una madre estupenda algún día.

Ella sacudió la cabeza y apartó el plato con su postre a medio comer.

—No quiero tener hijos sola, y mi experiencia con el matrimonio no resultó bien.

A Seth no le pasó inadvertida la amargura en su voz. Se llevó su copa a los labios para tomar un sorbo y, mirándola por encima del borde, le dijo:

—Lamento oír eso.

Alexa suspiró.

—Me casé con un tipo que parecía perfecto. Ni siquiera le interesaba el dinero de mi familia. De hecho, accedió a firmar un acuerdo prematrimonial ante la insistencia de mi padre para demostrarlo. Me pasé toda mi adolescencia preguntándome si la gente se acercaba a mí porque querían mi amistad o por ser quien era. Me sentí bien al pensar que había encontrado a alguien que me quería de verdad.

—Bueno, se supone que así es como deben de ser las cosas en el amor.

—Sí, es como se supone que deberían ser. Pero estoy segura de que entiendes lo que es cuestionarse los motivos de todas las personas que se acercan a ti. Imagino que a ti también te pasa.

–Hubo un tiempo en que no. Crecí en Dakota del Norte, y mi familia era gente sencilla y trabajadora; eran granjeros –le dijo Seth–. En mi tiempo libre me iba de acampada, de pesca…

–Qué suerte –murmuró ella–. La mayoría de las amigas que yo tenía en el colegio privado al que iba querían ser mis amigas porque mi madre nos llevaba de compras a Nueva York. Cuando cumplí los dieciséis nos pagó a mis amigas y a mí un viaje a las Bahamas. No me extraña que no tuviera amigas de verdad.

Seth sintió lástima por ella. Tener que cuestionarse los motivos de la gente siendo un adulto era duro, pero que esa preocupación la hubiese tenido ella de niña… esas cosas podían marcar la vida de una persona. Pensó en sus hijos y se preguntó qué podría hacer para evitarles pasar por eso.

–O sea que tu ex parecía el hombre de tus sueños porque firmó ese acuerdo prenupcial. ¿Y luego…?

–Su única condición era que yo no aceptaría ningún dinero de mi familia –continuó Alexa. Había dolor en su mirada, que se tornó de pronto distante, y extrañamente, aunque acababan de conocerse, Seth sintió ese dolor como si fuera suyo–. El dinero que mi familia quisiera dejarme iría a un fondo para los hijos que tuviéramos, y nosotros viviríamos por nuestros propios medios. Me pareció honorable.

–¿Y qué pasó? –inquirió él, llevándose la copa a los labios para tomar otro sorbo.

–Que era alérgica a su esperma.

Seth casi se ahogó con el agua que había bebido.

–¿Podrías repetir eso?

—Lo que has oído; era alérgica a sus espermatozoides. Los dos éramos fértiles, pero por algún motivo no éramos compatibles —explicó. Se apoyó en la mesa cruzando los brazos y se inclinó un poco hacia delante—. Yo me sentí triste cuando el médico nos dio la noticia, pero pensé: «Siempre podemos adoptar». El problema fue que Travis no pensaba lo mismo.

Seth dejó su copa en la mesa con cuidado. La sangre le hervía en las venas con lo que estaba oyendo, y temía que, de no soltar la copa, la haría añicos.

—A ver si lo he entendido: ¿tu ex te dejó porque no podíais tener un hijo juntos?

—Bingo —respondió ella con una sonrisa tirante.

—Menudo imbécil —dijo Seth—. Sería un placer ir y patearle el culo en tu nombre.

Alexa esbozó una débil sonrisa.

—No es necesario, gracias. Ya no soy tan boba como era antes; ahora, cuando creo que alguien se merece una patada en el culo se la doy yo misma.

—Me alegra oír eso —respondió Seth.

Admiraba sus agallas y la fuerza interior que tenía. Por lo que le había contado, parecía que había reconstruido su vida después de dos duros golpes que habrían dejado noqueada a la mayoría de la gente.

—Intento no machacarme con aquello. No tenía mucha experiencia escogiendo a la gente que dejaba entrar en mi vida, así que supongo que era de esperar que lo nuestro no funcionara.

—Pues a mí me parece que quien lo estropeó fue él y no tú —Seth alargó una mano y le acarició suavemente la mano.

Alexa abrió mucho los ojos, como sorprendida, pero no apartó su mano.

–Gracias por el voto de confianza, pero estoy segura de que hubo algo de culpa por ambas partes.

–Eso siempre es algo difícil de dilucidar –murmuró él retirando su mano.

–¿Y qué me cuentas de tu ex? ¿Tiene por costumbre irse por ahí y dejarte a los niños?

–No, en realidad no.

La verdad era que Pippa, a pesar de cierta diferencia de opiniones en cuanto al cuidado de sus hijos, era una buena madre. De hecho, cada vez que se los dejaba lloraba como una Magdalena.

–Venga –lo instó Alexa–, yo te he contado la patética historia de mi matrimonio; ¿cuál es la tuya?

Seth prefería no hablar de sus fracasos, pero la luz de la luna y la buena compañía lo empujaron a hacer una excepción.

–Bueno, tampoco fue un drama griego, ni nada de eso. Pippa y yo tuvimos un romance y ella se quedó embarazada –dijo. Lo que Pippa no le había dicho era que a la vez estaba viéndose con otro hombre–. Así que nos casamos por los niños. Lo intentamos, y nos dimos cuenta de que no funcionaba. Cuando los bebés nacieron el divorcio ya estaba en curso.

–Por cómo lo cuentas da la impresión de que lo has llevado todo con mucha calma.

¿Con mucha calma? Nada más lejos de la verdad, pero la vida seguía.

–Tengo a los gemelos. Y Pippa y yo estamos intentando ser unos buenos padres para ellos. Bueno, hasta hoy al menos creía que eso era lo que estábamos haciendo.

Alexa alargó una mano para ponerla sobre la suya.

–No puedo decir que entienda lo que tu ex ha hecho hoy, pero creo estáis haciendo un buen trabajo con vuestros hijos. Son unos bebés sanos y preciosos.

El contacto de la suave piel de Alexa hizo que una ráfaga de deseo se disparase por las venas de Seth, pero trató de centrarse en la conversación.

–Bueno, son un par de torbellinos, pero haría cualquier cosa por ellos. Cualquier cosa.

Hacía demasiado tiempo de la última vez que había practicado el sexo. Ésa tenía que ser la razón de aquella reacción desproporcionada que estaba teniendo, se dijo. Y a juzgar por el fuego que había en los ojos de ella, parecía que Alexa estaba sintiendo lo mismo.

Seth estaba empezando a darse cuenta de que tenían algo más en común que aquella fuerte atracción. Los dos habían salido escaldados de un matrimonio que había sido un desastre, los dos se habían volcado en el trabajo, y ninguno de los dos quería una relación seria que pudiera traer complicaciones a su vida.

¿Por qué no dejarse llevar entonces por esa atracción? Sí, podría funcionar, sólo sexo, sin complicaciones, sin ataduras. Había un segundo dormitorio vacío donde no despertarían a los niños, y desde lo suyo con Pippa siempre llevaba preservativos encima. Con un embarazo inesperado ya había tenido bastante.

Además el ambiente no podía ser más romántico, con la luz de la luna bañando el balcón, y Alexa no llevaba demasiado debajo del albornoz. ¿Por qué no tantearla?

Tomada la decisión, Seth sacó la rosa del jarroncito que había en medio de la mesa, y deslizó el rojo capullo por la nariz de Alexa, que parpadeó sorprendida, pero no dijo una palabra ni se movió. «Qué diablos», pensó Seth. Y, envalentonado, trazó el contorno de sus labios con el capullo antes de inclinarse hacia delante y besarla.

Capítulo Cuatro

La suave presión de los labios de Seth contra los suyos sorprendió a Alexa, que se quedó paralizada unos segundos. Luego el corazón empezó a latirle como loco, y la sorpresa se convirtió en deseo.

Seth se levantó sin apartar los ojos de ella. Alexa se levantó también, y rodearon la mesa para encontrarse el uno en brazos del otro. Alexa se agarró a sus hombros aturdida. La había pillado con la guardia baja, se dijo: aquella cena romántica, la luz de la luna, la suave música… Todo eso había disipado las tensiones acumuladas en su cuerpo. Hacía tanto tiempo que no se sentía tan relajada… Había estado tan ocupada intentando levantar cabeza para reconstruir su vida… Incluso el haberse abierto acerca de su divorcio la había hecho sentirse bien. Sin embargo, también había hecho añicos su coraza; la había dejado desprotegida.

Dios, a veces Seth podía resultar brusco y hasta algo hosco cuando hablaba, pero… vaya si se tomaba su tiempo cuando besaba… Alexa subió una mano a su cuello, y sus dedos se enredaron en el corto cabello de él para luego saborear la textura algo áspera de la sombra de barba en sus mejillas.

Los labios de Seth, que se movían con seguridad

sobre los suyos, consiguieron que abriera la boca para dejar paso a su lengua. Alexa se apretó más contra él, y su respiración se tornó entrecortada.

El olor del *aftershave* de Seth se mezclaba con el aroma salado del mar, y el sabor a especias en su boca sazonaba su beso, tentando sus sentidos e instándola a mandar la lógica a paseo. Las caricias de su lengua le hicieron desear más. Más más de él.

Qué fácil sería seguirlo al dormitorio y arrojar a un lado todo el estrés y las preocupaciones igual que las prendas de las que se despojarían. Sin embargo, luego llegaría el amanecer, y con él todas aquellas preocupaciones regresarían multiplicadas por la falta de autocontrol de ambos.

Aquello era una locura y no podía permitirse locuras. Aferrándose a la poca fuerza de voluntad que le quedaba, e incapaz de despegar sus labios de los de él, se apartó de él.

Se apartó, pero no demasiado; apenas unos milímetros. Cada vez que Alexa inspiraba sus fosas nasales se veían inundadas por el olor de Seth. Se notaba mareada, pero no era tanto por la falta de oxígeno como por el efecto que Seth tenía en ella.

Éste la condujo hasta su silla, cosa que Alexa agradeció porque le temblaban las piernas, y él volvió a sentarse también, sin apartar los ojos de ella. No dejó de observarla un segundo.

Alexa dejó escapar una risa nerviosa.

—Esto no me lo esperaba.

—¿Lo dices en serio? —inquirió él .

El pulso acelerado en la vena de su cuello era la

51

única señal visible de que el beso que acababan de compartir lo había dejado tan agitado como a ella.

–Yo llevo queriendo besarte desde que subí al avión –añadió Seth–. En ese momento tuve la sensación de que la atracción era mutua, y ahora sé que lo es.

Iba a contestar a la arrogancia de Seth pero un pensamiento hizo que un escalofrío la recorriera.

–¿Por eso me pediste que vinieras? ¿No para cuidar de tus hijos sino para intentar seducirme?

Se irguió en la silla deseando llevar puesto algo que le diera un aspecto serio y profesional, en vez de un albornoz y la camiseta que él le había prestado.

–Creía que habíamos hecho un trato, y que los dos estábamos de acuerdo en que no se deben mezclar los negocios con lo personal –añadió.

–¿Y entonces por qué has respondido a mi beso? –le espetó él.

–Me he dejado llevar por mi instinto.

–Entonces admites que te sientes atraída por mí.

Alexa sabía que negarlo no serviría de nada.

–Sabes que sí, pero eso no implica que quiera tener nada contigo. No va a volver a ocurrir. Y si por eso vas a volverte atrás respecto a nuestro trato, me da igual. No voy a acostarme contigo para conseguir lo que quiero –le dijo poniéndose de pie.

–Eh, eh… espera un momento –le pidió Seth levantándose también. Rodeó la mesa para colocarse frente a ella y le frotó el brazo con la mano para tranquilizarla–. Me has malinterpretado. Para empezar, no creo que seas la clase de persona que utiliza su cuerpo para abrirse camino en el mundo. Y en segundo lugar, nunca he ofrecido dinero ni privilegios a una mujer a cambio de sexo, ni pienso hacerlo.

Alexa se había quedado inmóvil, intentando ignorar sin éxito el cosquilleo que le subía y bajaba por el brazo con cada pasada de los dedos de Seth. La oscuridad y los sonidos distantes de la noche creaban un ambiente demasiado íntimo que parecía aislarlos del resto del mundo.

Alexa dio un paso atrás.

–¿Has buscado ya a otra persona que pueda ocuparse de los niños?

–¿Para qué? –inquirió él–. Ya te tengo a ti.

–Nuestro acuerdo sólo es de veinticuatro horas.

–Creía que habías dicho que no tenías problema en quedarte un día más –apuntó Seth dando un paso hacia ella–. Incluso llamaste a tu socia para hablarlo con ella.

–Sí, pero eso fue cuando pensaba que sólo se trataba de trabajo.

–Estás enfadada.

–No, no estoy enfadada. Me siento frustrada y decepcionada. Decepcionada con los dos por habernos dejado llevar de esta manera, olvidándonos por completo de lo que nos dicta el sentido común. Mi prioridad es mi negocio igual que para ti lo son tus hijos.

–Sí, pero el que tenga claras mis prioridades no anula la atracción que siento hacia ti –replicó él–. Además, soy perfectamente capaz de separar el placer de los negocios.

Aunque hacía un momento lo había negado, Alexa estaba empezando a enfadarse de verdad.

–¡No me estás escuchando! Lo que acaba de pasar no puede volver a repetirse. Apenas nos conocemos, y los dos tenemos puestas muchas expectativas en este viaje, así que te agradecería que no jugaras conmigo. Que te quede bien claro: no-más-besos –le reiteró, pinchándolo en el pecho con un dedo.

Luego entró y se dirigió al dormitorio antes de que Seth pudiera hacer que su fuerza de voluntad se tambaleara de nuevo. Sin embargo, cuando cruzaba el amplio salón oyó su voz desde el balcón que decía: «Pues es una lástima».

Alexa no podía estar más de acuerdo. Conciliar el sueño esa noche le resultaría muy difícil, no sólo porque no dejaría de echarse la culpa por haberse dejado llevar de esa manera, sino también por el deseo frustrado que palpitaba en su interior.

Después de que Alexa se marchara Seth se quedó sentado un rato en el balcón, mirando la silueta de la ciudad recortada en el cielo. El fuego del beso que habían compartido todavía chisporroteaba en su interior. Apuró el agua con gas de su copa mientras esperaba a que Alexa apagara la luz de su mesilla.

Tenía razón en que no sería una buena idea dejarse llevar por la atracción que sentían el uno hacia el otro. Los dos tenían buenas razones para que su relación no pasara de ser meramente profesional. En su caso, bastante complicaciones había ya en su vida, y tenía que intentar mantenerla lo más estable posible por el bien de sus hijos. No quería confundirlos con un desfile interminable de mujeres entrando y saliendo de sus vidas.

Le echó un vistazo al móvil, que descansaba sobre la mesa, donde lo había dejado después de cuatro intentos fallidos de ponerse en contacto con Pippa. Seguía sin devolverle las llamadas, y eso estaba empezando a enfurecerlo. ¿Y si le hubiese pasado algo a los niños? Al menos debería llamarlo para averiguar por qué estaba intentando hablar con ella.

Justo en ese momento el teléfono se puso a vibrar. Se apresuró a tomarlo, pero en la pantalla el nombre que aparecía era el de su prima Paige.

Hasta sus familiares se preocupaban más por mantener el contacto que la madre de sus hijos. Sus primos Paige y Vic, que también se habían criado en Dakota del Norte, se habían mudado a Charleston y él, que ya no tenía ningún otro pariente en el oeste, había hecho lo mismo.

—Hola, Paige. ¿Todo bien?

—Sí, nosotros bien —respondió su prima—. Las niñas por fin se han dormido. Llevo toda la tarde acordándome de ti. Me sabe tan mal no haber podido ayudarte…

—No hacía falta que llamaras para disculparte otra vez, Paige. De verdad que lo entiendo.

—Bueno, en realidad te llamaba por lo de Claire.

Vaya, con todo lo que había pasado se había olvidado por completo de que la esposa de su primo Vic se había puesto de parto.

—¿Cómo está?

—Ha dado a luz justo antes de medianoche a un

niño. La madre y el bebé están estupendamente, y su hermanito y su hermanita están deseando ir mañana para conocerlo.

—Felicítalos de mi parte cuando los veas. En cuanto regrese a la ciudad pasaré a hacerles una visita.

—Se lo diré —respondió Paige—. Pero también te llamaba por otra razón. Ahora que Claire ha tenido al bebé, Vic ha ido a recoger a los niños a casa de su hermana Starr, y ella me ha dicho que no le importaría encargarse de los gemelos. Podrías llevárselos mañana por la mañana a primera hora.

—Es muy amable por su parte, pero no me parece justo...

—Yo podría relevarla dentro de un par de días, cuando el antibiótico empiece a hacer efecto y lo de mis niñas ya no sea tan contagioso —añadió Paige.

No parecía mala idea, pero Seth vaciló y giró la cabeza hacia el dormitorio donde dormían Alexa y los niños.

—No sé, vosotras ya tenéis bastante carga —murmuró.

—Somos parientes, Seth, y queremos ayudar —insistió Paige.

Seth sabía que lo decía de corazón, pero lo cierto era que se sentía más tranquilo teniendo a los niños consigo... y que también quería que Alexa se quedara. Quería conocerla mejor. Necesitaba tiempo para desentrañar aquella poderosa atracción que había entre ellos.

—Y yo os lo agradezco —respondió él—, pero no es necesario. Tengo ayuda.

—¿Has contratado a una niñera?

–Bueno, en realidad no es una niñera. Es más bien… es una amiga.

–¿Una amiga? –repitió Paige, sin duda con la esperanza de sonsacarle.

–Sí, una amiga.

–Eso es todo lo que vas a contarme, ¿no? –murmuró Paige riéndose.

–No hay mucho más que contar –respondió él.

«Aún», añadió para sus adentros, dejando que sus ojos vagaran de nuevo hacia la puerta del dormitorio. Se imaginó a Alexa acurrucada bajo las sábanas, vestida con su camisa.

–Ah, así que la relación todavía está un poco verde –dijo Paige traviesa–. Aunque no demasiado, imagino, o no estaría ahí, contigo y con los niños. Porque hasta donde alcanza mi memoria hace bastante que no sales con una mujer, y no has dejado que ninguna de las mujeres con las que has salido se acercara a los niños.

La perspicacia de su prima lo hizo sentirse incómodo.

–Bueno, creo que ya basta de elucubrar sobre mi vida por una noche, ¿no te parece? –gruñó–. Además, te tengo que dejar.

–No pienso darme por vencida. Cuando vuelvas quiero más detalles –insistió Paige–. Y quiero conocerla. Ya sé que eres un hombre reservado, pero somos familia, y me preocupo por ti.

–Lo sé. Te llamaré cuando vuelva; un beso.

Seth colgó el teléfono sintiéndose culpable por haber rechazado la ayuda que le había brindado Paige. Claro que tampoco le parecía bien decirle a Alexa que volviese a Charleston y hacer que la hermana de su primo tuviese que hacerse cargo de sus hijos sólo porque a su ex se le había ocurrido dejárselos sin avisar.

Lo mirara por donde lo mirara era un desastre. Y, con todo, no podía dejar ir a Alexa. Sospechaba que cuando regresase a Charleston pondría toda la distancia posible entre ellos. Necesitaba tiempo con ella ahora.

La imagen de Alexa persiguiendo a sus críos recién bañados regresó a su mente en ese momento. Era la viva imagen de la vida familiar que le gustaría tener y que no tenía. Se sentía bien con Alexa a su lado.

La luz del sol, que entraba a raudales por la ventana del dormitorio, se derramaba sobre las prendas que Alexa había ido colocando en la cama. Allí había más ropa de la que podría necesitar para sólo uno o dos días.

Y había variedad. Era como si la persona que había comprado todo aquello hubiese pensado en cualquier contingencia que pudiese presentarse: ropa informal, un sencillo vestido de cóctel rojo... y hasta un bañador negro demasiado sexy.

Para el desayuno de esa mañana escogió un vestido de tirantes de color aguamarina con un estampado floral y unas sandalias.

Y había otra bolsa que, según había podido entrever con un rápido vistazo, contenía ropa interior, un camisón, y un neceser con cosméticos y artículos de aseo.

Tiempo atrás apenas se habría fijado en el lujo

58

que la rodeaba en aquella *suite* de hotel porque era a lo que había estado acostumbrada. Ahora sabía lo mucho que había que trabajar para poder vivir incluso modestamente. Se le hacía raro haber vuelto a aquel mundo que años atrás casi se la había tragado.

Decidida a mantener sus valores inamovibles, salió al salón, donde Seth estaba sentando a los gemelos en el carrito doble que les habían traído.

Al verla aparecer alzó la vista y sonrió. El brillo de sus ojos verdes y los hoyuelos en sus mejillas la atraían como un imán, como si quisieran arrastrarla a ese pequeño círculo de la familia feliz. Eso podría ser peligroso; tenía que mantenerse a distancia por su bien. Además, no era de las mujeres que saltaban así como así a la cama de un extraño. Un extraño que le resultaba más intrigante a cada segundo que pasaba...

—¿Lista? —le preguntó Seth.

—Creo que sí.

—Me alegra ver que te queda bien la ropa. Aunque para desayunar con los gemelos quizá deberíamos habernos puesto un mono de trabajo.

Antes de que pudiera reírse o responder a eso, sonó el teléfono de Seth, que alzó una mano.

—Espera un momento, tengo que contestar; es una llamada de trabajo.

Mientras hablaba tomó un maletín del sofá. Luego fue a abrir la puerta y le indicó con un ademán que saliera primera. Alexa tomó las asas del carrito y lo empujó fuera, al pasillo, antes de pulsar el botón del ascensor, en el que entraron segundos después.

Un par de plantas más abajo se abrieron las puertas y entró un matrimonio mayor vestido de manera informal, aunque impecables, para ir a hacer turismo.

Al ver a los gemelos el marido se inclinó hacia su esposa y le susurró algo sonriéndole de un modo nostálgico y señalando a los pequeños.

—¡Qué niños tan preciosos tienen! —le dijo la mujer a Alexa.

Pero antes de que ella pudiera corregirla el ascensor se detuvo al llegar al vestíbulo y el matrimonio salió antes que ellos. Alexa le lanzó una mirada vergonzosa a Seth. Suerte que estaba agarrando el carrito, porque de pronto las rodillas empezaron a temblarle.

Tenía que intentar calmarse. Dentro de nada estaría desayunando con un miembro de la realeza, algo que la intimidaba bastante a pesar de que sus padres siempre se habían codeado con gente importante. Tal vez pudiera serle útil como un contacto para su pequeño negocio, aunque no comprendía muy bien qué clase de persona invitaba a un desayuno de negocios a dos bebés.

Cuando entraron en el comedor supo al instante quiénes eran los Cortez: en hombre de cabello castaño oscuro con un aire aristocrático y una mujer rubia muy elegante sentados en una mesa para seis. Él les hizo una señal, y se acercaron.

Seth le estrechó la mano.

—Javier, te presento a Alexa Randall.

—Un placer conocerla —le dijo el hombre a Alexa, estrechándole la mano también—. Ésta es mi esposa, Victoria.

–Encantada –le dijo ésta con una sonrisa amable.

Luego, inclinándose hacia el carrito, sonrió también a los gemelos y agitó un sonajero que estaba sujeto a al asa.

–Son una monada. ¿Cómo se llaman?

–Este jovencito es Owen –dijo Seth, agachándose para levantar a su hijo–, y la damita es Olivia.

La pequeña alargó los bracitos hacia Alexa, que sintió que se le encogía el corazón de ternura. Le asustaba un poco la rapidez con que les estaba tomando cariño a los dos niños.

Alexa la sentó en una de las dos tronas que el personal del comedor había colocado. Ella ocupó el asiento entre ambas, y Seth, que iba a ocuparse de Owen, se sentó a la izquierda de éste.

Momentos después, mientras les servían, Victoria se puso la servilleta en la falda y miró a Alexa.

–Le dije a Javier que os ponía en un apuro al insistir en que trajerais a los bebés, pero la verdad es que parecen un par de angelitos –dijo alargando el brazo para hacerle cosquillas a Olivia en la barbilla–. Espero que nos llevemos bien, pequeñina, así yo puedo entretenerte para que Alexa desayune también.

–Gracias, eres muy amable –respondió Alexa, tomando su copa de zumo.

Mientras Javier y Seth hablaban sobre las cosas que había que ver en San Agustín, Olivia y Owen se tomaron la fruta que les habían servido, y Alexa estuvo en tensión hasta que se la terminaron, vigilando que ninguna de las fresas pasaran de la bandeja de Olivia a la de Owen.

Luego se quedó impresionada con Seth, que mientras conversaba y se tomaba unos huevos revueltos se puso a darle la papilla de cereales a Owen. ¡Y pensar que ella apenas había podido con los dos durante el baño la noche anterior!

Agarró a Olivia justo en el momento que Seth apartaba de su alcance un salero, y el corazón se le quedó un buen rato martilleándole contra el pecho del susto. Sería un milagro que no le diese un ataque de nervios antes de que acabasen de desayunar.

Victoria dejó los cubiertos sobre su plato, y le dijo:

—Espero que Seth te invite a unas vacaciones cuando Javier y él terminen con sus reuniones de negocios.

—¿Perdón? —inquirió Alexa, esforzándose por no quitarle el ojo de encima a los gemelos a la vez que trataba de seguir la conversación con Victoria.

Ésta se limpió los labios delicadamente con la servilleta de lino y dijo:

—Creo que te mereces un premio después de tener que encargarte de dos críos.

—Bueno, es mi trabajo, aunque sólo sea temporal.

Victoria se inclinó hacia ella y le susurró:

—Pues es evidente que él no te ve como a una niñera.

Alexa difícilmente podía negarlo cuando ella misma apenas podía disimular las miradas que le echaba a él.

—Bueno, la verdad es que apenas nos conocemos —murmuró.

Victoria agitó la mano, como restando importancia a aquel detalle, y la luz arrancó un destello de su anillo de casada.

–Esas cosas no importan demasiado en las cuestiones del corazón. Yo supe que Javier era el hombre de mi vida en cuanto lo conocí –dijo mirando con una sonrisa afectuosa a su marido–. Nos llevó un tiempo reconocer que el sentimiento era mutuo, pero si hubiera escuchado a mi corazón desde el principio, nos habríamos ahorrado muchos meses de sufrimiento innecesario.

–Ya, pero en este caso se trata sólo de trabajo –respondió Alexa, confiando en que si insistía en ello parecería que estaba siendo objetiva.

–Por supuesto –concedió Victoria, pero aun así la sonrisa no se borró de sus labios–. Lo siento, no pretendo entrometerme. Es sólo que por lo que me ha contado Javier parece que Seth se ha vuelto un adicto al trabajo desde que se divorció, y no ha tenido tiempo para ningún tipo de relación.

–No tienes que disculparte –dijo Alexa, consciente de que cualquiera que los viera juntos se llevaría la impresión equivocada.

La atracción entre ambos era innegable.

–La verdad es que supongo que estoy siendo egoísta –dijo Alexa, sacándola de su ensoñación–. Si Javier y Seth firman ese contrato, tal vez podríamos vernos de nuevo. Adoro a mi marido, pero su círculo social, por cuestiones de seguridad, es muy reducido, y por regla general desconfía de la gente a la que acabamos de conocer, pero parece que se fía de Seth. Me encantaría que pudiéramos ser amigas.

Alexa comprendía perfectamente a qué se refería. Ella también se había sentido muy sola durante su adolescencia, y de pronto se sintió culpable por haber pensado siquiera en utilizar a los Cortez como un mero contacto para su carrera profesional.

—A mí también me gustaría —respondió con sinceridad—. Seguro que lo pasaremos muy bien juntas.

¿Pasarlo bien?, repitió su conciencia. Se suponía que debía estar en Charleston, ocupándose de su empresa. Inspiró profundamente. No, se suponía que había ido allí para intentar mejorar la situación de su empresa, pero no había nada de malo en ser amable y disfrutar un poco.

—Podríamos ir a dar un paseo por la ciudad con los niños, y también ir de compras —propuso.

—Eso sería perfecto —dijo Victoria—. Y luego si te apetece podríamos ir a la piscina.

Alexa tenía el bañador, y no tenía ningún motivo para decirle que no a Victoria, pensó lanzándole una mirada a los niños. Justo en ese momento Owen estaba cerrando una de sus manitas sobre una de las fresas de su hermana, y el pánico se apoderó de Alexa al ver que iba a llevársela a la boca.

—¡Owen, no te comas eso!

Se abalanzó hacia él, agarrándole la muñeca cuando faltaba poco para que la fresa llegara a su boca, y el niño contrajo el rostro enfurruñado y empezó a berrear. Seth trató de calmarlo, y a Alexa no le dio tiempo siquiera de lanzar una advertencia… antes de que el bol de papilla de Olivia saliera disparado y fuera a caer justo en el regazo de Javier Cortez.

Capítulo Cinco

Cuando vio a Alexa con aquel bañador negro tan sexy Seth sintió como si algo lo golpeara en el estómago. Se detuvo junto al bar que había a unos metros de la piscina del hotel, y disfrutó de la vista, un placer que se agradecía después del tenso día de negociaciones que había tenido.

Mientras se aplicaba la crema de protección solar en los brazos y se reía de algo que había dicho Victoria, le pareció aún más sexy. Los gemelos dormían la siesta en un corralito colocado a la sombra de una pequeña carpa.

Sólo quedaba una media docena de huéspedes del hotel a esa hora: una pareja joven tomándose una copa en la barra, y una familia jugando con una pelota de playa en la parte poco profunda de la piscina. Él, sin embargo, sólo tenía ojos para aquella diosa del bañador negro.

Debería estar celebrando el éxito de sus negociaciones: Cortez quería que los acompañara ese fin de semana a la isla privada del rey para enseñarle la pista de aterrizaje y analizar unos cuantos detalles. Incluso podía llevar a los niños, le había dicho. El rey tenía a una niñera muy cualificada en la isla para cuando iban a visitarlo sus nietos.

Seth estaba más decidido que nunca a mantener a Alexa a su lado, a ganársela, a seducirla y llevarla a su cama hasta satisfacer esa potente atracción que había entre ellos. Aún no sabía cómo iba a hacerlo, pero no la dejaría ir sin haberlo conseguido.

Se moría por asirla por las caderas y dejar que sus manos se deslizaran por ellas hasta la cara interna de sus muslos para encontrar el calor húmedo entre ambos que estaba seguro que estaba esperándolo.

El ruido de chapoteo en la parte poco profunda de la piscina lo devolvió a la realidad. Tenía que hacer algo para refrenar esa clase de pensamientos en público. Y hasta cuando estuvieran a solas. Tenía que ser paciente. No quería ahuyentarla, se dijo recordando cómo había reaccionado cuando la había besado. Era evidente que había estado tan excitada como él, pero esa mañana, mientras se preparaban para bajar a reunirse con los Cortez en el comedor, había estado evitándolo.

Sin embargo, había tenido la sensación de que había ido ablandándose durante el desayuno. La había pillado mirándolo más de una vez, con una mezcla de confusión y atracción, y el recuerdo del beso escrito en sus ojos.

Se apartó del bar y fue hasta donde estaban Alexa y Victoria.

–Buenas tardes, señoras.

Sobresaltada, Alexa alzó la mirada hacia él. La vio abrir mucho los ojos, y habría jurado al mirarle los brazos, que se le había la carne de gallina por la excitación.

Alexa tomó la bata de playa que había dejado sobre la mesa y se apresuró a ponérsela, pero a Seth le dio tiempo a ver que se le habían endurecido los pezones. Su propio cuerpo palpitó de excitación, ansiando poder tomar aquellas circunferencias perfectas en las palmas de sus manos.

–Seth, no esperaba que acabarais tan pronto –balbució.

Victoria tomó su cesta de playa.

–Si ya habéis terminado con vuestras negociaciones imagino que mi marido estará libre –le dijo a Seth poniéndose de pie–, así que si me disculpáis…

Se despidió de ellos y se marchó. Qué a tiempo, pensó Seth, tomando asiento en la tumbona que había dejado libre, junto a Alexa.

–¿Qué tal se han portado los niños?

–No me han dado ningún problema. He apuntado todo lo que han comido y a qué hora se han puesto a dormir la siesta. Haber estado jugando en la piscina los ha dejado agotados –dijo Alexa jugueteando con la cinta que cerraba la bata, justo entre sus pechos.

Seth se obligó a mirarla a la cara.

–Me gustaría que te quedaras con nosotros un par de días más.

Ella lo miró boquiabierta antes de tragar saliva.

–¿Quieres que me quede más tiempo…? No puedo. Mi negocio es un negocio pequeño y…

–¿Y no puede ocuparse tu socia?

–No puedo cargarla con todo indefinidamente. Además, no podemos permitirnos pérdidas.

Ésa precisamente era la razón por la que Seth no

quería contratar los servicios de su compañía, porque era demasiado pequeña y no contaba con los recursos ni el personal necesario. Se inclinó hacia delante apoyando los codos en las rodillas.

–Creía que habías aceptado esa subcontrata para impresionarme y conseguir una entrevista conmigo.

–Y así es –Alexa dobló las piernas y se abrazó las rodillas contra el pecho–, pero también hay otras compañías para las que trabajamos, y tengo papeleo del que ocuparme.

–Eso no debe dejarte mucho tiempo para tu vida privada.

Como el sol de la tarde le estaba pegando de pleno, se quitó la chaqueta y se aflojó la corbata. ¡Cómo odiaba la ropa que lo constreñía!

–Es una inversión de futuro –respondió Alexa.

–Lo comprendo –Seth posó la mirada en sus hijos, que dormían plácidamente en el corralito.

–Tú eres un hombre que te has hecho a ti mismo, y eso es admirable. Yo también tengo sueños, y estoy esforzándome por hacerlos realidad –le dijo ella.

Estaba a punto de cerrar un acuerdo con Javier Cortez para proporcionar aviones privados a la familia real de los Medina. Aquello le daría a su compañía el impulso que necesitaba y podría por fin montar una fundación sin ánimo de lucro para operaciones de búsqueda y rescate, lo que siempre había querido hacer. Estaba a un paso, y debería estar feliz, pero en vez de eso estaba inquieto. ¿Y por qué? Porque no podía tener a aquella mujer en la que no podía dejar de pensar.

–Bueno, olvidémonos por ahora de mañana y del trabajo. Ya hablaremos de eso luego. Deberíamos disfrutar del resto de la tarde ya que estamos aquí.

–¿Y qué es lo que tenías en mente exactamente? –inquirió ella, mirándolo recelosa.

Seth se levantó con la chaqueta en la mano.

–Vamos a salir por ahí.

–¿Con los gemelos? ¿No has tenido ya bastante con la experiencia del desayuno?

Él sonrió y se acercó para levantar en brazos a la pequeña Olivia, que todavía estaba adormilada.

–Confía en mí, todo irá bien.

–Si tú lo dices… –respondió ella acercándose para tomar a Owen en brazos.

–Por supuesto que sí. Espera a ver lo que tengo planeado –dijo Seth–. Ponte algo con lo que estés cómoda. Y no estaría de más llevarnos una muda para los niños, por si se manchan.

Alexa todavía no veía muy claro que aquello fuese una buena idea, pero se encogió de hombros y lo siguió dentro del hotel.

Seth estaba cerrando la puerta detrás de él cuando oyó a Alexa emitir un gemido ahogado, como si acabara de darse cuenta de algo.

–¿Te has dejado alguna cosa en la piscina? –inquirió él sin volverse.

Al ver que Alexa no contestaba, se giró y vio que estaba mirándolo espantada. ¿Qué diablos…? Fue cuando alzó una mano temblorosa para señalar cuando vio que no estaba mirándolo a él, sino a Olivia, a la que él llevaba en brazos.

Lo que estaba señalando era la cara de Olivia: tenía un bulto en la aleta izquierda de la nariz, como si se hubiese metido algún objeto.

Sentada en el borde del sofá de su *suite* con Olivia en su regazo, Alexa se esforzó por reprimir el pánico mientras trataba de sujetar a la pequeña, que no dejaba de revolverse. La subida en el ascensor había sido desquiciante, con Seth intentando mirarle la nariz a Olivia, y la niña más agitada por momentos.

¿En qué momento podría haberse metido aquello en la nariz? Y, una pregunta aún más importante: ¿qué era lo que se había metido? Alexa contrajo el rostro angustiada. No le había quitado los ojos de encima un segundo mientras habían estado en la piscina, excepto cuando los niños se habían echado a dormir la siesta. ¿Se habría despertado la pequeña en algún momento y ella no se había dado cuenta? ¿Habría encontrado algún objeto pequeño en el corralito?

Seth se había arrodillado delante de ella, y estaba intentando tomar la cabeza de su hija entre las manos.

—Me parece que podré sacárselo si la sujetas para que pueda empujar con el pulgar por fuera de la nariz.

—Créeme, lo estoy intentando —respondió ella. Pero Olivia no hacía más que chillar y patalear, dándole patadas a su padre en el estómago. La carita se le había puesto roja del sofoco, y estaba perlada con sudor.

Seth le soltó la cabeza y miró a su alrededor.

—¿Está por ahí el bote de pimienta de la cena de anoche? —le preguntó a Alexa.

Ella sacudió la cabeza.

—El servicio de limpieza se lo llevó todo esta mañana. Oh, Dios, Seth, no sabes cómo lo siento… No sé cómo ha podido pasar…

De pronto se oyó un golpetazo. Alexa y Seth se miraron espantados.

—¡Owen!

Los dos se levantaron como un resorte en el instante en que se oyó un llanto detrás del sofá. Alexa corrió detrás de Seth con Olivia en brazos. Owen se había quedado sentado en el suelo al caerse, aunque parecía que no estaba llorando porque se hubiese hecho daño, sino por el susto. Había intentado encaramarse a una silla y se había caído.

Seth se arrodilló a su lado y le frotó los brazos y las piernas con las manos.

—¿Te has hecho daño, hijo? Ya te he dicho que no te subas a los sitios, que te caes —le riñó acariciándole la frente, donde la cicatriz atestiguaba la brecha que se había hecho—. Tienes que ser bueno y hacerle caso a papá.

Seth lo levantó del suelo y lo apretó contra sí un instante exhalando un suspiro de alivio.

—Toma tú a Owen —le dijo a Alexa—. Tú te quedas aquí con él y yo me llevo a Olivia a urgencias.

—¿Todavía te fías de mí?

—Pues claro que sí—. Los accidentes ocurren.

Se inclinó hacia ella para tomar a Olivia, pero la pequeña dio un chillido y se agarró con más fuerza al cuello de Alexa, apartando la cara, frenética, para rehuir a su padre.

Seth frunció el ceño.

–Eh… ¿qué pasa, hija? Soy yo, soy papá.

Alexa le dio unas palmaditas en la espalda a la pequeña y la acunó moviéndose a un lado y a otro.

–Debe creer que vas a intentar apretarle la nariz otra vez.

–Olivia, hija, no voy a hacerte nada, pero tenemos que irnos –dijo Seth.

Dejó a Owen en el suelo y arrancó de los brazos de Alexa a la pequeña, que se puso a llorar de tal modo que su hermano empezó a sollozar.

–Seth, deja que la tome yo en brazos o se pondrá más nerviosa. Podemos ir los dos a urgencias y llevarnos a Owen –le propuso.

–Tienes razón. Necesitamos que nos lleven –dijo Seth. Corrió al teléfono para hablar con la recepción del hotel–. Soy Seth Jansen. Pídanos un taxi para que nos lleve a urgencias del hospital más cercano.

Alexa se calzó las sandalias que se había puesto para bajar a la piscina. Por suerte le había dado tiempo a echarse un jersey encima del bañador y ponerse un pantalón. Salieron al pasillo y subieron al ascensor. Alexa trataba de calmar a Olivia, que por lo menos ya sólo sollozaba y había dejado de chillar.

Los pisos parecían pasar muy despacio. De pronto el ascensor se detuvo y cuando las puertas se abrieron entró el matrimonio anciano con el que se habían encontrado al bajar a desayunar.

Esa vez iban vestidos para salir a bailar y a cenar. La mujer se inclinó hacia Olivia y le preguntó:

–¿Qué pasa, bonita, por qué estás llorando?

–Se ha metido algo en la nariz –explicó Seth, tenso por la preocupación. Miró la pantalla que indicaba el piso por el que iban, como si eso fuese a hacer que el ascensor fuera más rápido–. La llevamos a urgencias.

Como si notase lo tenso que estaba su padre, Olivia apretó el rostro contra el cuello de Alexa.

La mujer miró a su marido y le guiñó un ojo con complicidad. El caballero, que iba muy elegante con su esmoquin, alargó el brazo hacia Olivia.

–¿Qué es eso que tienes detrás de la oreja, pequeña? –dijo, como si fuera a hacer un truco de magia.

La niña giró la cabeza para mirar y entonces la mujer, rápida como el rayo, alargó la mano y deslizó un dedo con fuerza por la nariz de Olivia. Un botón blanco cayó en su mano. La mujer lo levantó para compararlo con los de la camisa de Seth. ¡Era de su camisa! Ni siquiera se habían dado cuenta de que le faltaba uno, justo debajo del primero.

Sorprendido, Seth le dio las gracias y se apresuró a guardarlo en el bolsillo antes de que Olivia pudiese echarle mano.

–Debía estar suelto y me lo habrá arrancado antes, cuando la saqué del corralito –dijo.

Alexa se había quedado maravillada de la facilidad con que la pareja se las había apañado para sacar el botón de la nariz de Olivia.

–¿Cómo lo han hecho?

El hombre se ajustó la pajarita con una sonrisa.

–Cuando se han tenido varios hijos uno va adquiriendo práctica, y hay cosas que nunca se olvidan. Ya verán como dentro de poco le van pillando el truco.

La pareja salió del ascensor, dejando dentro a Alexa y Seth. Las puertas se cerraron de nuevo, y Alexa apoyó la espalda aliviada contra la pared mientras Seth llamaba a recepción para decirles que podían cancelar el taxi. Volvieron a subir a la *suite*, pero antes de entrar se detuvo y se volvió hacia Alexa.

–Gracias –le dijo.

–¿Por qué? Me siento como si te hubiera defraudado –murmuró.

Se sentía tan aturdida aún por el susto y la preocupación que no podía ni imaginarse como debía sentirse él, que era el padre.

–Por estar a mi lado. Mi familia siempre está diciéndome que me cuesta mucho pedir ayuda, y es verdad. Soy un hombre orgulloso y me cuesta admitir que no puedo hacerlo todo yo solo. Pero ahora tengo que reconocer que tener a alguien a tu lado hace que las cosas sean más fáciles. Como hoy.

Sus ojos verdes esmeralda la miraban de un modo cálido. Alexa necesitaba tanto creer en la sinceridad que veía en sus ojos… Se sentía apreciada, valorada como persona.

–No hay de qué.

Por un momento creyó que iba a besarla, y un cosquilleo recorrió sus labios anticipando el momento, pero Seth miró a los niños y sacó la llave de la *suite*.

–¿Te parece que nos cambiemos y preparemos la bolsa con las cosas de los niños para irnos? Aún tenemos toda la tarde por delante.

Alexa parpadeó y se quedó paralizada un instante, aturdida. ¿Aún tenían toda la tarde por delante?

Ella estaba agotada emocionalmente, sin embargo, la idea de pasar fuera la tarde con Seth y los niños resultaba demasiado tentadora como para declinar.

La tarde estaba siendo perfecta. Había comenzado con un *picnic* en un parque del siglo XVII cerca del puerto. Los niños habían jugado, habían comido, y se habían manchado todo lo que habían querido.

Luego Seth había alquilado un coche de caballos para recorrer el casco antiguo de la ciudad al atardecer. Olivia y Owen se habían puesto como locos al ver el caballo. Aunque los niños ya tendrían que estar en sus cunitas, Seth había pagado al conductor para que continuara por la ribera del río. El sonido de los cascos del caballo hizo que los niños se durmieran.

Aquella era una noche tan perfecta que parecía sacada del cuento de *Cenicienta*. La única diferencia era que Cenicienta tenía un final feliz en el que el príncipe y ella vivían felices para siempre, y para ella aquello sólo era algo temporal.

No podía perder de vista la realidad, ni el hecho de que Seth Jansen era un astuto hombre de negocios. Sabía que la deseaba. ¿Podría ser tan retorcido como para estar utilizando a sus hijos para retenerla allí?

Recordó la manera tan intensa en que la había estado mirando unas horas antes, junto a la piscina. Sus ojos habían recorrido su cuerpo con una mirada ardiente, hambrienta.

Años atrás no habría sido incapaz de ponerse en bañador por miedo a que la gente descubriera su secreto y por sus inseguridades. Había superado aquello, pero ante la posibilidad de tener relaciones íntimas con un hombre aquellos temores volvían porque sabía que le preguntarían por qué tenía esas estrías cuando no había tenido ningún hijo. Lo había superado, pero no era algo de lo que la agradase hablar.

Apoyó la barbilla en la cabecita de Owen y le preguntó a Seth, que iba sentado frente a ella con Olivia en brazos:

—¿Qué tal van tus negociaciones con Cortez?

—Parece que vamos avanzando; estamos más cerca de cerrar un trato y mi instinto me dice que hay posibilidades de que consiga añadir a la familia Medina a mi cartera de clientes.

—Bueno, si quiere que sigáis negociando eso tiene que ser buena señal —observó ella.

—Así lo veo yo también —asintió él—. ¿Y tú qué tal has pasado el día? Parecía que estabas divirtiéndote con Victoria.

Los recuerdos de la intensidad con que la había mirado en la piscina y el beso de la noche anterior acudieron a su mente, y la invadió una ola de calor. La brisa jugueteaba con su cabello, desordenándolo. Alexa le confesó a Seth:

—Me siento culpable de llamar a esto trabajo cuando parecen más unas vacaciones.

—Tener que estar pendiente todo el tiempo de dos niños no son vacaciones —apuntó él.

—Pero tú me has echado una mano cada vez que has podido, y Victoria también me ha ayudado mucho hoy.

—Sí, bueno, aunque ninguno de los dos pudimos

evitar el incidente de la papilla esta mañana en el desayuno –comentó Seth riéndose–. Suerte que Cortez es más campechano de lo que esperaba.

Alexa cambió con cuidado de postura para que Owen estuviera más cómodo.

–Lo de este paseo en coche de caballos ha sido una gran idea –le dijo a Seth–. A los niños les ha encantado y ahora duermen como benditos.

Seth sonrió.

–Pasé mucho tiempo en contacto con la naturaleza durante mi infancia, y me gusta que mis hijos disfruten también del aire libre cuando están conmigo.

Ya estaba anocheciendo, y la luz de la luna se reflejaba en las aguas que bañaban el puerto.

–La verdad es que esto es idílico –murmuró ella–: la brisa del mar, el entorno histórico…

–Y el buen tiempo –añadió Seth–. Me encanta el buen tiempo que hace aquí todo el año.

–Bueno, todo el año… de enero a marzo el viento del océano corta como un cuchillo.

Seth se echó a reír.

–¡Qué exagerada eres! Para decir eso es evidente que no has estado nunca en Dakota del Norte. A mi tío se le formaban carámbanos en la barba. Del frío.

–¿Me estás tomando el pelo?

–No, en serio. Mis primos y yo salíamos fuera a jugar, hiciera el frío que hiciera; estábamos acostumbrados.

–¿Y qué hacíais para divertiros? –inquirió ella.

–Montábamos a caballo, íbamos de excursión a la montaña, nos deslizábamos por las laderas con nuestros trineos cuando nevaba… Y luego, ya un poco más mayor yo aprendí a pilotar una avioneta y descubrí lo mucho que me gustaba volar.

Alexa sonrió. Seth era mucho más que un hombre de negocios que se había hecho millonario por una idea que había patentado.

–¿Qué me cuentas de ti? ¿Qué querías ser de mayor?

Ella se encogió de hombros y respondió de un modo evasivo:

–Estudié lo que siempre quise estudiar: Historia del Arte

–¿Pero por qué Historia del Arte precisamente?

–Por mi obsesión con buscar la belleza.

Estaban acercándose peligrosamente a aquella parte de su pasado que la incomodaba. Alexa señaló un barco con aspecto antiguo, con sus velas y todo, amarrado al muelle, donde se oían música y risas.

–¿Qué será eso?

Seth vaciló un instante antes de contestar, como si se hubiera dado cuenta de que estaba intentando desviar la conversación.

–Es una réplica de un barco pirata, el *Black Raven*. Organizan fiestas para niños y adultos –explicó señalando a una pareja vestida con trajes de época que se dirigía allí–. He pensado que algún día podría alquilarlo para organizar la fiesta de cumpleaños de los niños.

Alexa se rió.

–Ya te imagino con una camisa pirata, a lo Jack Sparrow. Seguro que estarías más cómodo, sin tener que estar tirándote de la corbata todo el tiempo.

–Vaya, no sabía que se me notara tanto.

Ella se encogió de hombros y se quedó callada.

–Hay un montón de cosas que espero poder enseñarle mis hijos algún día –dijo Seth. Señaló el cielo–. Enseñarles a distinguir la Osa Mayor. O mi constelación favorita, el cinturón de Orión. ¿Ves esa estrella anaranjada? Es Betelgeuse, una supernova roja.

–Si hubieras nacido antes de que se inventaran los aviones seguro que habrías sido pirata, y habrías surcado los mares guiándote por las estrellas.

–Para volar también es útil conocerlas –le dijo él–. Cuando iba buscando montañistas perdidos y los instrumentos de navegación del avión se estropeaban, Betelgeuse me salvó en más de una ocasión, evitando que me perdiera.

Alexa recordó haber leído algo de eso cuando había buscado información sobre él antes de mandarle su propuesta.

–Ah, sí, al principio tu compañía se dedicaba a hacer búsquedas y rescates en la montaña, ¿no?

–Así es. Es lo que más me gustaba. Bueno, y lo sigue siendo –dijo él con pasión.

–¿Y entonces por qué lo has cambiado por el alquiler de aviones privados?

–Por desgracia buscar y rescatar a gente no da mucho dinero; pero ahora que el negocio está yendo bien espero poder crear una fundación en la que me volcaría más, y dejaría el negocio en manos de otra persona.

De pronto las piezas del complejo puzzle que era Seth empezaban a encajar: el millonario, el padre, el filántropo… Y encima era guapo, pensó Alexa. Era un auténtico peligro.

Seth la miró a los ojos y, sin previo aviso, se levantó y se sentó a su lado. Alexa, de inmediato, notó ese magnetismo suyo que parecía tirar de ella.

Seth le pasó un brazo por los hombros, atrayéndola hacia sí, y ella se dejó hacer. Se sentía cómoda, pero a la vez inquieta. ¿Hasta dónde quería dejar que llegase aquello? Aunque él no había vuelto a mencionarlo, no se había olvidado de que le había pedido que se quedara un par de días más. No quería mezclar el trabajo con lo personal.

Habían llegado a su hotel. El coche de caballos se detuvo frente a la fachada y después de que Seth pagara al conductor entraron y subieron a su *suite*.

Los niños estaban demasiado adormilados como para bañarlos, así que los metieron directamente en sus cunitas.

Aquella tarde le había dado la oportunidad de aprender más cosas de ella, y estaba empezando a sentirse algo culpable. Alexa tenía un gran corazón, pero también parecía tener metida en la cabeza la idea de que podría convencerlo para que contratara los servicios de su pequeña empresa de limpieza. Ya le había dicho que no estaba interesado, pero sospechaba que ella creía que podía hacerle cambiar de opinión.

Tenía que aclarar aquello antes de que las cosas fuesen más lejos. No tenía elección, tenía que ser sincero con ella. Se lo debía cuando menos por lo paciente y cariñosa que estaba siendo con sus hijos.

Cuando salió del dormitorio se encontró con Alexa, que venía del cuarto de baño. Seguía vestida con la falda y la blusa que se había puesto para salir, pero estaba descalza.

–Esta tarde mencionaste que querías que me quede un par de días más y me dijiste que hablaríamos luego de ello –dijo Alexa.

–Sí, es que ha habido un cambio de planes. No voy a regresar a Charleston mañana por la mañana.

–¿Vas a quedarte aquí? –inquirió ella confundida.

Preocupado por que pudieran despertar a los pequeños, cerró suavemente la puerta y condujo a Alexa hacia el sofá.

–No exactamente –dijo, haciéndole un ademán para que tomara asiento. Cuando lo hubo hecho, él se sentó a su lado–. Mañana Cortez y yo vamos a ir a la isla privada del rey; quiere mostrarme la pista de aterrizaje y que hablemos de las posibilidades que habría de mejorar las medidas de seguridad.

–Vaya, eso es estupendo, me alegro por ti –respondió ella con una sonrisa.

El que Alexa se alegrara sinceramente por su éxito hizo a Seth sentirse todavía más culpable.

–Necesito decirte algo.

Ella lo miró con cierto recelo.

–Te escucho.

–Quiero que vengas conmigo –la tomó por la barbilla y la besó–. No por nuestro acuerdo, ni por los niños, sino porque te deseo. Y antes de que lo preguntes, sí, cumpliré mi promesa de recomendar tu empresa a mis contactos, y escucharé tu propuesta, pero eso es todo lo que puedo ofrecerte.

Alexa palideció de repente, y abrió mucho los ojos.

–Estás intentando decirme que no tienes la menor intención de considerar mi propuesta. ¿No es eso?

Seth asintió.

–Tu empresa es demasiado pequeña para las necesidades de la mía; lo siento.

Alexa se mordió el labio y se encogió de hombros.

–No tienes que disculparte. Ya me lo dijiste el primer día; pero yo me negué a escucharte.

–Creo que tu empresa va por buen camino –le dijo Seth–. Y si nos hubiéramos conocido dentro de un año tal vez mi respuesta habría sido diferente.

No pudo evitar preguntarse si las cosas habrían sido distintas también en lo personal: dentro de un año sus hijos serían un poco más mayores, y ya no tendría clavada tan honda la espinita del divorcio.

–Entonces mañana me marcharé –murmuró Alexa.

Una sombra cruzó por su rostro cuando lo miró. Seth no estaba seguro de si era enfado o pena, pero decidió arriesgarse e insistir por si fuera lo segundo.

–O podrías venir con los niños y conmigo a la isla. Sólo son dos días.

Alexa apretó los labios.

–Puede que tú tengas libres todos los fines de semana, pero Bethany y yo tenemos que trabajar uno sí y otro también para poder sacar adelante la empresa. Además, ya he perdido dos días porque esperaba que pudiera cuajar una propuesta de negocio. No puedo seguir cargando a Bethany con todo.

–Pienso cumplir lo que te he prometido, Alexa. Vamos, he sido sincero contigo –le dijo Seth–. Y pagaré lo que os haga falta si necesitáis contratar a alguien para este fin de semana.

Ella lo miró espantada.

–Ya me has pagado más que suficiente. No se trata del dinero.

–Es igual, no me importa lo que tenga que pagar. Considéralo un extra por lo bien que lo estás haciendo con mis hijos. Además, necesito tu ayuda.

Alexa se cruzó de brazos, poniéndose a la defensiva.

–¿Ahora pretendes hacerme creer que quieres que me quede por los gemelos?

–Me gusta lo felices que se les ve cuando estás con ellos. Te adoran.

–Y yo los adoro a ellos, pero aunque acceda a esta descabellada propuesta, dentro de un par de días volveremos cada uno a nuestra vida y ya no los veré más.

–Puede que sí o puede que no –la cortó Seth tomándola de ambas manos.

¿Por qué había dicho eso? Creía que tenía claro que no quería nada serio.

Alexa soltó sus manos.

–No estoy preparada para tener una relación.

Seth sintió una punzada en el pecho. ¿No era eso precisamente lo que esperaba oír? ¿Por qué le habían dolido entonces esas palabras?

Puso una mano en la mejilla de Alexa.

–No tiene por qué ser una relación.

–¿Y entonces qué, sólo sexo?

El oír aquella palabra de sus labios hizo que una ráfaga de deseo lo sacudiera.

–Ésa es la idea, seguir donde lo dejamos anoche.

Seth aguardó impaciente su respuesta. Alexa esbozó una media sonrisa, y deslizó sus manos lentamente por su camisa como si todavía estuviese pensándoselo. Aquella leve caricia hizo que Seth se excitara aún más. Los dedos de Alexa se detuvieron justo antes de llegar al cinturón y lo miró a los ojos.

—¿Sólo este fin de semana? —inquirió para cerciorarse.

—Sólo este fin de semana —respondió. O algún día más. En ese momento no estaba seguro más que de una cosa: de que la deseaba—. Empezando ahora mismo.

Capítulo Seis

Alexa se inclinó hacia Seth, ávida de sus caricias. Había ansiado sentir sus manos en su piel desde la primera vez que lo había visto. Estaba enfadada porque de pronto se habían desbaratado sus esperanzas de conseguir un contrato, pero en cierto modo también la había hecho sentirse aliviada. Ahora que ya no había relación laboral entre ellos, no tenía que seguir refrenando la atracción que sentía hacia él.

Sólo había tenido relaciones con dos hombres antes de Travis, y después de Travis con nadie más. Alexa era la clase de persona que sólo daba ese paso tras meses de relación. Aquello era completamente inusual en ella, y no hacía sino poner de relieve lo potente que era esa atracción que sentía hacia Seth.

La posibilidad de tener un romance con él era una tentación muy grande como para resistirse.

Besó la palma de la mano de Seth. Aquello le arrancó de la garganta un rugido de deseo que avivó el de ella.

Sin apartar la mano de su mejilla, Seth inclinó la cabeza para besarla en el cuello, haciendo que una serie de escalofríos deliciosos descendieran por su espalda. Alexa echó la cabeza hacia atrás para que pudiera besarla mejor, y él le apartó el cabello con una mano antes de tomarla por la cintura para atraerla hacia sí.

Luego sus labios se lanzaron sobre su cuello, alternando besos y suaves mordiscos. Empujó con la barbilla el cuello de la blusa, raspando ligeramente su piel.

Alexa podía notar la tensión en los músculos de Seth, una tensión que le decía lo mucho que le estaba costando ir despacio. Por eso, el que estuviera mostrándose tan meticuloso la excitó aún más.

Lo agarró por la camisa atrayéndolo más hacia sí. Seth se puso de pie, la alzó en volandas, y Alexa le rodeó el cuello con los brazos para no caerse.

Seth la llevó a su dormitorio y la depositó en la cama. Luego dio un paso atrás y empezó a desabrocharse la camisa con ella observándolo. Sin embargo, no parecía que le molestara, sino que incluso lo excitaba.

Se quitó la camisa y se desabrochó el cinturón, después se bajó la cremallera de los pantalones, y Alexa vio que estaba tan excitado como ella. Su miembro se había puesto rígido y se levantaba orgulloso hacia los músculos de su abdomen. Su pecho, de contornos bien definidos, estaba salpicado de vello dorado. Parecía una escultura de un dios griego, y esa noche era todo suyo…

Sin embargo, mientras lo devoraba con la mirada, Alexa se puso nerviosa al pensar que pronto le tocaría a ella desnudarse.

Se giró hacia la mesilla y alargó el brazo para apagar la lámpara, rogando que él no insistiera en que la dejara encendida. Sus ojos se hicieron poco a poco a la oscuridad, que se tornó en penumbra con la luz de la luna, que se filtraba por las finas cortinas blancas de la ventana. Alexa esperó, Seth no dijo nada.

Alexa tragó saliva para intentar controlar sus nervios, se incorporó, quedándose sentada, y se sacó la blusa por la cabeza. Seth se quitó los pantalones, se subió a la cama, y se colocó sobre ella, empujándola suavemente para que se reclinara sobre los almohadones.

Bajó la mano al cierre de su falda, y Alexa vio en sus ojos que estaba esperando su consentimiento. Por toda respuesta, Alexa entrelazó los dedos en su pelo, lo atrajo hacia sí para besarlo y abrió la boca, ofreciéndose a él. Absorta como estaba en el beso, apenas se dio cuenta cuando Seth se deshizo hábilmente de su falda y le desabrochó el sujetador. Se notaba cada vez más ansiosa. Quería más, quería que fueran más deprisa. Se agarró a los hombros de Seth, susurrándole eso mismo al oído, pero él parecía dispuesto a tomarse su tiempo.

Descendió por su cuello con besos y suaves mordiscos, y cuando llegó a sus senos tomó primero un pezón y luego el otro en su boca, succionando y lamiéndolos con la lengua. Las uñas de Alexa le arañaron ligeramente la espalda.

La mano de él, que estaba deslizándose entre su cuerpo y el de ella, se detuvo al llegar a su ombligo.

–Desde el otro día, cuando te vi con ese bañador negro con ese escote tan pronunciado, no he podido dejar de pensar en tu ombligo –murmuró Seth–. Estaba deseando tocarlo; tocarte.

–No te detengas –le rogó ella en un susurro.

Seth prosiguió con aquel dulce tormento, y pronto la desesperación de Alexa era tal que estaba moviendo la cabeza de un lado a otro sobre los almohadones. Rodeó la pierna de Seth con la suya, apretándose contra su duro muslo. Seth se apartó de ella, y Alexa protestó con un gemido.

–Shhh… –la tranquilizó él, poniendo un dedo sobre sus labios–. Sólo será un segundo.

Abrió el cajón de la mesilla de noche y sacó un paquete de preservativos.

Un segundo después volvía a colocarse sobre ella, y la mente de Alexa se quedó en blanco cuando la penetró. Su miembro era tan grande… Le rodeó la cintura con las piernas, abriéndose más para él, deleitándose en la sensación de tenerlo dentro de sí.

De pronto Seth rodó sobre la espalda y Alexa se encontró tumbada sobre él. Se irguió, notando cómo su miembro se hundía aún más en ella. Los ojos de él ardían. La agarró por la cintura, y Alexa empujó sus caderas contra las de él.

Echó la cabeza hacia atrás, maravillada por la exquisita sensación que la sacudió. Era el ángulo perfecto; al moverse, la punta del miembro de Seth había tocado justo el punto más sensible, oculto entre sus piernas. Seth empezó a sacudir también sus caderas contra las de ella, y cada embestida la excitaba todavía más, hasta que pronto se encontró arañándole el pecho, desesperada por saciar su deseo.

Nunca se había sentido tan fuera de control. Creía que conocía su cuerpo, y los placeres que un hombre podía proporcionarle en la cama, pero nunca había experimentado nada tan intenso como aquello, como aquel ardiente cosquilleo en todo su ser.

Volvieron a cambiar de postura, con él encima de

ella embistiéndola más deprisa, con fuerza, mientras la cabeza de su miembro atormentaba ese punto dentro de ella una y otra vez hasta que…

Una miríada de sensaciones explotaron dentro de ella, y vio destellos de luz blanca tras sus párpados cerrados. La boca de Seth cubrió la suya, ahogando sus jadeos y sus gritos al tiempo que las últimas oleadas de placer la sacudían.

Seth rodó sobre el costado y la apretó contra su pecho. Los tapó a ambos con las sábanas, y la besó tiernamente en la cabeza mientras le acariciaba la espalda. Alexa, que tenía el oído pegado a su pecho, podía oír los fuertes latidos de su corazón.

¿Qué acababa de ocurrir? Aquello había sido el sexo más increíble de su vida. Cuando el fuego del deseo empezó a apagarse, aquel pensamiento la asustó. Tenía que distanciarse para recomponer sus defensas. Establecer su independencia después de su divorcio había sido difícil. No quería volver a tener esa dependencia emocional que había tenido con Travis.

Cuando la respiración de Seth se relajó y comenzó a roncar suavemente, se apartó de él y se bajó muy despacio de la cama. Necesitaba pensar en lo que acababa de pasar entre ellos. Se puso la blusa y las braguitas, notando todavía su cuerpo extremadamente sensible. Recogió su falda y el sujetador del suelo, y fue hacia la puerta.

–¿Te marchas? –preguntó él desde la cama, cuando ya tenía la mano sobre el picaporte.

Alexa se volvió y, manteniendo la cabeza alta, respondió:

–Me voy a dormir a mi habitación.

Seth se incorporó y se estiró para desperezarse. Al ver cómo se movían los músculos de su ancho tórax Alexa sintió un deseo irreprimible de volver a la cama.

–No te sientes preparada para que durmamos juntos –dedujo masajeándose el cuello con la mano.

–Me gustaría hacerlo –respondió ella. ¡Vaya si quería hacerlo!–, pero no, no me siento preparada.

–Me alegra oír eso. Espero que este fin de semana lo veas de otra manera.

Se bajó de la cama y unos instantes después estaba a su lado. La besó sólo una vez, como si únicamente pretendiera dejar su marca en ella. Luego dio un paso atrás mientras ella salía.

–Mañana tenemos que salir temprano –le dijo–. Buenas noches, que duermas bien.

–Buenas noches –murmuró ella, y Seth cerró la puerta.

A bordo del avión privado de Seth, Alexa observó el océano Atlántico. En la distancia había un pequeño punto, la isla que los esperaba; su destino.

Seth y ella se habían despertado tarde y no había habido tiempo para hablar. Habían vestido a los niños, habían hecho las maletas, y habían salido corriendo del hotel para subirse con Cortez y su esposa a la limusina que los había llevado al aeropuerto, donde los esperaba el avión de Seth. Alexa había aprovechado el trayecto para llamar a Bethany y explicarle el cambio de planes.

Bethany estaba tan entusiasmada con la promesa que Seth le había hecho a Alexa de proporcionarle contactos, que le dijo que no se preocupara por nada.

Alexa miró hacia la puerta abierta de la cabina, donde Seth iba pilotando con Javier en el asiento del copiloto. La noche anterior volvió a su mente con todo detalle.

—Parece que Javier y Seth se entienden muy bien —comentó Victoria, sacándola de su ensimismamiento—. Será porque los dos son hombres solitarios.

¿Solitarios? A ella nunca se le habría ocurrido describir así a Seth. Alexa esbozó una sonrisa y tomó un sorbo de café.

—Será por eso. Perdona que esté tan callada —dijo Alexa, buscando una excusa que explicara por qué se había abstraído de repente de esa manera. Difícilmente podía decirle que se debía al apuesto hombre que pilotaba el avión—. Es que me parece tan surrealista que esté a punto de pisar la residencia de un rey.

—Bueno, como sabes ya no es rey porque fue depuesto, y es un hombre muy amable y campechano. Pero si te hace sentirte más tranquila te diré que ahora mismo no está en la isla, sino en el continente. Le están haciendo unos chequeos médicos por una operación que tuvo hace poco. Así que tendremos la isla para nosotros solos, aparte del servicio y el personal de seguridad, por supuesto. No sé si Seth te lo ha dicho, pero incluso hay una niñera, así que podrás despreocuparte un poco de los niños y disfrutar del fin de semana.

—¿Y no vive ningún otro miembro de la familia real en la isla?

–No, todos tienen su casa en otros lugares. Pero ahora que la familia se ha reconciliado van de visita más a menudo.

–Lo que implica más tráfico aéreo hacia la isla –concluyó Alexa. Eso explicaba el interés de la familia Medina en Aviones Privados Jansen.

–Y también más medidas de seguridad –añadió Victoria.

Alexa asintió. No podrían haber encontrado a nadie mejor que Seth, que no sólo tenía una compañía de aviones privados, sino que además había inventado aquel dispositivo de seguridad para los aeropuertos.

–Debe ser extraño tener que vivir rodeado de tantas medidas de seguridad –comentó Alexa.

Victoria resopló para apartar un mechón rubio de su frente.

–Peor que eso es la insistencia de la prensa. Hasta los parientes más lejanos tienen que mantenerse alerta para no revelar ningún detalle que pueda poner en peligro la seguridad del rey.

–Es muy triste. Pero comprensible, naturalmente.

Miró hacia la ventanilla y vio que ya estaban llegando a la isla. Las altas palmeras sobresalían entre la vegetación, y en el centro se divisaba lo que parecía una fortaleza, con una serie de edificaciones en torno a una mansión blanca y unos extensos jardines con piscina.

El avión descendió hacia una isla más pequeña que tenía una pista de aterrizaje y un muelle con un ferri. ¿Un ferri sólo para pasar de allí a la isla principal? Era evidente que se tomaban en serio lo de la seguridad.

Alexa pensó en la clase de vida que había dejado atrás al cortar lazos con sus padres. Era un sensación extraña volver a ese mundo. Pero ya no podía dar marcha atrás y regresar a Charleston. Ni tampoco quería hacerlo. Quería estar con Seth.

La noche se presentaba llena de oportunidades para Seth. Había cerrado el trato con Cortez y pasarían el día siguiente planificando y concretando, pero esa noche era una noche para celebrar aquel éxito, y esperaba poder celebrarlo con Alexa.

Cerró la puerta del cuarto de los gemelos, que estaba justo al lado del de la niñera. Justo antes de acostarlos había llamado a Pippa, y esa vez, por fin, había contestado. La había oído muy animada, quizá en exceso, y había colgado cuando había intentado pasarla con los niños para que les diera las buenas noches. Había algo raro, pero no sabía qué, y en ese momento lo que ocupaba su mente era volver a hacer suya a Alexa.

Entró en sus aposentos, que eran como un lujoso apartamento. A Alexa y a él les habían dado habitaciones separadas, pero esa noche esperaba que se durmiera en sus brazos exhausta y satisfecha.

Sin embargo, cuando entró en el dormitorio de Alexa sólo encontró su maleta abierta sobre la cama. Entonces se dio cuenta de que se oían las olas y de que las ventanas estaban abiertas de par en par y Alexa estaba allí fuera, apoyada en la barandilla.

La brisa del océano hacía que se le pegase el vestido al cuerpo, resaltando sus femeninas curvas.

—Te doy un dólar si me cuentas qué estás pensando —le dijo saliendo a la terraza para apoyarse en la barandilla junto a ella.

Ella lo miró de reojo.

—No quiero que me pagues más dinero por no trabajar. De hecho, desde que hemos llegado aquí no he hecho nada. La niñera se está ocupando de Owen y de Olivia, y tengo que admitir que parece que los maneja muy bien.

—¿Habrías preferido que se pusieran a llorar para que fueras tú?

—¡Pues claro que no! Es sólo que… me gusta sentirme útil.

—La mayoría de las mujeres a las que conozco estarían encantadas de pasarse una tarde recibiendo un masaje y haciéndose la manicura —dijo Seth. Era lo que habían estado haciendo Victoria y ella mientras ellos hablaban de negocios.

—No te confundas: me gusta tanto sentirme mimada como a cualquiera. De hecho, creo que tú también te mereces relajarte un poco —tomó un busca que había dejado sobre la mesa de la terraza y lo levantó—. La niñera puede llamarnos si nos necesita, así que… ¿qué te parece si bajamos a la playa? He pedido al servicio que nos preparen allí algo de comer y de beber.

Tomó su mano y la siguió por los escalones de la terraza que bajaban a la playa.

Alexa se quitó las sandalias, esperó a que él se quitara también los zapatos y los calcetines, y caminaron sin prisa de la mano en dirección a la carpa, que se alzaba a unos metros de la orilla del mar.

–Esto es un auténtico paraíso –comentó Alexa cuando llegaron–. A lo largo de mi vida he visto muchas mansiones, pero ninguna tan impresionante como ésta, y sobre todo en un entorno tan privilegiado. La realeza sí que sabe.

Entraron en la carpa, donde el servicio había colocado dos tumbonas, y una mesita baja con uvas, queso y vino. Alexa se sentó en una de las tumbonas y Seth siguió su ejemplo.

Alexa sirvió el vino, y le tendió una copa antes de tomar un sorbo de la suya.

–Victoria me dijo en el avión que veía en ti a un solitario, como su marido –comentó.

–¿En serio?, ¿un solitario? –repitió él, sin comprender a qué venía eso.

–Tienes familia en Charleston, ¿no? El otro día llamaste a algún pariente para pedirle ayuda cuando te encontraste con los niños en el avión.

–Tengo dos primos, Vic y Paige. Me crié con ellos en Dakota del Norte cuando mis padres murieron en un accidente –le explicó Seth–. Su coche se salió de la carretera en medio de una tormenta cuando yo tenía once años –añadió antes de apurar su copa de un trago, como si fuera un vaso de agua.

–Lo siento mucho.

–No tienes que sentir lástima de mí. Tuve suerte de tener parientes dispuestos a hacerse cargo de mí –le dijo Seth–. Mis padres no me dejaron ningún dinero, y aunque mi tío y mi tía nunca se quejaron por tener otra boca que alimentar, me juré a mí mismo que algún día les devolvería con creces todo lo que me habían dado.

–Mírate ahora; es increíble lo que has conseguido.

Seth se quedó mirando las oscuras aguas y el cielo plagado de estrellas.

–Sí, pero por desgracia ellos también murieron hace años, y ya es tarde. Me ha llevado demasiado tiempo encontrar mi camino.

–Por amor de Dios, Seth. Pero si no debes tener más de…

–Treinta y ocho.

–¿Y te parece demasiado tiempo? ¡Millonario a los treinta y ocho! –exclamó ella riéndose–. Yo no llamaría a eso demasiado tiempo.

Tal vez, pero todavía le quedaban sueños por cumplir.

–No era lo que pretendía –añadió–. Al principio quería volar con las Fuerzas Aéreas, y llegué a alistarme en la ROTC en la Universidad de Miami, pero tenía un problema de salud que no es un inconveniente en el Ejército más que en las Fuerzas Armadas. Así que terminé mis estudios y volví a casa. Abrí una escuela de aviación y llevaba con mi avioneta a mi primo, que es veterinario, de una granja a otra hasta que nos mudamos a Carolina del Sur. Ahora mi lucha es darle a mis hijos todo lo que yo no pude tener, pero al mismo tiempo enseñarles los valores de la gente humilde.

–Bueno, yo diría que el hecho de que eso te preocupe ya dice mucho de ti como padre, lo consigas o no –dijo ella alargando la mano para apretar la de él.

Seth se llevó la mano de Alexa a los labios y la besó en la muñeca.

—Tú te criaste en un mundo de privilegios pero eres una mujer de principios. ¿Algún consejo que puedas darme?

Alexa dejó escapar una risa amarga.

—Mis padres son gente superficial que se gastaron cada centavo que habían heredado en vivir bien. Mi padre llevó a la familia a la ruina y ahora tengo que trabajar como el resto de los mortales para ganarme el sustento, lo cual no es una tragedia ni nada de eso; tan sólo la realidad.

Se quedaron callados un largo rato, mirándose a los ojos mientras él le acariciaba la mano. El ruido de las olas parecía aislarlos del resto del mundo. Seth se inclinó para besarla, pero de pronto ella lo detuvo, poniendo una mano en su pecho.

—Para.

—¿Qué?

La voz de Seth sonó algo ronca, porque no se había esperado aquello, pero se quedó quieto. Si una mujer decía que no, era que no.

—Anoche, cuando lo hicimos, dejé que llevaras la voz cantante —murmuró ella levantándose para sentarse a horcajadas sobre él. El calor de la parte más íntima de su cuerpo lo quemaba a través incluso del vestido de algodón de ella y de sus pantalones—. Esta vez, Seth, soy yo quien está al mando.

Capítulo Siete

¿Era su imaginación, o Alexa pretendía de verdad hacerlo con él allí, a orillas del mar, bajo aquella carpa? Si era así, desde luego él no iba a quitarle la idea. Había pensado, después de que hubiese apagado la luz de la mesilla, que era tímida.

Claro que por el modo en que le tiró de la camisa para sacársela del pantalón, no había duda posible respecto a sus intenciones ni de la prisa que tenía.

En vez de desabrocharle la camisa, Alexa tiró de los dos lados, arrancándole los botones, que salieron volando en todas direcciones, sorprendiéndolo aún más. Parecía que había subestimado su espíritu aventurero.

Alexa se inclinó antes de que tuviera tiempo de reaccionar, y empezó a lamer y mordisquear uno de sus pezones, como él había hecho con ella la noche anterior.

–Umm… Alexa… –murmuró asiéndola por las caderas.

–Eh, estate quieto –lo reprendió ella apartando sus manos–. He dicho que estoy yo al mando.

–A la orden, sargento –Seth sonrió divertido y puso las manos en los brazos de la tumbona, ansioso por ver cuál sería su próximo movimiento.

Alexa se inclinó hacia delante y lo besó suavemente antes de susurrarle al oído:

–No te arrepentirás.

Le desabrochó el cinturón, y sus dedos se introdujeron dentro del pantalón para descender por su miembro en erección, que palpitó con aquella caricia.

Seth habría querido arrancarse el resto de la ropa, arrancarle a ella la suya, y hacer a Alexa rodar sobre la arena para poseerla. Cuanto más lo acariciaba, más ansiaba poder tocarla él también, pero en cuanto se movía lo más mínimo ella se detenía.

Cuando se quedaba quieto de nuevo Alexa le mordisqueaba el lóbulo de la oreja o el hombro, y sus dedos comenzaban a torturarlo de nuevo. Sus manos se aferraron a los brazos de la tumbona con tal fuerza que se le pusieron los nudillos blancos. Alexa le desabrochó los pantalones y él intentó incorporarse, pero ella le puso un dedo en los labios y le dijo:

–Shhh… quieto; déjame hacer.

Se bajó de su regazo, se arrodilló entre sus piernas y lo tomó en su boca despacio, hasta engullirlo por completo. La humedad y la calidez que lo envolvieron casi le hicieron perder el control. Echó la cabeza hacia atrás y cerró los ojos, bloqueando todas las sensaciones excepto las caricias de la lengua y los labios de Alexa.

Las manos de ella se aferraron a sus muslos para sujetarse, y Seth ya no podía más. Si seguía haciéndole lo que estaba haciéndole iba a explotar, y no quería hacerlo si no era dentro de ella. Ya habían jugado bastante. La agarró por debajo de los brazos y la levantó, colocándola de nuevo sobre su regazo.

–Un preservativo –gruñó apretando los dientes–. En mi cartera. En el bolsillo de atrás de mi pantalón.

Con una risa suave y seductora, Alexa metió la mano en su bolsillo, sacó la cartera… y la arrojó al suelo con un brillo travieso en los ojos. Luego se inclinó hacia la mesa y levantó una servilleta, dejando al descubierto al menos media docena de preservativos.

–He venido preparada –le dijo.

–Ya lo veo, ya. Muy preparada diría yo.

–¿Supone eso un problema para ti? –inquirió ella, pestañeando con picardía.

¿Un problema? A Seth le encantaban los retos, y aquella mujer estaba resultando ser una caja de sorpresas.

–Ni hablar; procuraré estar a la altura de tus expectativas.

–Me alegra oír eso –Alexa rasgó un envoltorio y le colocó lentamente el preservativo.

Con la luna a sus espaldas, se puso de pie y se levantó la falda del vestido para bajarse las braguitas, que arrojó a un lado. Luego se colocó de nuevo a horcajadas sobre él.

Tomó el rostro de Seth entre ambas manos para besarlo, dejando caer la falda del vestido, que la cubrió mientras descendía sobre él. Seth cubrió su cuello con un reguero de besos y lamió uno de sus hombros desnudos. La brisa había impregnado su piel con el sabor salado del mar. Le desanudó las tiras que sujetaban el vestido detrás del cuello, y la tela cayó, dejando al descubierto un sujetador de encaje sin tirantes. Los blancos senos de Alexa sobresalían ligeramente por encima del borde de las copas. Abrió el enganche y los liberó antes de llenarse las manos con aquellos pechos blandos y exuberantes, cuya forma apenas se adivinaba con la pálida luz de la luna.

–Algún día haremos el amor en una playa como ésta con el sol brillando sobre nosotros –le susurró frotándole los pezones con las yemas de los pulgares–, o en una habitación con las luces encendidas para que pueda ver el placer en tu rostro.

–Algún día… –repitió ella suavemente.

¿Había cruzado una sombra por su mirada, o sólo se lo había parecido?, se preguntó Seth. No pudo saberlo porque Alexa se inclinó hacia él y desterró todo pensamiento de su mente cuando selló sus labios con un beso apasionado, un beso embriagador.

Seth se hundió aún más en ella, deleitándose en el ronroneó de placer que vibró en la garganta de Alexa. Sus manos descendieron por la espalda de ella hasta encontrar sus nalgas, que asió para apretarla más contra sí. Los suspiros y gemidos de Alexa eran cada vez más intensos y más seguidos, y Seth dio gracias por ello porque no sabía cuánto más podría resistir.

Enredó los dedos de una mano en el cabello de Alexa y le tiró de la cabeza hacia atrás para exponer sus pechos a su boca. Tomó un pezón y lo mordisqueó, haciéndola suspirar de nuevo y arquearse, al tiempo que repetía: «¡Sí, sí, sí…!». Sus húmedos pliegues palpitaron en torno a su miembro con los espasmos del orgasmo, y el grito que anunció que lo había alcanzado se fundió con el ruido de las olas.

Esforzándose por mantener el control, Seth siguió moviendo las caderas, y le provocó un nuevo orgasmo a Alexa justo cuando él llegaba al suyo. Fue algo increíble que eclipsó cualquier otra sensación y lo hizo convulsionarse.

Jadeante, Alexa se derrumbó sobre él, y sus senos quedaron aplastados contra el pecho de Seth, que subía y bajaba con su agitada respiración.

Seth no habría sabido decir cuánto le llevó recobrar el aliento, pero cuando lo hizo Alexa aún descansaba entre sus brazos. Volvió a anudarle las tiras del vestido con las manos algo temblorosas, y ella frotó el rostro contra su cuello con un suspiro satisfecho.

Seth se apartó de debajo de ella. Con suerte quizá tendría otras oportunidades de volver a desnudarla, pensó.

Pero tenían que volver dentro. Se abrochó los pantalones. Con la camisa, después de ponérsela, no pudo hacer demasiado ya que los botones estaban desperdigados por la arena. Tomó el busca de la niñera de la mesa y se lo colgó del cinturón antes de volverse hacia Alexa.

La alzó en volandas y echó a andar hacia la mansión. Alexa le rodeó el cuello con los brazos y apoyó la cabeza en su hombro. Seth había disfrutado inmensamente con aquel juego, con dejarle llevar las riendas, pero no estaba dispuesto a cederle por completo el control. Esa noche, Alexa dormiría en su cama.

Alexa se desperezó en la enorme cama, envuelta en las frescas sábanas de algodón y el aroma de haber

hecho el amor con Seth. Sólo recordaba vagamente
que Seth la había llevado en volandas desde la playa
hasta su cama. Por un instante había pensado en in-
sistirle para que la llevase a su dormitorio y la dejase
allí. Sin embargo, se había sentido tan deliciosamente
saciada y tan bien en sus brazos que se había acurru-
cado contra su pecho y se había quedado dormida.

¡Y cómo había dormido! No recordaba cuándo
había sido la última vez que había dormido ocho horas seguidas. ¿Sería tal vez porque todos los músculos de su cuerpo se habían quedado maravillosamen-
te relajados después de que hicieran el amor?

Oyó voces al otro lado de la puerta cerrada, la voz
de Seth y el balbuceo de los gemelos. Sonrió, deseando ir a verlos, sólo que su ropa estaba en el otro dormitorio y no quería salir de esa guisa, no se fuera a
topar con alguien. Se bajó de la cama y se puso el
vestido. Les daría los buenos días y entraría en su
dormitorio para cambiarse.

Sin embargo, cuando fue a abrir la puerta oyó
otra voz, una voz de mujer. Se quedó paralizada y
acabó de abrir la puerta muy despacio. Seth estaba
sentado frente al escritorio, con un gemelo en cada
rodilla. Delante tenía su ordenador portátil, y parecía que estaba en medio de una conversación con alguien a través de Skype.

El rostro de una mujer ocupaba casi la totalidad
de la pantalla, y se la oía hablar.

–¿Cómo están mis niños? No sabéis cómo os echo
de menos…

Oh, no… Por si Alexa no se imaginaba ya de

quién podía tratarse, los dos niños empezaron a decir: «Ma-má, ma-má, ma-má».

–Olivia, Owen, estoy aquí –respondió la mujer, con evidente afecto en su voz.

Pippa Jansen no era en absoluto la clase de mujer que había imaginado que sería. Para empezar, no parecía una cabeza hueca. Era una pelirroja elegante pero sencilla a la vez. Llevaba un suéter de manga corta y unos pendientes y un collar de perlas. Daba la impresión, por el fondo que se veía detrás de ella, que estaba en una cabaña en las montañas, y no en crucero ni en un spa de lujo como había dado por hecho. Y no parecía que estuviese despreocupada y pasándolo bien. Más bien parecía... cansada y triste.

–Mamá sólo está descansando, como cuando vosotros os echáis la siesta, pero nos veremos muy pronto. Os mando muchos besos y abrazos –se llevó una mano a los labios y les lanzó un beso a cada uno para luego rodearse el cuerpo con los brazos–. Besos y abrazos.

Olivia y Owen, felices e ignorantes de lo que ocurría, le lanzaron besos también, y Alexa sintió que le dolía el corazón al verlos. Los hombros de Seth estaban tensos.

–Pippa, aunque comprendo que necesitaras tomarte un descanso, me gustaría que me prometieras que no vas a volver a desaparecer. Necesito poder ponerme en contacto contigo si hay una emergencia.

–Te lo prometo –dijo Pippa con voz ligeramente temblorosa–. A partir de ahora te llamaré a menudo. No me habría marchado de esta manera si no hubiera estado desesperada. Sé que debería habértelo dicho en persona, pero temía que me respondieras que no podías llevarte a los niños a Florida contigo, y necesitaba un respiro. Me quedé mirando por una ventana del hangar hasta que subiste al avión. Por favor, no te enfades conmigo.

–No estoy enfadado contigo –respondió él, aunque no logró disimular del todo la irritación en su voz–. Sólo quiero asegurarme de que estás bien, de que no vas a volver a dejar que la situación te supere por miedo a hablar las cosas conmigo.

–Estos días de descanso me están haciendo mucho bien; estoy segura de que estaré completamente repuesta para cuando vuelva a Charleston.

–Ya sabes que me gustaría poder tener a los niños más a menudo –le dijo Seth–. Cuando vuelvas podemos ponernos de acuerdo para contratar a una persona que te ayude con ellos cuando los tengas tú, pero no podemos dejar que esto se repita.

–Tienes razón –murmuró Pippa jugueteando nerviosa con su collar. Tenía las uñas mordisqueadas–. Creo que no deberíamos hablar de esto delante de ellos.

–Cierto, pero tenemos que hablarlo, y cuanto antes mejor.

–Lo hablaremos; te lo prometo –asintió ella, casi frenética, antes de sonreír una última vez a sus pequeños–. Hasta luego, Oli, hasta luego, Owen. Sed buenos con papá; mamá os quiere mucho.

Su voz se desvaneció al tiempo que su imagen cuando la conexión terminó. Olivia dio un gritito de excitación y le dio palmadas a la pantalla mientras Owen le lanzaba más besos.

Alexa se apoyó en el marco de la puerta. Hasta ese momento había detestado a Pippa, aun sin conocerla, por lo imprudente que había sido, pero la mujer a la que había visto en la pantalla era una mujer estresada y agotada, una madre que quería a sus hijos pero que había llegado al límite, y que había hecho bien en dejarlos con su padre antes de sufrir una crisis de ansiedad. Desde luego habría sido mejor si lo hubiese hablado con él, pero Alexa sabía por propia experiencia que muchas veces las cosas no eran blancas o negras.

Había visto a Seth enfadado, frustrado, decidido, cariñoso, excitado… Pero en ese momento, en el Seth que se había quedado mirando la pantalla del ordenador, vio a un hombre bueno que estaba profundamente triste, un hombre que aún albergaba sentimientos encontrados hacia su exesposa.

Seth dejó a los niños en el suelo, y deseó poder deshacerse del peso que llevaba sobre los hombros con la misma facilidad. Justo cuando lo que más ansiaba era que su vida personal fuese un poco más sencilla, el hablar con Pippa le había hecho ver que la situación era más complicada de lo que creía.

Alexa y él habían llevado su relación a un nuevo nivel la noche anterior, tanto por el sexo como por haber dormido juntos, y había estado deseoso por afianzar ese paso. Sin embargo, la conversación a través de Skype con Pippa lo había dejado muy preocupado. Era evidente que Pippa estaba al límite, y aunque él quería poder pasar más tiempo con sus hijos, no quería que fuera porque su ex estaba al borde de un ataque de nervios.

Y aquélla desde luego no era la manera en que había imaginado que empezaría el día con Alexa. Giró la cabeza para mirarla.

–Pasa, no te quedes ahí.

No sabría explicar cómo, pero había sentido su presencia en mitad de la conversación con su ex. Era como si hubiese forjado un vínculo mental con ella.

Alexa avanzó hacia él, como una diosa descalza.

–Perdona, no pretendía escuchar vuestra conversación.

Con su elegancia innata, se sentó en el suelo con los gemelos, que estaban jugando con unos bloques de construcción de colores. Era la mujer de sus sueños, pero había llegado a su vida en un momento en que estaba se estaba convirtiendo en una pesadilla.

–No era una conversación privada –le dijo levantándose de la silla para ir a sentarse en el sofá–. Quería que Olivia y Owen vieran a su madre y necesitaba hablar con ella de lo ocurrido. Criar a un hijo ya es bastante difícil, y a un par de gemelos más aún; ha hecho bien en tomarse un descanso, aunque me habría gustado que se hubiese sincerado conmigo antes.

–Yo creo que tú también necesitas un descanso. ¿Qué te parece si me llevo a los niños un par de horas? Así tendrías tiempo para…

–Ya me ocupo yo de ellos –la cortó él–. Imagino que querrás darte una ducha y cambiarte de ropa.

En un mundo perfecto se uniría a ella en la ducha. ¡Lo que él daría por poder pasar veinte minutos bajo un chorro de agua caliente con Alexa desnuda entre sus brazos! Tragó saliva y apartó ese pensamiento.

–No es molestia, en serio –respondió ella–. Si tienes que ultimar detalles con Javier, o lo que sea, me los puedo llevar a la playa para cansarlos un poco y…

–He dicho que yo me encargo; son mis hijos –le espetó él cortante.

No había pretendido ser tan áspero, pero la conversación con Pippa lo había puesto bastante tenso, y se sentía tremendamente frustrado.

Alexa lo miró dolida.

–Bueno, entonces me cambiaré e iré haciendo las maletas. ¿Cuándo nos vamos?

–Dentro de una hora –respondió él.

Sí, pronto estarían de nuevo en Charleston, pero no quería separarse aún de ella. Quería más, necesitaba más tiempo con ella. Su relación con Pippa había sido un desastre, pero había aprendido de la experiencia. Podía disfrutar teniendo a Alexa en su vida sin que ello supusiera un compromiso, ni ataduras.

Mientras miraba a sus hijos, que seguían jugando, se quedó oyendo las pisadas de Alexa mientras se alejaba. Se estaba alejando de él, y no sólo en el sentido más literal. Iba a perderla si no hacía algo. No quería confundir a sus hijos metiendo a otra mujer en sus vidas, pero no podía dejar que se alejase de él.

–Alexa…

Ella se detuvo, pero no contestó.

–Perdona; me he comportado como un ca… –se calló antes de decir una palabrota delante de los niños–. Como un imbécil. Sé que esto no entraba en nuestro acuerdo, pero espero que me des la oportunidad de compensarte.

Ella permaneció callada tanto rato que Seth pensó que iba a decirle que se fuera al infierno. Finalmente exhaló un suspiro que lo hizo sentirse aún más culpable y respondió:

–Ya hablaremos; no me parece que ahora sea un buen momento.

–Sí, supongo que será lo mejor.

El problema era que no sabía cuándo sería un buen momento, dada la situación con Pippa y con sus hijos. Razón de más para mantener sus emociones bajo control… Su escapada a aquella isla paradisíaca había terminado, e iban a volver al mundo real.

Cuando el ferri que los llevaba de la isla a la pista de aterrizaje privada del rey se puso en marcha, Alexa se agarró a la barandilla y observó la isla, que poco a poco fue quedando en la lejanía. Los gemelos, que iban cada uno en su Maxi-Cosi, dieron grititos de placer cuando sintieron la brisa marina en sus caritas, mientras los tres le decían adiós a la isla.

Alexa tenía la sensación de que estaba despidiéndose de mucho más. Giró la cabeza hacia Seth, que estaba hablando con el capitán, y que estaba distante desde su conversación de esa mañana con su ex.

Alexa acarició el cabello de los pequeños y miró de nuevo hacia la isla. No tenía a nadie con quien hablar. Javier y Victoria habían optado por quedarse en la isla un par de días más. Alexa los envidiaba. Los envidiaba tanto... Lo que había vivido con Seth allí antes de aquella conversación que él había tenido con su ex había sido mágico, y habría deseado que no se hubiese acabado tan pronto.

No pudo evitar fantasear con qué pasaría si alargase su relación con Seth. ¿Soportaría la presión del día a día lo que habían compartido, o se diluiría como un terrón de azúcar en un vaso de agua?

Dejando aquellos pensamientos a un lado, Alexa sacó su teléfono móvil para ver si tenía algún mensaje de Bethany. Lo había apagado la noche anterior para recargar la batería. Bueno, y también porque no había querido interrupciones.

De pronto la asaltaron los recuerdos de Seth y ella haciendo el amor en la playa... Se sintió acalorada de sólo pensar en ello.

No tenía ningún mensaje de Bethany, pero sí nueve llamadas perdidas de su madre. Justo iba a cerrar el teléfono cuando empezó a sonar. Su madre... Alexa contrajo el rostro.

Por un instante consideró ignorar la llamada, pero al mirar a los niños pensó en lo mucho que se había encariñado con ellos, a pesar de que eran los hijos de otra mujer, y pensó que estaba siendo cruel con su madre. Finalmente, llevada por ese sentimiento de culpa, pulsó el botón para contestar.

–Hola, mamá, ¿qué pasa?

–¡Lexi! ¿Dónde estás? Te he llamado no sé cuántas veces –exclamó su madre.

De fondo se oían risas y ruido de cubiertos y de

platos. Sus padres habían vendido su casa y se habían ido a vivir a un complejo residencial para jubilados donde tenían un montón de actividades.

–¿Lexi, sigues ahí? He dejado una partida de cartas para llamarte.

¿Por qué no podía llamarla Alexa en vez de Lexi? Detestaba que la llamase así.

–Estoy en Florida, por trabajo.

¿Por qué había tenido que decirle eso? Debería haberle mentido. No era buena idea dar más información de la estrictamente necesaria a su madre.

–¿En Florida? ¿Estás cerca de Boca Ratón? Tómate el resto del día libre y tu padre y yo iremos a recogerte –le ordenó.

–No puedo tomarme el resto del día libre, mamá, te he dicho que estoy trabajando. Además, estoy en el norte de Florida; muy lejos de vosotros.

Aunque no lo bastante lejos, pensó.

–¿Cómo vas a estar trabajando? Oigo niños de fondo; ¿estás en un parque?

Olivia había escogido ese momento para ponerse a balbucear, y Owen la estaba imitando, como si estuviesen teniendo una conversación.

A Alexa no le gustaba mentir, así que respondió con un vago:

–Mi jefe tiene niños.

–¿Está casado o divorciado?

Alexa, que no quería dejarse llevar a ese terreno, cortó por lo sano:

–¿Para qué decías que me llamabas?

–Por la fiesta del día de Navidad.

¿Eh?

—Mamá, faltan meses para Navidad.

—Lo sé, pero estas cosas hay que organizarlas con antelación y tenerlo todo atado y bien atado para que salgan bien. Ya sabes que cuando hago algo quiero que sea perfecto. Necesito saber si vas a venir.

—Pues no sé, supongo que sí.

—Pero es que necesito saberlo con seguridad, para que haya el mismo número de hombres que de mujeres cuando nos sentemos a la mesa. Porque tengo que pensar a quién voy a sentar en cada sitio, y detestaría que me llamaras en el último minuto para decirme que al final no vas a poder venir.

¡Y ella que creía que su madre estaba ansiosa por ver a su única hija el día de Navidad! Lo único que quería era a alguien con cromosomas femeninos.

—¿Sabes qué, mamá? Quizá lo mejor sea que no cuentes conmigo.

—Oh, Lexi, no seas así… Y no frunzas el ceño, que seguro que lo estás haciendo. Te saldrán arrugas en la frente antes de que cumplas los cuarenta.

Alexa inspiró profundamente, tratando de calmarse. Sabía por qué su madre actuaba como actuaba: porque era una persona hipercontroladora. Cada vez que se habían hecho una foto de familia, por ejemplo, los colores de la ropa que llevaban tenían que estar coordinados, la pose de cada uno debía ser perfecta… Sin embargo, el que comprendiera por qué era como era no significaba que tuviese que aceptar ese trato denigrante.

Se había esforzado mucho para que sus opiniones no la afectasen, para que dejase de tratarla como si fuese una muñeca a la que podía manejar a su antojo, y si algún día tenía una hija, le daría su amor incondicional en vez de convertirla en una versión en miniatura de sí misma como había intentado hacer su madre con ella.

Alexa apretó el teléfono en su mano. Ella no era como su madre, y podía hablar con ella manteniéndose en su sitio.

–Mamá, agradezco que quieras contar conmigo para tu fiesta de Navidad. A finales de mes te llamaré para darte una respuesta definitiva, vaya o no.

–Ésa es mi chica –su madre se quedó callada, y si no fuera porque aún se oían voces y risas de fondo, Alexa habría pensado que había colgado el teléfono–. Te quiero, hija; cuídate.

–Y yo a ti. Cuidaos vosotros también.

Era verdad que la quería, y ése era precisamente el motivo de que a veces se le hiciese tan difícil. El amor podía ser algo maravilloso, pero implicaba entregar a la otra persona tu corazón, y con ello el poder para hacerte daño. Cerró el teléfono y lo guardó en su bolso.

Capítulo Ocho

Alexa sintió que los nervios le atenazaban el estómago cuando bajó la escalerilla del avión privado de Seth. Ya estaban de regreso en Charleston.

Durante el vuelo no habían tenido oportunidad de discutir qué iba a ser a partir de entonces de lo que había surgido entre ellos. Los niños habían estado revueltos durante la mayor parte del viaje, lo cual no era de extrañar teniendo en cuenta cómo estaban alterando su rutina, y Seth no había podido dejar la cabina ni un momento porque había bastantes turbulencias.

Apenas había pisado el asfalto de la pista con Olivia en su cadera, cuando se oyó un gritito que provenía de donde estaba el edificio principal del aeropuerto privado, propiedad de la compañía de Seth. Alexa alzó la vista y vio a una mujer pelirroja. Pippa Jansen.

Llevaba un conjunto de rebeca, suéter de punto y pantalón, y el mismo collar de perlas y los pendientes que le había visto esa mañana, cuando había mantenido aquella conversación por Skype con Seth.

Pippa echó a correr hacia ellos con los brazos abiertos y una amplia sonrisa, al tiempo que Olivia estiraba sus manos diciendo: «Ma-má, ma-má...».

Pippa la tomó en brazos y la levantó girando con ella.

114

–¡Cómo te he echado de menos, mi niña! ¿Lo habéis pasado bien con papá? Me he traído vuestro DVD preferido de Winnie the Pooh para que lo veáis en el coche camino de casa.

Dejó de girar y se quedó mirando a Alexa con curiosidad. A lo lejos un avión despegó, y Owen, que iba en brazos de Seth, lo señaló con una sonrisa y se puso a dar palmas. Distraída por el entusiasmo de su hijo, Pippa se olvidó de ella un momento y se volvió hacia él.

–Hola, mi niño guapo –dijo besándolo en la frente.

–Creía que íbamos a vernos más tarde para hablar –dijo Seth, visiblemente tenso.

–Lo sé, pero después de oír las voces de los niños esta mañana estaba deseando verlos. Los echaba tanto de menos que tomé el primer vuelo que pude y me vine para acá. Tu secretaria me dijo a qué hora llegabais –le explicó antes de volverse de nuevo hacia Alexa–. ¿Y quién eres tú?

Seth dio un paso hacia ella.

–Ésta es Alexa, una amiga. Como no podía cancelar este viaje ha tenido la amabilidad de tomarse unos días libres para poder echarme una mano con los gemelos. En tu nota decías que ibas a estar fuera dos semanas.

–Sí, pero después de descansar el fin de semana me siento como nueva y lista para ocuparme otra vez de los niños. Además, me toca tenerlos a mí.

Seth suspiró cansado, y condujo a su ex y a Alexa hacia el edificio principal, lejos del ir y venir de camionetas y personal de mantenimiento.

–Pippa, no quiero empezar una pelea, pero lo que te dije esta mañana iba en serio: quiero estar seguro de que no dejarás otra vez a los niños solos sin avisarme si vuelves a sentirte abrumada de nuevo.

–Mi madre está en el coche –dijo Pippa señalando un vehículo aparcado a unos metros, un Mercedes plateado–. Voy a quedarme con ella una temporada, así que no tienes que preocuparte, estaré bien. Pero lo he estado pensando y voy a aceptar tu oferta de buscar a alguien que me ayude con los niños, y también quiero que renegociemos los derechos de visita. Ya hace un par de meses que dejé de darles el pecho, así que creo que tú podrías tenerlos contigo más a menudo.

Seth no pareció satisfecho al cien por cien con su respuesta, pero asintió.

–De acuerdo, podemos vernos mañana por la mañana en mi despacho, sobre las diez, para empezar con los trámites.

–Estupendo. No sabes cómo me alivia volver a ver a los niños. Este fin de semana me ha dado una nueva perspectiva sobre cómo organizarme mejor –le aseguró Pippa–. ¿Me acompañas a llevarlos al coche? ¿No te importa que te lo robe un momento, verdad? –le preguntó a Alexa.

–No, por supuesto que no –respondió ella.

–Será sólo un momento –le dijo Seth–, pero puedes esperar en mi despacho; hace menos calor –añadió sacándose unas llaves del bolsillo para abrir la puerta que estaba a su derecha.

¿Tenía un despacho allí? Creía que las oficinas de Aviones Privados Jansen estaba en el centro de la ciudad. Claro que tenía sentido que allí también tuviese un despacho, ya que era su aeropuerto.

—De acuerdo.

Seth la besó en los labios. No fue un beso largo, ni sensual, pero sí una manera de darle a entender a su ex que había algo entre ellos, y Alexa, que no lo esperaba, se quedó un poco sorprendida.

Pippa la miró con creciente curiosidad.

—Gracias por ayudar a Seth con los niños.

Alexa, que no sabía que decir, optó por responder:

—Owen y Olivia son un amor; me alegro de haber podido ayudar.

Luego se despidieron, y Alexa entró en el despacho mientras ellos se alejaban. Alexa cerró la puerta tras de sí y se quedó mirándolos por la ventana. Al volante estaba sentada la que debía ser la madre de Pippa, aunque casi parecía su gemela.

Una sensación de *déjà vu* invadió a Alexa ante aquel parecido. Podrían haber sido su madre y ella años atrás. Además, a Alexa le había parecido ver en Pippa la misma fragilidad que ella había tenido hacía años, la misma falta de confianza en sí misma.

Tener unos padres ricos hacía que vivieses rodeada de lujos, pero también podía hacer que una persona sintiese que no valía nada, que no podía hacer nada por sí misma. A ella sus padres se lo habían dado todo; incluso habían sobornado al director de su instituto para que obtuviese buenas notas, y aquello no había estado bien.

Igual que no estaría bien disculpar el comportamiento imprudente de Pippa, que había dejado a sus hijos porque necesitaba un descanso. Sí, entendía que se hubiese sentido abrumada, pero su familia tenía dinero; podría haber contratado a una persona que la ayudase con los niños en vez de esperar a que se lo propusiese Seth. Había cientos de opciones mejores a dejar a sus hijos solos dentro de un avión.

Alexa apretó los puños, llena de frustración. Aquello no era asunto suyo, ni había nada que ella pudiera hacer. No eran sus hijos. Era a Seth a quien le correspondía solucionar aquella situación. Se sentó en un sofá decidida a no pensar más en eso, y trató de distraerse fijándose en lo que la rodeaba, pero los minutos parecían pasar muy despacio.

Cuando por fin se abrió la puerta se levantó como un resorte. Seth se detuvo ante ella muy serio, y dejó caer los brazos junto a sus costados.

Alexa le puso una mano en el hombro y se lo apretó suavemente.

–¿Estás bien? –le preguntó.

–Un poco preocupado, pero se me pasará –respondió él en un tono algo seco, apartándose de ella.

Hacía sólo unos minutos la había besado, y ahora de repente se mostraba distante. ¿Habría sido el beso sólo una pantomima? No, no creía que lo hubiese sido. Si no la quería allí, si necesitaba estar a solas, lo dejaría tranquilo, se dijo dirigiéndose hacia la puerta.

–Alexa, espera –la llamó él–. Aún tenemos asuntos pendientes; los negocios son los negocios.

¿Negocios? No era precisamente lo que había esperado oír.

–¿A qué te refieres?

Seth fue hasta su escritorio y sacó una carpeta de un cajón.

–Te hice una promesa cuando accediste a ayudarme con los niños. Esta mañana, antes de hablar con Pippa, hice algunas llamadas. Os he conseguido a tu socia y a ti cuatro entrevistas con cuatro clientes potenciales –dijo pasándole la carpeta–. El primero de la lista es el senador Matthew Landis.

Alexa tomó la carpeta. El senador Landis... Llevaba mucho tiempo ambicionando una oportunidad así, pero de pronto tenía la sensación de que Seth estaba intentando zafarse de ella. Bueno, sí, era lo que habían acordado, pero era como si quisiera acabar con aquello cuanto antes para perderla de vista. Apretó la carpeta entre sus manos.

–Gracias. Es... es estupendo; te lo agradezco.

–Bueno, tendrás que conseguir convencerlos, naturalmente, que es la parte más difícil. Pero le pedí a mi secretaria que preparara unas notas que pueden ayudarte a mejorar tu propuesta.

No le había dejado dinero en la cómoda, como a una prostituta, pero era como Alexa se sentía con aquella transacción, teniendo en cuenta lo que habían compartido y lo que podía haber habido entre ellos.

–No sé cómo darte las gracias, de verdad –murmuró Alexa.

Apretó la carpeta contra su pecho, preguntándose por qué aquella victoria parecía tan vacía. Hacía sólo unos días habría dado lo que fuera por la información que contenía esa carpeta.

–No, soy yo quien tiene que darte las gracias. Es lo que acordamos, y yo me he limitado a cumplir mi palabra –respondió él–. Y aunque siento de verdad no poder hacer un contrato con tu empresa, he dado instrucciones para que a partir de ahora sea la primera opción cuando sea necesario subcontratar los servicios de limpieza.

Alexa no sabía si sentirse dolida o furiosa.

–Ya veo. Bueno, entonces supongo que nuestros asuntos han concluido.

–Yo diría que sí.

No estaba dolida; estaba furiosa. ¿Cómo tratarla de esa manera? Habían dormido juntos, y él la había besado delante de su ex. Se merecía algo mejor que aquello. Plantó la carpeta sobre la mesa y le preguntó:

–¿Estás intentando zafarte de mí?

Él dio un respingo y parpadeó.

–¿Qué diablos te hace pensar eso?

–Para empezar lo frío que llevas conmigo todo el día –le espetó ella, cruzándose de brazos.

–Sólo quería dejar cerrado este asunto porque a partir de este momento, si vamos a seguir viéndonos, será sólo por motivos personales.

Seth la asió por los hombros.

–Ahora que ya no hay intereses de por medio; no tenemos por qué reprimir lo que sentimos.

Alexa alzó la vista hacia él.

–Entonces… ¿me estás diciendo que quieres que pasemos más tiempo juntos?

–Sí, eso es lo que estoy intentando decirte. Tú te has tomado el fin de semana libre y aún no es siquiera la hora de comer, así que… ¿por qué no pasamos el día juntos, sin niños, y olvidándonos del trabajo? –le propuso Seth, echándole hacia atrás el cabello–. No sé si lo nuestro llegará a alguna parte, y hay mil razones por las que éste no es el momento adecuado, pero no puedo dejar que te alejes de mí sin que al menos nos hayamos dado una oportunidad.

Estar con aquel hombre era como una montaña rusa. En un momento se mostraba muy intenso, al siguiente, malhumorado, luego feliz, después sensual… Era verdaderamente intrigante.

–De acuerdo. Entonces, invítame a comer.

Seth suspiró aliviado, como si hubiera estado conteniendo el aliento, y le rodeó la cintura con los brazos.

–¿Dónde te gustaría ir? Puedo llevarte a cualquier parte del país. Hasta podría llevarte a cualquier parte del mundo si vas a por tu pasaporte.

Ella se rió.

–Por esta vez creo que me conformaré con un sitio dentro del país.

¿Por esta vez?, se repitió a sí misma? El pensar que de verdad lo suyo pudiera funcionar, y que pudiesen haber otras veces la hizo estremecerse de placer.

–Y en cuanto a dónde… tú eliges; eres tú quien va a pilotar el avión.

Esas palabras fueron un paso tangible que convertía sus anhelos en realidad, y Alexa, aunque ilusionada, no pudo evitar sentir algo de aprehensión. Ya no estaban los negocios de por medio, ni los hijos de Seth; aquello ya sólo tenía que ver con ellos dos.

Había estado explorando cada capa de aquel hombre tan complejo, y ahora ella debía abrirse a él también. Tendría que dar un salto de fe y ver cómo reaccionaría él cuando lo supiese todo sobre ella, cuando le mostrase su lado inseguro, que tan parecida la hacía, en cierto modo, a su exesposa.

Seth aparcó el coche de alquiler junto al restaurante, y esperó el veredicto de Alexa sobre el lugar que había escogido.

Podría haberla llevado a Le Cirque, en Nueva York, o a City Zen, en Washington. Incluso podría haberla llevado al Savoy, en Las Vegas, pero al pensar en el mundo en el que se había criado sabía que no la impresionarían esos sitios lujosos y exclusivos.

Era algo que aplaudía el chico de Dakota del Norte que aún llevaba dentro. Por eso había llenado el depósito de su Cessna 185 y la había llevado a un pequeño restaurante en un pueblo de Carolina del Norte donde servían pescado fresco y hamburguesas además de una cerveza estupenda.

Una amplia sonrisa asomó a los labios de Alexa.

–Es perfecto –le dijo.

Seth rodeó el coche para abrirle la puerta y la condujo a una mesa para dos en la terraza, donde soplaba la brisa del mar. Al poco de sentarse se acercó una camarera a atenderles.

–Me alegra volver a verlo, señor Jansen –saludó a Seth–. Enseguida le traigo lo de siempre: dos cervezas de la casa y dos lomos de atún con ensalada y patatas.

–Estupendo, gracias, Carol Ann –dijo él. Cuando la camarera se hubo alejado, se dio cuenta de que Alexa estaba jugueteando con los botes de la sal y la pimienta, como si estuviera incómoda o nerviosa–. ¿Ocurre algo? ¿Prefieres que vayamos a otro sitio?

Ella alzó la vista de inmediato.

–No, este sitio es estupendo, de verdad. Es sólo que… bueno… me gusta poder escoger lo que quiero tomar.

–Lo comprendo, y te pido disculpas. Perdona, ha sido presuntuoso por mi parte pensar que querrías tomar mi plato favorito –le dijo Seth–. Podemos pedir que nos cambien lo que hemos pedido.

–No es necesario –replicó ella–. De verdad, no importa. Lo decía sólo para la próxima vez. Además, tu plato favorito suena bien, así que quizá no debería haber dicho nada –luego, con una sonrisa vergonzosa, añadió–: Supongo que te has dado cuenta de que estoy un poco… obsesionada con tener las cosas bajo control.

–Bueno, no creo que haya nada de malo en querer hacer las cosas uno mismo y que haya orden en tu vida –respondió él.

En ese momento regresó la camarera con dos platos de lomo de atún, dos cervezas, y dos vasos de agua.

–Es una manera inconsciente de revolverme contra mi infancia y mi adolescencia –le explicó Alexa cuando se quedaron a solas de nuevo.

–¿En qué sentido? –inquirió él, después de tomar un sorbo de su cerveza.

–Mi madre es una persona hipercontroladora, y

nada de lo que yo hacía le parecía bien. Siempre estaba machacándome con lo que esperaba de mí —dijo Alexa.

—¿Y qué esperaba de ti?

—Unas notas excelentes, porque quería que estudiara en la mejor universidad del estado; también quería que estuviese siempre en mi peso y bien arreglada, que fuese la más popular de mi clase, y que tuviese al novio perfecto. Lo normal.

—Pues a mí no me parece que sea algo normal, ni gracioso —replicó él muy serio.

De pronto acudió a su mente una imagen de Pippa sentada en el coche junto a su madre, las dos vestidas con una rebeca y un suéter de punto y unos pantalones.

—Obviamente estaba siendo sarcástica —respondió ella—. Esa clase de hipercontrol suele hacer que los adolescentes se rebelen, pero yo era más bien del tipo pasivo-agresivo. El problema fue agravándose con el tiempo: empecé a controlar lo que comía, cuándo comía, y cuánto comía.

Seth no sabía qué decir, así que puso su mano sobre la de ella y permaneció callado.

—Creyendo que haría feliz a mi madre con eso, me apunté al equipo de natación del instituto, y descubrí que aquello me ayudaba a quemar calorías. Hasta que un día, cuando me quité el chándal, vi las caras de espanto de mis compañeras.

Seth le apretó la mano suavemente, deseando haber podido estar allí para ayudarla.

—Tengo suerte de estar viva. Aquel día, cuando

mis compañeras me miraron de ese modo intenté correr a esconderme en el vestuario, pero mi cuerpo estaba sin fuerzas y me desplomé allí mismo –Alexa bajó–. Tuve un paro cardíaco.

Seth le apretó la mano de nuevo.

–Suerte que nuestro entrenador sabía cómo se hacía la reanimación cardiopulmonar –dijo ella medio en broma, pero pronto la risa murió en sus labios–. Fue entonces cuando mis padres y yo tuvimos que enfrentarnos al hecho de que tenía un serio trastorno alimentario –se echó hacia atrás en su asiento–. Me pasé el siguiente año en un centro de recuperación para bulímicas y anoréxicas –se peinó el cabello con mano temblorosa–. Pesaba poco más de cuarenta kilos cuando ingresé.

Seth no habría imaginado jamás que Alexa hubiera podido pasar por algo tan terrible. Se le hizo un nudo en la garganta de sólo pensar en ello.

–Lo siento mucho; debió ser muy duro para ti.

Ella asintió.

–Gracias a Dios lo superé, por completo. Lo único que me queda de aquello son las estrías que me produjo el perder y ganar peso.

–¿Por eso prefieres hacer el amor con las luces apagadas?

Alexa asintió de nuevo.

–No me sentía preparada para contarte esto, aunque supongo que es una tontería. Esas marcas son el recuerdo de que logré superar aquello –tomó un sorbo de su vaso de agua–, el año que estuve internada no pude hacer fiestas de pijama con mis amigas, como otras chicas, ni tener una de esas citas con un chico en las que te lleva a casa en su coche, y te quedas allí sentada, besándote con él. Ni tampoco pude ir al baile de graduación.

–¿Y qué pasó cuando terminaste el instituto?

–Mi padre pagó para que pudiera ir a la universidad a la que querían que fuera, y me casé con el hombre que ellos querían –respondió Alexa–. A-1, mi pequeña empresa, es lo primero que he hecho por mí misma.

La admiración que Seth ya sentía por ella aumentaba cada vez más. Alexa había sido capaz de romper esas cadenas de dependencia que la ataban a sus padres y de forjar su propio destino. Apartarse de su familia debía haber sido muy duro para ella, por tirante que hubiese sido su relación con ellos. Había huido de la clase de mundo que parecía estar sofocando a Pippa.

–Pero tampoco quiero que pienses que me siento desgraciada –le dijo Alexa–. Las cosas que lamento haberme perdido… me he hecho a la idea de que tengo que aceptar que no puedo tenerlas, que no puedo volver atrás y cambiar cómo fue mi adolescencia. Tengo que aceptarlo y seguir adelante.

La tristeza en su voz, a pesar de que decía que no se sentía desgraciada, hizo que Seth sintiera deseos de hacer algo por ella. De darle esas cosas que sus padres le habían robado al intentar hacer de ella la clase de hija que querían que fuera. No podía cambiar el pasado, pero quizá pudiera darle alguna de esas cosas que se le habían negado.

126

Capítulo Nueve

Alexa se soltó el cabello, dejando que el viento se lo despeinara mientras avanzaban por la carretera de la costa en el descapotable rojo que Seth había alquilado, un Chevy Caprice de 1975. Le encantaba, igual que el restaurante que había escogido.

Giró la cabeza y estudió a Seth, que iba muy serio y callado al volante. ¿Qué habría pensado de las revelaciones que le había hecho durante el almuerzo? Se había mostrado muy tierno con ella, pero era evidente que aún estaba dándole vueltas a lo que le había contado, y no podía evitar sentirse nerviosa por cómo la trataría a partir de ese momento. ¿Se comportaría de un modo distinto? ¿Querría replantearse su decisión de darle una oportunidad a lo suyo?

–¿Dónde vamos? –le preguntó extrañada–. Creía que el aeropuerto estaba en la dirección contraria.

–Y lo está. He pensado que podríamos aprovechar el resto del día antes de irnos –respondió él, señalando un faro de ladrillo en la distancia–. Vamos allí, a aquel promontorio.

El viejo faro se alzaba orgulloso sobre la verde colina. Alexa se imaginó llevando allí de *picnic* a los niños, como lo habían hecho días atrás en aquel parque histórico de San Agustín.

–Este sitio es precioso –murmuró–. No sabía que los paisajes en Carolina del Norte fueran tan bonitos.

–Pensé que te gustaría si no habías estado antes. Creo que eres de esas personas que aprecian lo exclusivo, de las que prefieren tomar el camino menos transitado.

–Tanto con el sitio como con el coche me encantan.

El que la conociera ya tan bien y el que hubiera sido tan detallista con ella hizo que el corazón le palpitara con fuerza. La serpenteante carretera los llevó hacia la colina, lejos del pueblo, lejos de todo, y de pronto, cuando Seth detuvo el coche junto al faro, comprendió.

–Me has traído aquí para besarme en el coche, ¿verdad?

Él se rió.

–Así es, me declaro culpable, señoría.

–Por lo que dije en el restaurante de que no había podido tener un novio ni besarme con él en su coche… –murmuró ella conmovida.

–Culpable de todos los cargos –respondió él–. Me gustan los sitios solitarios como éste, con la naturaleza en estado puro. Da una sensación… liberadora el dejar atrás la civilización, ¿no te parece? –se quedaron los dos en silencio, mirándose el uno al otro, y la fuerte atracción que había entre ellos tejió una vez más su magia, aislándolos del mundo–. Cuando veo cómo el viento levanta tu cabello me entran ganas de tocarlo –murmuró él tomando un mechón entre sus dedos–; me hipnotizas. Antes de este fin de semana hacía ya seis meses que llevaba una vida de celibato. Han pasado varias mujeres atractivas por mi vida, pero ninguna me había tentado como tú. ¿Te han dicho alguna vez lo hermosa que eres?

Alexa se sentía halagada, pero no estaba acostumbrada a que le dijeran cosas así, y sintió que las mejillas se le teñían de rubor.

–No es verdad, yo no…

Seth le impuso silencio acercando un dedo a sus labios.

–Cuando te toco –murmuró bajándole los tirantes del vestido al tiempo que le acariciaba los brazos– me excita la suavidad de tu piel, las curvas tan femeninas que tienes…

Le bajó un poco el cuerpo del vestido, dejando al descubierto parte de su pecho, y Alexa sintió que un cosquilleo de nerviosismo y excitación la invadía al comprender cuáles eran sus intenciones.

–¿Vamos a hacer el amor aquí?

–¿Creías que eras la única a la que le gusta hacerlo al aire libre?

–Pero era de noche, donde nadie podía vernos –replicó ella.

El nerviosismo de Alexa iba en aumento. Allí no había una lámpara que pudiese apagar. Aunque le había dicho a Seth que había superado sus problemas, no era cierto del todo. Hasta ese momento, de una manera u otra, había tenido bajo control la situación cuando habían hecho el amor, pero hacerlo en aquel lugar, a plena luz del día…

Seth tomó su rostro entre ambas manos.

–He escogido este lugar porque sabía que estaríamos completamente a solas –le dijo.

A solas, sí, pero su cuerpo quedaría completamente expuesto cuando estuviese desnuda, pensó ella. Seth le estaba pidiendo que confiara en él. Bajó la vista y deslizó un dedo por la hebilla del cinturón.

–Así que quieres hacerlo aquí, a plena luz del día… Bueno, parece que aquí no puedo correr las cortinas, ¿no?

–¿Quieres protector solar? –bromeó él.

Ella enarcó una ceja y le desabrochó el cinturón.

–¿Piensas tenerme desnuda tanto tiempo como para que me queme? Me parece que estás siendo un poco fanfarrón.

Alexa se inclinó hacia él y murmuró contra sus labios.

–Sí, confío en ti.

Seth la besó. ¿Por qué besaría tan bien? Desde luego sabía cómo hacer que una mujer se sintiese deseada. Alexa se echó hacia atrás y acabó de bajarse lentamente el vestido, descubriendo su cuerpo centímetro a centímetro, casi como había hecho cuando se había desnudado para ella la primera vez que lo habían hecho. En cierto modo aquélla también era una primera vez para ellos; la primera vez que lo hacían sin barreras.

El cuerpo de su vestido había quedado arremolinado en torno a su cintura. Se desabrochó el sujetador, pero no apartó las copas. Al mirar a Seth a los ojos vio en ellos deseo, pasión… y ternura. Sus grandes manos empujaron suavemente las de ella, y apartó las copas, dejando al descubierto sus pechos. Luego comenzó a acariciarlos del modo más sensual posible, y Alexa se arqueó hacia él mientras sus manos se aferraban a la cinturilla de su pantalón y echaba la cabeza hacia atrás. El calor del sol sobre su piel desnuda era tan agradable como los besos y las caricias de Seth.

Luego las manos de Seth tomaron el dobladillo de la falda y la levantó muy despacio hasta dejar al descubierto las braguitas amarillas de encaje que llevaba y el ombligo. No pudo resistirse a acariciarlo mientras la besaba, y cuando deslizó un dedo dentro de sus braguitas, entre sus piernas, la encontró húmeda y dispuesta.

Alexa se notaba temblorosa, pero Seth le pasó un brazo por la cintura para sujetarla. Ella le desabrochó la camisa, la abrió, y se regaló la vista con su torso bronceado antes de recorrerlo con sus manos.

Inspiró profundamente, y sus fosas nasales se llenaron con el aroma del mar y del cuero de la tapicería del coche. Aquella mezcla era como un potente afrodisíaco.

–Quizá deberíamos pasarnos atrás para tener más sitio –apuntó.

–O podríamos quedarnos aquí y dejar el asiento de atrás para luego –propuso él.

A Alexa le pareció una buena idea y casi ronroneó cuando le pasó una pierna por encima para colocarse a horcajadas sobre él. El volante detrás de ella no hacía sino mantenerla apretada contra él. Le desabrochó los pantalones, y como por arte de magia apareció un preservativo en la mano de Seth. No sabía cómo ni cuándo había llegado allí, pero tampoco le importaba. Tan sólo se sentía agradecida por que fuera tan previsor.

Le rodeó el cuello con los brazos, y Seth le puso las manos en la cintura para hacerla descender muy despacio sobre él. Alexa sintió cómo su miembro la penetraba y se movía dentro de ella. ¿O era ella la que se estaba moviendo? Fuera como fuera las deliciosas sensaciones que la sacudían, como las olas del mar, iban *in crescendo*. Era todo tan erótico: el blando cuero del asiento que cedía bajo el peso de sus rodillas, el roce de los pantalones de Seth bajo sus muslos…

Y luego estaba el impresionante paisaje que los rodeaba, el océano extendiéndose ante sus ojos, el cielo azul…

Seth enredó las manos en sus cabellos mientras le decía jadeante cuánto la deseaba. Sus palabras la excitaron aún más, y Alexa se dio cuenta de que ya no le importaba si tenía o no el control. Estaban compartiendo aquel momento, aquella experiencia tan increíble. Pronto, demasiado pronto, alcanzó el clímax y a su grito de placer le siguió el de él. El eco entrelazó sus voces en medio del rugir del océano, y Alexa se derrumbó sobre el pecho de él, los dos sudorosos y sin aliento. Perfecto… había sido perfecto, se dijo Alexa cerrando los ojos.

Seth aceleró los motores del Cessna, y el aeroplano avanzó por la superficie del agua más y más rápido hasta que finalmente se elevaron.

Le habría encantado poder pasar unos días más

con Alexa allí, en Carolina del Norte, y volver a hacer el amor con ella en aquel descapotable, pero no había tiempo.

Tenía que reunirse con Pippa al día siguiente para acordar el nuevo calendario de visitas. Cada vez que tenían una de esas negociaciones con sus abogados lo pasaba fatal. Le preocupaba que Pippa sacara a relucir sus dudas de que no fuera el padre biológico de los niños y que le pidiera que se hiciese una prueba de paternidad. Quería a Owen y a Olivia con toda su alma, y lo aterraba que resultase no ser el padre y le retirasen la custodia.

¿Por qué no podía ser la vida más sencilla? Lo único que quería era disfrutar viendo crecer a sus hijos, como cualquier padre. Igual que su prima Paige estaba haciendo con sus hijas. Igual que su primo Vic y su esposa Claire, que acababan de tener otro hijo. Aquello le recordó que ni siquiera los había llamado para felicitarlos. Tenía que pasarse a visitarlos.

Y también tendría que presentarle al resto de la familia a Alexa. La familia era muy importante para él.

—Me cuesta creer todo lo que hemos hecho desde esta mañana. Nos levantamos en Florida, volamos hasta Carolina del Sur, fuimos a Carolina del Norte a almorzar, y ahora volvemos a casa de nuevo.

—Y aún te debo una cena, aunque me parece que vamos a cenar un poco tarde.

—¿Podemos tomarla desnudos?

—Siempre y cuando estemos a solas, por mí perfecto.

133

Alexa se rió.

–Pues claro que me refería a cenar a solas. No puedo negar que me ha encantado hacerlo en el descapotable, pero no soy una exhibicionista.

–Me alegra oír eso –respondió él mirándola de un modo posesivo–, porque nunca se me ha dado bien compartir con otros lo que me gusta.

Alexa bajó la vista a la falda de su vestido y la alisó con la mano.

–Te agradezco que no me miraras como a un bicho raro cuando te hice esa confidencia en el restaurante.

–¿Cómo iba a mirarte como un bicho raro? Te admiro por cómo fuiste capaz de levantarte y devolverle a la vida los golpes después de lo que pasaste –replicó él.

–Gracias. No pienso dejar que nadie más me quite nada más, ni mis padres, ni mi ex.

–Ésa es exactamente la actitud a la que me refería.

–Ya, aunque aún hay veces que tengo miedo de volver a caer –dijo ella volviendo la cabeza hacia él–. No te imaginas el poder que puede tener sobre ti algo tan insignificante como un trozo de tarta de queso. Supongo que sonará raro, pero es verdad.

–Explícamelo –le pidió él.

Alexa miró al frente, al cielo cuajado de estrellas.

–A veces, cuando tengo delante un trozo de tarta de queso lo miro y recuerdo lo que era cuando me moría por comerme uno pero empezaba a pensar cuántas calorías había tomado ya ese día, y cuántos largos tendría que hacer en la piscina para quemar las calorías de ese trozo de tarta. Y luego pensaba en lo decepcionada que se sentiría mi madre si me subía a la báscula la mañana siguiente y veía que había engordado quinientos gramos.

¿Qué? ¿Su madre la pesaba cada mañana? Se esforzó por escucharla sin dejar entrever sus emociones, aunque en realidad lo que quería hacer en ese momento era ir donde estaban sus padres y… Ni siquiera sabía lo que les haría. ¿Cómo habían podido hacerle aquello?

—Ojalá te hubiera conocido entonces para haber podido ayudarte.

Ella esbozó una débil sonrisa, puso una mano sobre su brazo y se lo apretó suavemente para darle las gracias.

De pronto a Seth se le ocurrió dónde podía llevar a Alexa.

—¿Sabes qué? —le dijo—. Creo que vamos a hacer otra parada antes de que te lleve a casa.

De todos los sitios a los que Alexa había pensado que Seth podría llevarla, el último que se le habría ocurrido era un hospital.

Cuando aterrizaron Seth le dijo que quería ir a ver al hijo recién nacido de su primo Vic. A Alexa se le había subido el corazón a la garganta al oír eso. ¡Un recién nacido!

Se notó las manos frías y sudorosas cuando se frotó los brazos con ellas. ¿Le estaba entrando pánico porque iban a ver a un recién nacido, o porque los hospitales le recordaban a la clínica en la que había estado ingresada? En ese momento tenía las emociones tan a flor de piel que no habría sabido responder a esa pregunta.

Se estaba comportando como una tonta. Ella ni siquiera iba a entrar; entraría Seth solo y ella se quedaría esperándolo. Además probablemente no estarían allí mucho tiempo, y en cuanto estuvieran fuera del edificio sus fosas nasales quedarían libres de ese penetrante olor a antiséptico que flotaba en el ambiente.

Tal y como pensó Seth le dijo que iba a pasar a ver a la esposa de su primo, y la dejó frente al cristal de la sala nido. Al bebé de Vic y Claire apenas se lo veía debajo de la mantita que lo cubría y el gorrito de rayas azules y amarillas que llevaba en la cabeza, pero desde luego era el más grande de todos. Había pesado casi cinco kilos, según le había dicho Seth.

Una mujer rubia, de unos treinta años, se acercó también al cristal, y Alexa se movió un poco para hacerle sitio.

–Es guapo, ¿eh? –dijo señalando hacia el bebé de Vic y Claire–. Y todo ese pelo rubio que tiene…

Alexa ladeó la cabeza.

–¿Nos conocemos?

La mujer sonrió, y de pronto Alexa reconoció el parecido con Seth en sus facciones. Debía ser…

–Soy Paige, la prima de Seth –dijo la mujer, confirmando su deducción. Te vi hablando con él cuando estaba sacando un café de la máquina. Mi hermano Vic es el padre del bebé.

Una cosa habría sido que Seth la hubiera presentado a su familia, pero aquello resultaba, cuando menos, bastante incómodo.

–Ah, felicidades por tu nuevo sobrino, entonces.

–Gracias. Tenemos mucho que celebrar. Espero que vengas a la próxima reunión familiar –le dijo Paige mirándola a los ojos–. ¿Qué tal el viaje con Seth y los niños? Son una monada, pero de vez en cuando también pueden ser un poco traviesos.

¿Seth la había hablado a su familia de ella?

–Sí, bien, aunque una siempre se alegra de volver a casa, claro –respondió–. Y los gemelos ya están otra vez con su madre.

Paige asintió.

–Ya. Pippa es… –exhaló un suspiro–. En fin, Pippa es Pippa, y claro, es su madre. Seth es un padre estupendo, y se merece tener a una buena mujer a su lado que lo quiera más que… en fin, ya sabes.

A Alexa le parecía que no deberían estar hablando de aquello sin que Seth estuviera delante.

–Bueno, yo no creo que esté en posición de juzgar…

Paige se giró hacia ella y se quedó mirándola de un modo casi agresivo, como una leona que protege a sus cachorros.

–Sólo te estoy pidiendo que te portes bien con mi primo. Pippa le hizo mucho daño, y hay días en que me gustaría ir y ponerla verde, pero no lo hago porque quiero a esos niños, sean o no de nuestra sangre. Pero no querría ver que alguien vuelve a traicionarlo, así que por favor, si no vas en serio con él, te pediría que te alejaras lo antes posible de él.

¡Vaya! Alexa no se había esperado aquello.

–No sé qué decir, excepto que creo que la lealtad que tienes hacia tu familia me parece admirable –murmuró.

Paige se mordió el labio, como avergonzada.

–Lo siento –se disculpó–. Debería cerrar la boca; estoy hablando de más y seguramente te estaré pareciendo muy grosera. Perdona, deben ser las hormonas: estoy embarazada. Además, es que me pongo furiosa cada vez que pienso en cómo utilizó Pippa a Seth… y en cómo lo sigue utilizando –se le saltaron las lágrimas–. ¿Ves?

Paige sacó un pañuelo y se alejó, dejando a Alexa patidifusa y confundida, pensando en lo que había dicho sobre que los niños fueran o no de su sangre. ¿Qué diablos…? ¿Significaba eso que Pippa había engañado a Seth?

Pero si él había dicho que se habían divorciado antes incluso de que los gemelos naciesen… En fin, no era que una mujer embarazada no pudiese tener una aventura, aunque no podía imaginar… A menos que Pippa lo hubiese engañado antes de que se casasen y él no se hubiera enterado hasta más tarde.

La asaltó la horrible posibilidad de que los gemelos no fuesen en realidad hijos de Seth. No, era imposible. Si así fuera Seth se lo habría dicho. Además, aunque antes de conocerlo había dado por hecho que debía ser como todos esos ricos que no se preocupaban en lo más mínimo por sus hijos, había visto con sus propios ojos cómo los quería, y que trataba de pasar con ellos todo el tiempo que podía.

Además, si lo que sospechaba fuese cierto, ¿por qué no se lo iba a haber dicho? Bueno, no se conocían de hacía tanto, pero ella le había contado todo sobre su pasado. ¿Podía haberle estado ocultando él algo tan importante? Quería pensar que había malinterpretado las palabras de Paige.

En vez de elucubrar, lo mejor sería que le preguntase a Seth cuando encontrase el momento para hacerlo. Probablemente se reirían por cómo había saltado a esas conclusiones.

Sus ojos se posaron en una familia que había en el otro extremo, mirando por el cristal de la sala nido. Había un abuelo y una abuela, con sus dos nietos en brazos para que vieran a su nuevo hermanito. Los vínculos familiares eran algo que no se rompía fácilmente.

Lo había visto esa mañana, cuando había visto a Seth hablando por el ordenador con Pippa acerca de sus hijos. Sí, se había abierto una brecha entre ellos, pero aquello que los unía no se había roto del todo, y había notado incluso una cierta ternura. Si de verdad ella le había sido infiel y Seth seguía tratándola con cariño a pesar de todo… Alexa se quedó pensativa. Daba la impresión de que había asuntos pendientes entre ellos que no habían resuelto.

Puso una mano en el cristal, sintiendo que la melancolía la invadía. Le habría gustado tanto que su familia hubiese sido una familia de verdad… Le gustaría tanto formar su propia familia… Sabía lo que era sentirse como una extraña, alienada, y no quería seguir sintiéndose así.

Capítulo Diez

Seth quería a Alexa en su cama pero también en su vida. Cuando la llevaba en coche a su casa, un apartamento en el centro de Charleston, después de ir a ver a su nuevo sobrino, no podía dejar de pensar en lo bien que se sentía con ella sentada a su lado en el coche en ese momento.

Esperaba poder persuadirla para que, cuando llegaran, metiera algo de ropa en una bolsa de viaje y se fuera con él a su casa.

La miró de reojo. Alexa iba con la cabeza apoyada en la ventanilla, y de repente parecía muy seria.

—Dime, ¿en qué piensas? —le preguntó preocupado.

Alexa sacudió la cabeza ligeramente, pero no se giró hacia él. Simplemente siguió con la vista fija en la ventanilla, aunque tenía la mirada perdida. Abrazó el bolso contra su pecho, y se oyó crujir dentro la carpeta que él le había dado.

—En nada —murmuró.

—Sea lo que sea quiero saberlo —le dijo Seth—; no me creo que no sea nada.

—Los dos estamos cansados —contestó ella, bajando la vista—. Todo esto va muy rápido; necesito un poco de tiempo para pensar.

Seth no podía creerse lo que estaba oyendo. Esa mañana Alexa le había preguntado si estaba intentando zafarse de ella, y en ese momento tenía la sensación de que eso era precisamente lo que ella estaba haciendo.

–¿Estás dando marcha atrás?

–Tal vez –admitió ella.

–¿Por qué? –quiso saber él.

–Seth, me he esforzado mucho para recomponer mi vida; dos veces: una cuando era una adolescente, y otra después de mi divorcio. El salir victoriosa de esas dos batallas me hizo más fuerte, pero todavía siento que tengo que tener mucho cuidado para no volver a poner a poner en peligro mi autoestima.

¿Qué diablos…? No debería estar teniendo aquella conversación con ella cuando iba conduciendo, se dijo Seth. Necesitaba mirar a Alexa a la cara y poder centrar en ella toda su atención. Vio un local de comida rápida un poco más adelante y se salió de la carretera cruzando por dos carriles e ignorando las pitadas de los otros conductores. Estacionó el coche en el aparcamiento del restaurante, y se volvió hacia Alexa apoyando el brazo en el volante.

–A ver si lo he entendido: ¿me estás diciendo que me consideras peligroso para tu autoestima? ¿Qué he hecho yo para que te sientas amenazada?

–Nuestra relación es… quiero decir… –balbució ella–. No lo sé, tengo miedo. Tal vez nos estemos equivocando; puede que lo nuestro no salga bien.

Seth bajó el brazo del volante y tomó la mano de Alexa entre las suyas.

–Toda relación conlleva riesgos –le dijo–, pero yo siento que hay algo especial entre nosotros.

–Yo… me siento confusa. Esta tarde… esta tarde me he abierto a ti como no lo había hecho nunca con nadie –murmuró Alexa. Seth notaba su mano fría entre las suyas–. Pero una relación tiene que ser como una carretera de dos direcciones. ¿Acaso puedes negar que no te estás dando por completo?

¿Que no se estaba dando por completo? ¿Qué más quería de él?

–No entiendo de qué me hablas.

–Tienes dudas respecto a nosotros como pareja –afirmó ella.

–Yo no… eso no es así… No puedo estar seguro al cien por cien de que todo va a salir bien, por supuesto, ¿pero quién podría estarlo? No sé, ¿habría sido mejor que nos hubiéramos conocido dentro de un año? Sí, claro que sí, pero…

–¿Por qué? –lo interrumpió ella.

Maldita sea, estaba cansado y lo único que quería era llevarse a Alexa con él a su casa y dormir toda la noche con ella entre sus brazos. Aquélla no era la conversación que quería tener en ese momento. De hecho, preferiría no tenerla nunca.

–Porque dentro de un año mi divorcio no estaría tan reciente, igual que el tuyo. Mis hijos serían un año más mayores, tu negocio estaría más establecido… ¿No te parece que habría sido un momento mucho mejor para los dos?

Alexa sacudió la cabeza lentamente.

–Sabes el motivo de mis inseguridades; he sido completamente sincera contigo, y creía que tú lo habías sido conmigo también.

Seth frunció el ceño. ¿De qué estaba hablando?

–Tu prima Paige me contó lo de Pippa, que te había engañado. Entiendo que eso te haya hecho volverte receloso, pero me habría ayudado saberlo antes.

Seth se sintió como si tuviera un enjambre de abejas furiosas dentro de la cabeza, sólo que el que estaba furioso era él.

–Paige no tenía ningún derecho a contarte eso –soltó la mano de Alexa.

–No le eches la culpa. Ella creía que yo ya lo sabía.

–¿Y en qué momento se suponía que debía haberte contado eso? No es algo que salga así como así en una conversación. «Oye, ¿sabes qué? Resulta que mi ex no está segura de si los niños son míos o no». ¿Esperabas que te dijera eso? –le espetó Seth apretando los puños–. Pues ya que tanto te interesa saberlo, no me enteré de que me había estado engañando hasta después de casarnos –apretó la mandíbula–. Y ahora dime: ¿dónde quieres ir a cenar? –masculló girándose hacia el frente.

Alexa palideció, y una ola de compasión la invadió.

–Seth, yo… lo siento tanto…

–Soy su padre; me da igual lo que diga mi ex –gruñó Seth, pegándole un puñetazo al volante–. Quiero a mis hijos… –dijo, y se le quebró la voz.

–Lo sé –murmuró ella.

–Me da igual que lleven mi sangre o no –dijo Seth con pasión, volviéndose hacia ella–. Son míos –añadió golpeándose el pecho.

Alexa vaciló antes de preguntarle:

–¿Te has hecho una prueba de paternidad? Se parecen mucho a ti.

Seth la miró furibundo. No necesitaba ninguna prueba; quería a esos niños.

—No te metas; esto no es asunto tuyo.

Los ojos azules de Alexa se llenaron de lágrimas.

—¿Lo ves? A eso me refería: los dos arrastramos problemas, pero yo estoy dispuesta a mirar de frente a los míos y tú en cambio no.

—Por amor de Dios, Alexa. Apenas hace una semana que nos conocemos, ¿y ya esperas que te cuente algo así?

—¿Acaso piensas que voy a ir contándolo por ahí? Porque si es así, es que no me conoces en absoluto —le espetó ella—. ¿Sabes qué? Tienes toda la razón. Esto es un error; es un mal momento para ambos empezar una relación.

Seth no se esperaba aquello.

—No hay nada que podamos hacer respecto a eso.

—Precisamente. Quiero que me lleves a casa y no quiero volver a saber nada de ti.

¿Así iba a acabar todo? ¿A pesar de la química que había entre ellos y de todo lo que habían compartido en esos días iba a cerrarle la puerta en las narices?

—Maldita sea, Alexa, la vida no es perfecta. Yo no soy perfecto ni espero de ti tampoco que lo seas. No se trata de todo o nada.

Ella se mordió el labio, y Seth creyó que tal vez aquello la hubiera hecho recapacitar, pero Alexa giró la cabeza hacia la ventanilla de nuevo y no le contestó.

—¿Qué es lo que quieres de mí, Alexa?

Ella se volvió hacia él con los ojos nublados por el dolor y las lágrimas.

–Lo que te he dicho: necesito tiempo.

Cerró la boca y giró de nuevo la cabeza hacia la ventanilla. Seth esperó un buen rato, pero parecía negarse a mirarlo. Suspiró para sus adentros, arrancó el motor de nuevo.

Hicieron el resto del trayecto en silencio, cada uno en sus pensamientos. ¿Cómo podía ser que de pronto todo se hubiera ido al traste?, se preguntó Seth. De acuerdo, no le había dicho que Pippa lo había engañado, pero antes o después lo habría hecho.

Cuando detuvo el coche frente al bloque de Alexa, ella no le dio opción a decir nada.

–Adiós, Seth –murmuró.

Se bajó y echó a correr hacia el portal. Seth hizo ademán de seguirla, pero para cuando salió del coche y rodeó ella ya había entrado en el edificio.

Se sentía tremendamente frustrado cuando volvió a sentarse al volante. No comprendía por qué de repente Alexa se estaba comportando de esa manera. Había estado apretando su bolso durante todo el trayecto como si estuviese ansiosa por bajarse del coche y perderlo de vista. Debía haber estrujado por completo la carpeta que le había dado.

Un feo y oscuro pensamiento cruzó por su mente. ¿Y si Alexa sólo había querido aquellos contactos, y ahora que ya los tenía estaba buscando la manera de zafarse de él? Lo había utilizado, se dijo, igual que Pippa.

Sin embargo, desechó aquel pensamiento de inmediato. Alexa no era como Pippa. Procedían de entornos similares, sí, pero Alexa se había liberado de las cadenas que la sofocaban, que hacían de ella una persona dependiente. Estaba abriéndose camino en el mundo a base de honradez y trabajo, y había sido sincera con él desde el principio.

De hecho, tenía razón en que era él quien no se había abierto del todo. Echó la cabeza hacia atrás, golpeándose contra el respaldo del asiento. Arrastraba tanto malestar por lo que le había hecho Pippa, que sentía aquello como un fracaso personal. Pensándolo bien, sentía celos en cierto modo de otras parejas que sí eran felices, como sus primos, y quizá fuera ése el motivo por el que de un tiempo a esa parte no tenía mucho trato con ellos. Sí, se había mudado a Charleston para estar más cerca de ellos, pero no se había abierto a ellos, sino que había construido un muro que lo separaba del mundo. No estaba siendo justo con sus primos, ni tampoco con Alexa.

¿Qué podía hacer? Si intentaba hablar con Alexa sólo conseguiría enfadarla aún más, o peor: hacerla llorar. No, tenía que esperar a que se calmase, y luego tendría que intentar acercase a ella con algo más que palabras. Tenía que demostrarle con hechos lo especial que era para él, lo importante que era para él, cuánto la amaba.

Amor… Aquella palabra flotó en su mente hasta posarse con firmeza. Sí, claro que la amaba, y ella merecía saberlo.

Pero… ¿y si a pesar de todo seguía sin querer saber nada de él? Entonces tendría que esforzarse más. Creía en lo que habían compartido en esos días, y si nunca se había rendido en lo profesional, por mucho que la gente había intentado hacerle renunciar a sus sueños, ¿por qué iba a hacerlo en lo personal? Estaba decidido a ganarse el corazón de Alexa.

Desde que creara su propia empresa de limpieza de aviones privados, Alexa Randall había encontrado un sinfín de objetos que la gente se dejaba olvidados, y había de todo. La mayoría de las veces eran cosas como por ejemplo un *smartphone*, una *tablet*, una carpeta, un reloj… Siempre se aseguraba de hacérselos llegar a su dueño. Pero también había encontrado cosas más comprometidas, como unas braguitas, unos boxers, y hasta algún juguete erótico. Todas esas cosas las recogía con unos guantes de látex y las tiraba a la basura.

Sin embargo, el chupete que se encontró ese día junto a un asiento le recordó a los dos gemelos que se había encontrado en el avión de Seth hacía ya casi dos semanas. Sintió una punzada en el pecho al pensar en ellos y en su padre y los ojos se le llenaron de lágrimas.

Bien sabía Dios que había llorado más que suficiente desde aquella noche en la que había salido corriendo del coche de Seth tras la horrible discusión que habían tenido. Aquello era más doloroso que cuando se había divorciado de Travis. De hecho, el fin de su matrimonio había sido un alivio. El perder a Seth, en cambio, la había dejado destrozada. No podía negar que lo amaba, muchísimo, y él la había dejado marchar.

Casi había esperado que la siguiera o que hiciera algo típico, como mandarle montones de ramos de flores, cada uno con una nota de disculpa. Pero no había hecho nada de eso; había permanecido en silencio. ¿Lo habría hecho para darle tiempo, como ella le había pedido? ¿O simplemente se había alejado de ella?

Claro que en los últimos días no había hecho más que pensar que se había comportado de un modo ridículo. Le había dicho a Seth que ahora era más fuerte, pero la verdadera fuerza interior de una persona no estaba en discutir y marcharse enfadada. No, una persona fuerte lucharía, se comprometería, y encontraría una solución justa para ambas partes.

Además, ¿qué derecho tenía a condenarlo por que no le hubiese contado de inmediato todos sus secretos? No había sido justa. Sí, Seth no se había abierto del todo, pero había sido honrado con ella y todo lo que le había prometido lo había cumplido. ¿Por qué no se habría dado cuenta de aquello hacía unos días? Podría haberse ahorrado tanto dolor…

Probablemente porque había escondido la cabeza en la arena, como las avestruces, se había hinchado a llorar, y se había volcado en el papeleo de la oficina para no pensar.

Paseó la mirada por el interior del lujoso avión privado del senador Landis, en el aeropuerto de Charleston, y luego bajó la vista de nuevo al chupete en su mano. Se preguntó cómo estarían Owen y Olivia. Los echaba mucho de menos.

Había sido a sí misma a quien había hecho más daño con su actitud, se dijo, sintiendo que los ojos se le llenaban de lágrimas de nuevo. Suspiró y arrojó el chupete en la bolsa de la basura. Luego, con un paño húmedo frotó el cristal de una de las ventanillas hasta dejarlo perfecto. Ojalá los problemas en la vida pudiesen solucionarse con tanta facilidad, se dijo.

Pero luego se quedó pensando, y recordó algo que le había dicho Seth sobre que, aunque aquel no fuera el momento adecuado, nada en la vida era perfecto. Él no esperaba que ella fuera perfecta y…

De pronto un alboroto fuera interrumpió sus pensamientos. Extrañada, se dirigió hacia la puerta del avión mientras escuchaba fragmentos de conversaciones de la gente.

—¿Qué es eso?

—¿Habéis visto ese avión?

—Creo que es un Thunderbolt P-47…

—¿Eres capaz de leer lo pone?

—Me preguntó quién será esa Alexa…

¿Alexa? ¿Un avión? Una esperanza que no se atrevía a albergar acudió a su mente, y sintió que un cosquilleo nervioso recorría su piel. Cuando salió a la puerta se detuvo en lo alto de la escalerilla metálica y se hizo visera con la mano para mirar al cielo, como todo el personal de mantenimiento del aeropuerto que andaba por allí y señalaba hacia arriba, hablando entre ellos.

Un avión de la Segunda Guerra Mundial volaba bajo por encima de ellos, un avión que le recordaba a uno que había visto en el hangar de Seth, y detrás de él ondeaba una pancarta que decía en letras mayúsculas: «¡Te quiero, Alexa Randall!».

A Alexa se le cortó el aliento y bajó lentamente los escalones mientras releía el mensaje. Para cuando pisó el asfalto, su mente por fin lo había procesado. Seth estaba intentando volver a ganársela. A pesar de que no estaba en el momento adecuado para iniciar una relación, a pesar de los temores irracionales que ella tenía.

Seth estaba tratando de decirle que no le importaba que ella no fuera perfecta, ni que las circunstancias no fueran perfectas. A ella tampoco le importaba que él no fuera perfecto, y estaba deseando que aterrizase para poder decírselo.

El avión dio una vuelta más para que todo el aeropuerto pudiese ver la pancarta. Luego descendió, y aterrizó suavemente a sólo unos seis o siete metros de ella.

El motor se apagó, la hélice del morro comenzó a girar más despacio hasta pararse, y cuando se abrió la cabina del piloto salió Seth… su Seth.

Alexa arrojó a un lado el trapo que tenía en la mano y corrió hacia él. Seth esbozó una sonrisa enorme y le abrió los brazos. Alexa se lanzó a ellos al llegar junto a él y lo besó, allí, delante del personal de mantenimiento de los aviones, que empezaron a silbar y aplaudir cuando Seth la levantó y giró con ella en sus brazos.

Alexa, sin embargo, que era ajena a todo lo que ocurría a su alrededor, se dejó llevar por el momento y se abrazó con fuerza a Seth. Cuando sus pies volvieron a tocar el suelo todavía le daba vueltas la cabeza. Había lágrimas en los ojos, pero eran lágrimas de felicidad. ¡Qué maravilloso descubrir que el amor podía ser perfecto al aceptar las imperfecciones!

–¿Qué te parece si vamos a algún sitio donde tengamos un poco de intimidad? –le susurró Seth al oído.

–Pues resulta que estoy limpiando ese avión de ahí, y no vendrá nadie hasta al menos media hora.

Seth la alzó en volandas, en medio de otra ronda de aplausos de la gente, y echó a andar hacia el avión. Cuando entraron la dejó en el suelo, pero de inmediato volvió a estrecharla entre sus brazos. Ella se rió y le preguntó:

–¿Cómo has sabido dónde estaba?

–El senador Landis y yo somos parientes. Bueno, lejanos: su esposa es hermanastra de la esposa de mi prima –dijo él conduciéndola al sofá de cuero–. Hay unas cuantas cosas que necesitaba decirte.

¿Buenas o malas?, se preguntó ella. Seth se había puesto tan serio que no podía imaginar si serían lo uno o lo otro.

–De acuerdo, te escucho –respondió cuando se hubieron sentado.

–Me he pasado la última semana negociando con Pippa un nuevo acuerdo sobre la custodia de los gemelos –le explicó tomándola de las manos–. Ahora pasarán más tiempo conmigo, y hemos contratado a una niñera que la ayude cuando estén con ella –bajó la vista a sus manos entrelazadas–. Aún no me siento preparado para hacerme esa prueba de paternidad, y no sé si lo estaré nunca. Lo único que sé es que ese otro tipo que podría ser su padre biológico no quiere saber nada de ellos, así que por el momento quiero que las cosas sigan como están y disfrutar viéndolos crecer.

–Lo entiendo –respondió Alexa. Estaba segura que ella haría lo mismo en su lugar–. Perdona que te presionara.

Él le acarició la mejilla con los nudillos.

—Y tú perdona que no me abriera más contigo.

Alexa tomó su rostro entre ambas manos.

—Todavía no puedo creerme lo que has hecho; esa aparición estelar en avión… Estás loco, ¿lo sabías? —le dijo sonriendo.

—Estoy loco por ti —respondió él antes de besarle la palma de la mano. Le señaló el avión a través de la ventanilla—. ¿Viste mi mensaje?

—¿Cómo no iba a verlo?

—Pues es lo que siento —los ojos verde esmeralda de Seth brillaban—. Debí decirte esas palabras aquella noche, en el coche. No, antes de eso. Pero estaba tan preocupado por los niños y lo que había pasado con Pippa… Pero tengo otro mensaje más importante para ti.

Alexa le rodeó el cuello con los brazos y jugueteó con su cabello rubio.

—¿Y qué mensaje es ése?

—Cásate conmigo —le pidió Seth. Al ver que ella iba a interrumpirlo, puso las yemas de los dedos sobre sus labios y le dijo—: sé que esto quizá sea ir demasiado deprisa, sobre todo teniendo en cuenta que en otras cosas he sido bastante lento, pero si necesitas que esperemos un poco seré paciente. Tú lo mereces.

—Gracias, Seth —respondió ella. Era la primera vez en toda su vida que se sentía plenamente segura de que era una persona tan válida como cualquier otra, y que merecía ser amada. Los dos se merecían ser felices—. Yo también te quiero. Me gusta lo apasionado que eres cuando hacemos el amor, y cómo me empujas a desafiar mis miedos. Me gusta lo tierno que eres con tus hijos, y eres todo lo que podría soñar.

–Te quiero, Alexa –murmuró él acariciándole la mejilla–. Te quiero por lo cariñosa que eres con Owen y con Olivia, y quiero poder estar a tu lado cuando te exijas demasiado a ti misma, para recordarte que no es necesario que seas perfecta –añadió antes de besarla en los labios–. Me gustas tal y como eres –antes de que Alexa pudiese ponerse sensiblera, y a juzgar por las lágrimas que asomaban a sus ojos le faltaba poco, Seth se irguió y le preguntó–: ¿Nos vamos? ¿Has terminado tu trabajo aquí?

Alexa se levantó como un resorte y recogió el cubo del suelo.

–Nos vamos en cuanto tú me digas. ¿Qué tenías pensado?

–Una cita como Dios manda –respondió él–. Voy a llevarte a cenar a un sitio muy romántico –le explicó entre beso y beso–, y luego haremos el amor, y mañana tendremos otra cita… y volveremos a hacer el amor… y al día siguiente igual y…

Ella suspiró contra sus labios.

–Y nos casaremos.

–Y nos casaremos –le prometió él–. Y seremos felices y comeremos perdices.

Epílogo

Un año después

Alexa no podría haber pedido una boda más romántica. Y no fue en absoluto una boda con lujos y pompa. De hecho, Seth y ella habían optado por una boda en la playa en Charleston con toda la familia. Se había montado una plataforma con tablas de madera en la arena, sobre la cual se había colocado un pequeño altar, y dos bloques con sillas y un pasillo central adornado con lirios y palmas.

Cuando el sacerdote los proclamó marido y mujer, Seth y ella se fundieron en su primer beso como marido y mujer. El sol del atardecer le hizo pensar en el viaje de luna de miel que iban a hacer a Grecia, y en los hermosos atardeceres que compartirían allí.

Los invitados aplaudieron, y ella tomó a Olivia en brazos mientras que Seth hacía lo propio con Owen. Y entonces, los dos del brazo se volvieron y avanzaron por el pasillo central. Los rayos del sol arrancaban del mar brillantes destellos, como si estuviese formada por millones de diamantes.

Los gemelos, que ya tenían casi dos años y no paraban de hablar con su lengua de trapo, aplaudieron con los invitados, que los felicitaban a su paso.

Un poco antes de la boda Seth había ido a ver a un médico para hacerse discretamente unas pruebas de paternidad, y como Alexa había pensado desde el principio, sí eran sus hijos. El alivio que había sentido era enorme, y le había dado las gracias a Alexa por haberle dado la fuerza necesaria, con su amor, para decidirse a dar ese paso.

El mismo amor que estaban celebrando ese día. El perfume del ramo de Alexa −compuesto de lirios, rosas y orquídeas− inundaba el aire. Su vestido era blanco y de organdí, con el cuerpo entallado y finos tirantes. Y sobre sus cabezas sobrevolaba el avión de la Segunda Guerra Mundial con el que Seth se le había declarado, y que ese día llevaba una pancarta que anunciaba a todo el mundo que decía: «Felicidades, señor y señora Jansen».

También se habían levantado sobre la arena una gran carpa donde tendría lugar el banquete y tocaría una orquesta de jazz. Alexa había dejado que Paige, que se dedicaba al cátering, escogiera el menú, y les había diseñado para la ocasión un pastel de bodas precioso que tenía la forma de un castillo de arena.

Y hablando de príncipes y princesas, toda la familia real de los Medina estaba allí, y también el senador Landis y su familia.

También había un área de juegos con niñeras para que los niños estuvieran entretenidos. Para ellos había un menú especial, con magdalenas de chocolate de postre adornadas con conchas de azúcar.

Así era como debía ser, se dijo Alexa más tarde, viendo que todo el mundo estaba disfrutando con aquella sencilla y original celebración. También habían invitados a sus padres, y aunque había cosas que no se podían cambiar, en cierto modo aquello la ayudó a estar en paz consigo misma y a que cicatrizaran viejas heridas.

Seth y ella se habían pasado ese año viendo crecer su relación, fortaleciendo el vínculo que habían sentido entre ellos desde un principio. Y en lo profesional ella también se había esforzado en esos últimos doce meses por reforzar su pequeño negocio. ¿Lo que más le gustaba? Que A-1 se encargaba de la limpieza de los aviones de búsqueda y rescate de la compañía de Seth. Formaban sólo una parte pequeña de su flota, pero eran los más queridos para Seth.

Los dos estaban viviendo su sueño.

Alzó la vista hacia su flamante marido mientras abrían el baile con un vals, y se encontró con que él también estaba mirándola, con ojos llenos de amor.

—¿Está saliendo todo como tú querías? —le preguntó Seth.

Alexa jugueteó con la flor que Seth llevaba en el ojal. La floristería se había equivocado con el color al mandar las flores para los caballeros, pero a Alexa aquel error le gustó. No todo tenía por qué ser perfecto.

—Está siendo el día más maravilloso de toda mi vida —le respondió.

Y estaba segura de que cada uno de los días siguientes sería aún mejor.

DESEO

CATHERINE MANN

HONRADAS INTENCIONES

Capítulo Uno

Nueva Orleans, Louisiana. Mardi Gras

—*Laissez les bons temps rouler!* ¡Que empiece la fiesta!

Hank Renshaw Jr. escuchaba los gritos mientras se abría paso entre la multitud que flanqueaba la avenida para ver el desfile de Mardi Gras, la popular fiesta de Nueva Orleans.

Pero él no estaba de humor para fiestas.

Debía llevar el mensaje de un amigo que había muerto en Afganistán diez meses antes. Y buscar a la novia de su amigo era una de las cosas más difíciles que había tenido que hacer nunca.

La determinación de hacer lo que debía hacer lo empujaba mientras se abría paso entre la gente, algunos con sombreros, máscaras o los famosos collares de cuentas de Mardi Gras. Todas las farolas estaban encendidas, iluminando las calles principales de la ciudad por las que pasaba el desfile, con una banda de jazz tocando una canción de Louis Armstrong y la gente de las carrozas tirando collares, doblones e incluso braguitas de encaje sobre la multitud.

No le sorprendía la lluvia de sujetadores. Años atrás, había estado allí y sabía que las fiestas duraban

3

todo el fin de semana y que se animarían aún más a medida que corría el alcohol. En unas horas, las chicas empezarían a pedir collares de la forma tradicional: levantándose la camiseta.

—¡Tírame algo! —gritó una mujer al paso de una carroza con el rey del desfile montado sobre un caimán mecánico.

—*Laissez les bons temps rouler!* —gritaba el rey, con un fuerte acento francés cajún, el dialecto de Louisiana.

Hank hablaba francés fluido, un pasable alemán y un poco de chamorro del tiempo que su padre estuvo destinado en Guam. Siempre había jurado que no seguiría los pasos de su progenitor y, mientras su padre era piloto, él era copiloto. Pero, al final, había elegido el mismo avión, el B-52. Hank había seguido la tradición familiar al igual que sus hermanas a pesar de contar con una fortuna personal.

Y daría hasta el último céntimo si así pudiera devolverle la vida a su amigo.

Con el corazón encogido, Hank miró la multitud. Solo le quedaba una manzana para llegar al apartamento de Gabrielle Ballard, situado sobre una tienda de antigüedades.

Y entonces, de repente, la vio entre la gente. O, más bien, vio su espalda. No parecía estar allí para presenciar el desfile, de modo que debía volver a su casa, caminando delante de él con una bolsa de flores en la mano y una mochila de tela.

Apresurando el paso, Hank no cuestionó cómo la había identificado. Sabía que era Gabrielle sin ver su cara porque reconocía la elegante curva de su cuello, el brillante pelo rubio que rozaba sus hombros, sus pasos…

Incluso con un jersey ancho que escondía su cuerpo, no tenía la menor duda. Aquella mujer hacía que un pantalón vaquero pareciese un traje de diseño. Tenía un elegante estilo europeo debido a su doble nacionalidad; su padre, un oficial del ejército estadounidense, se había casado con una mujer alemana a la que conoció en una base militar y Gabrielle había ido a Nueva Orleans para hacer un máster.

Sí, lo sabía todo sobre Gabrielle Ballard, desde dónde había pasado su infancia a lo hermosa que era la curva de sus caderas. La había deseado cada día durante un tortuoso año antes de que Kevin y él fueran destinados a Afganistán. El único alivio había sido que entonces estaban destinados al norte de Louisiana, no en la ciudad, de modo que solo se habían visto un par de veces al mes.

A pesar de todo, el código de hermandad entre soldados levantaba un muro entre ellos que Hank no podía escalar. Gabrielle era la novia de su mejor amigo, la chica de Kevin.

Pero su amigo había muerto por los disparos de un francotirador.

Eso no hacía que Gabrielle estuviera disponible, pero sí la convertía en una obligación para Hank.

***

Gabrielle se ajustó la mochila sobre el hombro mientras atravesaba un grupo de estudiantes frente a la verja de hierro que daba entrada a su edificio. Un chico derramó un poco de cerveza en su brazo y Gabrielle intentó apartarse, pero el joven se interpuso en su camino cuando intentaba abrir la verja.

Hank la vio sujetar con fuerza la mochila mientras miraba al chico con expresión asustada.

El instinto adquirido en la batalla le decía que las cosas podían ponerse feas porque los chavales estaban borrachos, de modo que apresuró aún más el paso. A la luz de la farola, su pelo rubio brillaba como un faro en medio del caos. Las aceras estaban llenas de gente, el estruendo de las carrozas y la multitud que las recibía era tan atronador que sus gritos de ayuda no serían escuchados.

Hank llegó a su lado y puso una mano sobre el hombro del sujeto.

—Deja pasar a la señora.

—¿A ti qué te pasa...? —el borracho dio un paso atrás, mirándolo con los ojos vidriosos.

Gabrielle miró a Hank y lanzó una exclamación. El brillo en sus ojos de color esmeralda decía que lo había reconocido y, de inmediato, sintió una punzada de deseo. La misma que había sentido desde que la vio por primera vez en un desfile militar.

Al verla con un precioso vestido azul, todas las células de su cuerpo gritaron: ¡mía!

Unos segundos después, Kevin se la había presentado como su novia y el amor de su vida, pero el cuerpo de Hank seguía reclamándola como suya.

–Métete en tus cosas, amigo –dijo el borracho.

–Me temo que esto es cosa mía –Hank pasó el brazo por la cintura de Gabrielle, haciendo un esfuerzo para controlar su reacción–. La señorita está conmigo y es hora de que busques otro sitio para ver el desfile.

El tipo miró la cazadora de aviador y decidió que pelearse con un militar no sería buena idea.

–No sabía que fuera su novia, comandante. Perdone.

Comandante, sí. Pero parecía como si el día anterior aún fuese un teniente recién llegado a la unidad. Se sentía anciano, aunque solo tenía treinta y tres años.

–Mientras la dejes en paz, no pasa nada.

–Muy bien –el tipo le hizo un gesto a sus amigos–. Vámonos, chicos.

Hank se quedó mirándolos hasta que fueron tragados por la multitud, preparado y en guardia mientras miraba alrededor.

–¿Hank? –murmuró Gabrielle–. ¿Cómo me has encontrado?

El sonido de su voz pareció envolverlo como un lazo de seda. Nada había cambiado, seguía loco por ella. Antes, cuando Kevin y ella estaban prometidos, era terrible. Y en aquel momento, al recordar a su amigo muerto…

Tenía que comprobar que Gabrielle estaba bien, como le había prometido a su amigo, repetirle las últimas palabras de Kevin y luego desaparecer de su vida para siempre.

–Sigues viviendo en el mismo sitio, así que no ha sido difícil –respondió él.

Decidido a controlar sus sentimientos, Hank había acompañado a su amigo a la ciudad dos años atrás...

Una tortura de principio a fin.

–¿Qué haces aquí? No sabía que hubieras vuelto a Estados Unidos –dijo Gabrielle, su ligero acento alemán dándole un toque exótico.

Como si necesitara algo más para dejarlo sin aliento...

Era un veterano de guerra de treinta y tres años y ella hacía que se sintiera como un colegial ante la chica más guapa del colegio.

Los ojos verdes, los altos pómulos, la delicada barbilla en un rostro ovalado, la bolsa de flores en una mano, la mochila colocada sobre el pecho.

–He venido a verte. Deja que te ayude...

–No, gracias –Gabrielle se apartó cuando intentó quitarle la mochila y Hank se dio cuenta de lo que era porque su hermana Darcy tenía una exactamente igual. Era una mochila portabebés.

Y, al ver un piececillo asomando por un lado, descubrió que había un bebé dentro.

Gabrielle había querido ser madre desde niña. Sus muñecas siempre habían sido las mejor vestidas y peinadas del colegio...

Pero entonces no sabía lo diferente que sería ser madre de verdad.

Sin un padre para su hijo.

Un niño enfermo.

Y, de repente, el pasado había vuelto en forma de Hank Renshaw, que bloqueaba el resto del mundo con esos hombros tan anchos bajo una cazadora de aviador. Tan alto, moreno y serio como un héroe de película.

Seguía sin creer que estuviera allí.

Hank.

No, el comandante Hank Renshaw Jr., en medio de la abarrotada calle en Mardi Gras. Solo una cita con el pediatra podía haberla sacado de casa en medio de aquel caos.

No lo había visto desde… el corazón de Gabrielle dio un vuelco, desde que se despidió de Kevin el día que los destinaron a Afganistán.

Y por doloroso que fuera pensar que debería estar celebrando el regreso a casa de Kevin, lo que había ocurrido no era culpa de Hank. Además, su aroma a hombre recién duchado y afeitado borraba el asqueroso olor a cerveza y sudor de la calle.

Qué fácil sería apoyarse en él, buscar su protección. Qué fácil y qué error.

Tenía que ser fuerte, se dijo. Había luchado mucho para liberarse de su protectora familia dos años antes, cuando decidió estudiar en Estados Unidos, y era una madre soltera de veintisiete años que podía cuidar de sí misma y de su hijo. No necesitaba la distracción de un hombre, especialmente en aquel momento. Especialmente aquel hombre.

Y, a juzgar por la expresión horrorizada de Hank

al ver el piececito de su hijo asomando por la mochila, no iba a tener ningún problema porque parecía a punto de salir corriendo.

Gabrielle intentó sonreír.

–No puedo creer que seas tú de verdad. Vamos dentro, así podremos hablar. Con este ruido no se pude oír nada. ¿Cuándo has vuelto? ¿Cuánto tiempo llevas aquí?

–Regresé ayer a la base –respondió él.

–¿Ayer? –repitió Gabrielle, ignorando la obvia pregunta en sus ojos–. Entonces, debes estar agotado.

Hank la tomó del brazo para llevarla dentro.

–Verte era mi prioridad. ¿Por qué si no iba a venir a Nueva Orleans?

Su hijo le dio una patadita en el estómago.

–Bueno, es Mardi Gras –dijo ella, sacando las llaves–. Podrías haber venido a pasarlo bien, como tanta gente.

–No, he venido por ti.

–Por Kevin quieres decir.

Pronunciar su nombre, incluso diez meses después de su muerte, seguía rompiéndole el corazón y vio el mismo dolor en los ojos de Hank. Qué extraño lazo había entre ellos, conectados por un hombre muerto…

Volviendo la cabeza para esconder las lágrimas, Gabrielle abrió la verja y Hank cerró rápidamente para evitar que alguien entrase tras ellos.

–¿De quién es ese niño, de alguna amiga?

–No, es Max, mi hijo –respondió Gabrielle. Y estaba enfermo, muy enfermo–. Cualquier otra pregunta tendrá que esperar hasta que lleguemos arriba. Ha sido un día muy largo y estoy agotada.

Hank tomó la bolsa de los pañales, que él había creído su bolso, y se quitó la cazadora de cuero para ponerla sobre sus hombros.

Gabrielle había llevado la cazadora de Kevin muchas veces y una debería ser igual que cualquier otra, pero no era así. El calor de Hank parecía tragársela, envolverla.

Kevin y Hank habían volado juntos en un B-52, pero sus temperamentos eran completamente opuestos. Kevin era divertido, burlón, siempre empujándola a dejar sus estudios y vivir la vida. Hank era todo lo contrario: serio, adusto y tan… intenso.

Sus pasos resonaban tras ella mientras subían la escalera que llevaba a su apartamento en el tercer piso. Después de un largo día en el hospital enfrentándose con sus miedos y tomando decisiones sola, tener a alguien a su lado era agradable.

Demasiado agradable.

La cazadora de Hank estuvo a punto de caer al suelo cuando metió la llave en la cerradura, pero la sujetó con una mano mientras abría la puerta.

–Bueno, ya hemos llegado –Gabrielle se quitó los zapatos.

El apartamento era un espacio abierto de techos altos y suelos de madera decorado con cosas compradas en mercadillos. No tenía habitaciones, solo una zona separada por seis escalones que hacía de dormitorio en la que, además de su cama, había instalado la cuna del niño, con un móvil de aviones.

11

El apartamento le había parecido perfecto cuando hizo realidad su sueño de ir a Estados Unidos para estudiar, pero desde que nació Max era un sitio tan poco práctico que en algún momento incluso había pensado en volver a casa, pero no se decidía. Tenía algo de dinero ahorrado y un salario decente diseñando páginas web...

Pero todo se había venido abajo cuando le dijeron que su hijo había nacido con un defecto congénito en el aparato digestivo y debían operarlo para reparar su válvula pilórica.

—Gabrielle... —la voz ronca de Hank llenaba el apartamento, mezclándose con el ruido de la calle.

—Shh —Gabrielle sacó al niño de la mochila para dejarlo en la cuna y se inclinó para darle un beso en la frente, respirando su delicioso aroma a talco y champú infantil.

Su hijo... haría cualquier cosa por él.

El cansancio desapareció, reemplazado por una nueva determinación y después de cerrar la cortina que separaba la habitación del resto del apartamento, se volvió para mirar a Hank.

—Ahora podemos hablar. Max dormirá otros veinte minutos antes de pedir el pecho otra vez.

Debido a sus problemas gástricos, el niño comía poco y muchas veces al día, pero con suerte la operación solucionaría el problema. Si su frágil bebé sobrevivía a la operación.

Hank dejó la bolsa de los pañales sobre una mesa de pino al lado de la cocina y la cazadora sobre una silla.

–¿Es hijo de Kevin?

Esa pregunta la pilló desprevenida. Y las dudas que veía en sus ojos le dolían más de lo que querría admitir.

Los recuerdos de tiempos más felices la atormentaban. Hank siempre la había ayudado con el impulsivo Kevin…

–Tú me conoces –le dijo. O eso había pensado–. ¿De verdad tienes que preguntarlo?

–Entre mis hermanas y mis hermanos, que procrean como conejos, he tenido en brazos a muchos niños y el tuyo parece un recién nacido. Han pasado doce meses desde la última vez que Kevin estuvo aquí –Hank sacudió la cabeza, agarrando el respaldo de la silla–. De modo que no me salen las cuentas.

Tenía razón sobre el tamaño del niño, pero él no sabía nada.

–¿De verdad crees que yo engañaría a Kevin?

¿Y no había sido así?, se preguntó Gabrielle entonces. Aunque solo fuera de pensamiento.

–No serías la primera mujer que engaña a un hombre al que han destinado fuera del país.

–Pero yo no lo hice –replicó ella, cruzándose de brazos–. Max es pequeño porque está enfermo, tiene estenosis en el píloro. Es un problema digestivo que hay que corregir con una operación.

Hank tragó saliva.

–Vaya, lo siento mucho –murmuró, levantando una mano para apretar su brazo y bajándola sin atreverse a hacerlo–. ¿Puedo ayudarte en algo? ¿Necesitas dinero para un especialista?

13

–No, gracias –se apresuró a decir Gabrielle–. Tengo un seguro médico y no hacen falta especialistas para un bebé tan pequeño. Y, por cierto, Max tiene cuatro meses. Nació ocho meses después de que Kevin se marchase.

–Entonces, estabas en el primer trimestre cuando Kevin murió. ¿No sabías que estabas embarazada?

Ella tragó saliva. No podía ni quería negarlo.

–Sí, lo sabía.

–¿Y por qué no se lo dijiste?

¿Cómo se atrevía a juzgarla o a interrogarla? ¿Cómo se atrevía a estar vivo? Gabrielle decidió canalizar su dolor a través de la ira.

–Sé que eras muy amigo de Kevin, pero mis razones para no contárselo no son asunto tuyo.

Hank apretó los dientes.

–Tienes razón, no es asunto mío.

Esa admisión hizo que a Gabrielle se le pasara el enfado. ¿Pero cómo iba a explicárselo? Entonces estaba asustada, desconcertada, y había retrasado lo inevitable hasta que fue demasiado tarde. De haber sabido que esperaba un hijo, ¿habría tenido Kevin más precaución? No había respuesta para esa pregunta y ella tendría que vivir con el sentimiento de culpa de por vida.

Gabrielle tomó la cazadora del respaldo de la silla y se la ofreció.

–Bueno, pues ya me has visto y has hecho lo que venías a hacer. Es tarde y debes estar agotado del viaje. Y, francamente, también yo lo estoy. Ni siquiera he tenido tiempo de comer.

Un día estresante, aparte del agotamiento de dar el pecho a Max cada dos horas.

–Gabrielle…

–Me alegro de verte, Hank. Buenas noches.

Él tomó su mano.

–He venido a verte como le prometí a Kevin y, aparentemente, he llegado en buen momento. Él hubiera hecho todo lo posible por su hijo y sé que le habría gustado que viviera en un sitio… mejor que este.

–No recuerdo que fueras grosero –replicó Gabrielle, molesta.

–Y yo no recuerdo que tú estuvieras tan a la defensiva.

–Puede que yo no tenga el dinero de los Renshaw ni vuestros contactos políticos, pero trabajo y gano un salario, así que puedo mantener a mi hijo.

La rabia y la frustración desaparecieron al darse cuenta de que él seguía apretándole la mano, el calor de su piel haciéndole recordar algo que no había sentido en mucho tiempo.

Deseo.

Y en los ojos de Hank vio que él sentía lo mismo.

–Antes has dicho que no habías comido. Deja que pida algo de cena para compensarte por mi grosería.

–¿Quieres que cenemos juntos?

Gabrielle no había compartido una cena con él desde antes de que se fueran a Afganistán.

Desde la noche que besó a Hank Renshaw.

Capítulo Dos

Hank vio el recuerdo de ese beso reflejado en los ojos verdes de Gabrielle. Un momento de debilidad que lo había perseguido hasta aquel día.

Ella había ido a la base militar en Bossier City para despedirse de Kevin cuando los destinaron a Afganistán. Pensaban comer juntos, pero en el último minuto la pareja discutió y Kevin se marchó, enfadado. De modo que Hank compró unas hamburguesas y la escuchó mientras Gabrielle le abría su corazón. Había logrado contenerse mientras la veía llorar, pero cuando la abrazó…

Maldita fuera. Aún no sabía quién había iniciado el beso, pero se culpaba a sí mismo.

—¿Piensas pedir una cena por teléfono en Mardi Gras? —preguntó Gabrielle, enarcando una ceja.

—O podemos ir a comer a algún sitio. Tiene que haber una puerta trasera en este edificio, ¿no? —Hank seguía hablando para que no lo echase de allí—. Podríamos ir a algún sitio tranquilo… no creo que el niño pueda dormir con ese estruendo en la calle.

—Esta zona es muy ruidosa, pero Max está acostumbrado.

—Entonces, pediré la cena por teléfono —Hank tiró la cazadora sobre la silla.

–¿Crees que algún restaurante sirve a domicilio en un día como hoy?

Hank no se molestó en responder a lo obvio y ella suspiró.

–Ah, claro, las influencias de los Renshaw.

¿Influencias? Eso era decir poco. Pero usar esas influencias cuando hacía falta era una de las pocas cosas buenas de ser un Renshaw.

–Imagino que hasta yo traería un pedido si me pagaran lo suficiente.

–Pero tienes que marcharte…

Hank sacó su iPhone como si no la hubiera oído.

–¿Qué te apetece? Y no te molestes en decir que no. Sé que no has comido en todo el día.

Gabrielle lo miró, indecisa. Era testaruda y decidida, pero también lo era él, de modo que esperó.

Por fin, ella asintió con la cabeza, un poco más relajada.

–Algo sencillo… y que no sea picante.

–¿Que no sea picante en Nueva Orleans?

Gabrielle rio suavemente y el sonido de esa risa se clavó en su corazón, como siempre. Se había engañado a sí mismo pensando que ya no sentía nada por ella. Porque allí estaba, en su risa.

Hank buscó en su iPhone el número de un restaurante francés al que solía ir su madrastra. La segunda esposa de su padre se dedicaba a la política y los políticos tenían contactos en todas partes.

Una vez hecho el pedido, guardó el teléfono en el bolsillo.

–Ya está. Llegará en media hora.

—Gracias.

—¿Entonces me perdonas por haber preguntado si Max era hijo de Kevin?

La respuesta a esa pregunta era importante. Demasiado importante. La música de jazz, los gritos y ruidos de la calle llenaban el silencio.

—Sí, te perdono —dijo Gabrielle por fin—. Sé que eres una buena persona, aunque un poco dominante.

—Muy dominante —asintió él. La única manera de hacerse un hueco en una familia llena de gente que tenía éxito en todo lo que emprendía—. Pero tienes hambre y estás cansada… deja que cuide de ti un rato.

—¿Tan mal aspecto tengo? —Gabrielle suspiró mientras se dejaba caer sobre un sillón.

Era tan preciosa y tenía un aspecto tan vulnerable que le gustaría besarla… pero se conformaría con cenar a su lado y, con un poco de suerte, descubriría por qué tenía unas ojeras tan profundas.

—Parece que no duermes mucho —le dijo, poniéndose en cuclillas a su lado.

Ella miró hacia la cuna, detrás de la cortina.

—Tengo que darle el pecho a Max muchas veces al día para que pueda guardar algo de alimento.

Había dolor y miedo en su voz, pero no tenía nada que ver con él o con Kevin sino con su hijo.

—¿Cuándo le diagnosticaron el problema?

—Cuando tenía seis semanas —Gabrielle colocó una foto del niño recién nacido con un gorrito de lana—. No engordaba nada y, a los dos meses, los médicos me dijeron lo que tenía. Desde entonces he intentado que engordase un poco para que pudiesen operarlo aun sabiendo que no podía engordar sin la operación...

Con cada palabra que decía, Hank se convencía más de que ir allí había sido lo mejor. Gabrielle lo necesitaba.

—Imagino que has debido pasar miedo al tener que enfrentarte sola con algo así. ¿Tu familia ha venido a verte?

—Vinieron cuando Max nació, pero viven en Europa y no pueden estar aquí todos los días —Gabrielle cruzó los brazos sobre el pecho—. Insisten en que vuelva a casa, pero yo quiero terminar mis estudios y, además, ahora tengo una rutina con los médicos, la universidad y mi trabajo...

—¿Cómo puedes estudiar, trabajar y cuidar del niño al mismo tiempo?

—Diseño páginas Web para grandes empresas, pero lo hago desde casa —Gabrielle señaló el ordenador, sobre una mesa en la esquina—. Y la mitad de mis clases son *online*. Una señora que trabaja en la tienda de antigüedades viene a cuidar de Max cuando yo tengo que ir a la universidad, así que tengo suerte.

¿Suerte? ¿Ser madre soltera y tener que trabajar, estudiar y cuidar de un niño enfermo le parecía una suerte? ¿O era tan independiente que se negaba a admitir que aquello la superaba?

—¿Y los padres de Kevin? ¿Ellos no te ayudan?

Gabrielle irguió los hombros.

—No quieren saber nada del niño. Dicen que es un doloroso recordatorio de su hijo.

Debería haberlo imaginado. Solo había visto una vez a los padres de Kevin, pero le habían parecido unos egoístas, más interesados en organizar sus vacaciones que en su hijo. Y seguramente pensarían que Max era un estorbo.

—Al menos, el niño habrá heredado el dinero del seguro de Kevin —le dijo. En lugar de responder, Gabrielle empezó a acariciar los flecos de un almohadón—. ¿No te dieron el dinero del seguro? —preguntó Hank.

—Kevin no sabía de la existencia de Max, de modo que los beneficiarios del seguro eran sus padres.

—Hablaré con ellos. Y si no quieren ayudarte acudiremos a un juez…

—Mi hijo y yo estamos bien —lo interrumpió Gabrielle—. No necesitamos dinero.

Hank entendía mejor que nadie que quisiera hacer las cosas a su manera, pero por eso era la persona adecuada para ayudarla.

—Estás haciendo un trabajo admirable tú sola, no quería insinuar que no fuera así. Solo digo que no puede ser fácil.

—No, no lo es —admitió ella.

—¿Y tus padres?

—Ya hemos hablado de eso, Hank. Max y yo estamos bien.

—Nadie debería tener que cargar solo con algo así. Kevin me dijo que tus padres eran buena gente.

—Lo son y la verdad es que pensé volver a Alemania cuando descubrí que estaba embarazada. Las cosas no son fáciles ahora, es verdad. Pero cuando termine el máster espero poder darle un buen futuro a mi hijo.

—¿Y esas ojeras?

—Dormiré cuando hayan operado a Max. Entonces no tendré que darle de comer cada dos horas y dormirá de un tirón… —los ojos se le llenaron de lágrimas—. Tengo que creer que va a ser así.

Sus lágrimas le llegaron al corazón, como había ocurrido un año antes.

Hank tomó sus manos, esas suaves manos que una vez habían acariciado su pelo y que ahora tenían las uñas mordidas. No podía dejarla sola, sin nadie que la ayudase.

—Esa es la razón por la que te has quedado aquí en lugar de volver a Alemania, ¿verdad? Al saber que estaba enfermo…

—No podía volver a empezar con análisis y perder un tiempo precioso. Estamos aquí y aquí vamos a solucionarlo.

—Pero no tienes por qué hacerlo sola. Yo tengo un permiso de dos semanas y le debo a Kevin ser… el padre suplente de Max.

¿El padre suplente de Max?

Gabrielle se quedó inmóvil, helada. ¿Quería ser una especie de sustituto de Kevin?

Tal vez se sentía culpable por la muerte de su amigo. Sabía que eso era algo que le ocurría a muchos soldados que perdían a un compañero. Pero no era sano ni para él, ni para ella.

—No sé qué intentas conseguir, pero Max ya tenía un padre y, lamentablemente, ha muerto.

Él apretó sus manos con fuerza.

—Te aseguro que lo sé mejor que nadie —le dijo—. Yo estaba allí.

—¿Cuando murió?

—Sí… —Hank bajó la cabeza para mirar sus manos y Gabrielle sintió el extraño deseo de consolarlo, de abrazarlo y dejar que la abrazase. Los dos habían sufrido por la muerte de Kevin y ese dolor los unía… seguramente los uniría de por vida.

Pero no debía abrazarlo porque si lo hacía se pondría a llorar y la última vez que lloró con Hank habían traicionado a un hombre al que los dos querían mucho.

De modo que hizo un esfuerzo por contener sus emociones.

—Intenté ponerme en contacto contigo un par de veces, pero no podíamos llamar a Estados Unidos a menudo…

—Recibí los mensajes —lo interrumpió ella.

—¿Y por qué no me llamaste?

—Entonces era demasiado doloroso. Pensé que escuchar mi voz te dolería tanto como a mí escuchar la tuya.

—¿Sigues pensando lo mismo? —le preguntó Hank, sus profundos ojos azules clavados en los suyos, esperando, preguntando. Pero Gabrielle no tenía respuestas y su vida era ya más que complicada con la operación de Max.

—¿Qué haces aquí, Hank? ¿Has venido para retomar lo que dejamos a medias ahora que ha muerto Kevin? Porque si es así, has cometido un error.

Él enarcó una ceja.

—Si tienes que preguntarlo, es que no me conoces en absoluto. Solo estoy aquí por el hijo de Kevin.

—Pero si no sabías que tuviera un hijo —le recordó ella.

Hank se levantó y empezó a pasear por el apartamento que Gabrielle había decorado con tanta ilusión.

—Kevin quería que te diera un mensaje.

—¿Un mensaje? —repitió ella, sintiendo que se le erizaba el vello de la nuca.

—Yo estaba con Kevin cuando murió, ya te lo he dicho. Estuve a su lado hasta el final.

Gabrielle se levantó, intentando hacerse fuerte para revivir la angustia que había sentido cuando Kevin murió, cuando tuvo que dar a luz sola.

—¿Qué dijo?

—Que nos perdonaba.

Capítulo Tres

Gabrielle lo miró, tan sorprendida como él cuando Kevin pronunció esas palabras. Después de la terrible e inesperada emboscada, en medio del olor a pólvora y a muerte, Kevin le dio a entender lo impensable: que sabía que Hank y Gabrielle sentían algo el uno por el otro.

Ella abrió y cerró la boca varias veces, llevándose una mano al corazón.

Le gustaría abrazarla, consolarla, hacer algo, ya que no era capaz de encontrar las palabras adecuadas. Pero él no estaba acostumbrado a esas cosas, él era un hombre de acción.

Un gemido a su espalda lo detuvo.

—Max —murmuró ella, pasando a su lado.

Gabrielle apartó la cortina y sacó a su hijo de la cuna. El pobre niño era tan pequeño que daba miedo.

Colocándose a Max sobre el hombro, Gabrielle le dio unas palmaditas en la espalda.

—Tengo que darle el pecho y cambiarle el pañal.

—Sí, claro. ¿Necesitas ayuda? Con todos los sobrinos que tengo, no soy un inepto total.

—A menos que seas capaz de darle el pecho, no creo que puedas hacer mucho —bromeó ella.

Hank tomó su cazadora de la silla.

—Esperaré abajo.

—Llévate las llaves… están en ese carrito.

—Muy bien —asintió él–. Volveré en veinte minutos más o menos.

Hank bajó al portal y vio la cola del desfile perdiéndose a lo lejos, la gente siguiendo las carrozas o dispersándose por la calle. Alguien había tirado un par de collares de cuentas y una máscara por encima de la verja y se inclinó para recogerlos.

Gabrielle debería vivir en un sitio más seguro, pensó. Ya tenía suficientes problemas cuidando de un bebé enfermo como para tener que preocuparse de que alguien saltara la verja una noche. Era un edificio agradable, pero nada seguro… y él pensaba hacer algo al respecto.

Hank se apoyó en la pared, sacó el móvil y marcó un número de teléfono.

—¡Hank, qué sorpresa! –lo saludó su hermanastro, Jonah Landis. El más joven de sus hermanastros restauraba edificios históricos por todo el país e incluso fuera del país. Qué él supiera, había restaurado al menos un par de castillos europeos–. Bienvenido a casa.

—Gracias, también yo me alegro de estar de vuelta.

—¿Cuánto tiempo vas a estar aquí?

—En realidad, por eso te llamo. Estoy de visita en Nueva Orleans, buscando un sitio en el que alojarme.

—¿Qué necesitas?

Privacidad sobre todo. Su padre era un general

retirado que, después de formar parte de la cúpula del Ejército durante años, se había convertido en asesor para un canal de televisión. Su madrastra, Ginger Landis Renshaw, era una antigua secretaria de Estado convertida en embajadora.

Su familia no había sido siempre tan influyente y, en cualquier caso, él siempre había vivido una vida espartana, invirtiendo bien su dinero. Podría retirarse, pero la vida militar era importante para Hank. Ni siquiera su familia sabía cuánto dinero tenía, solo que sus inversiones le permitían vivir cómodamente, de modo que no les extrañaba que pudiera permitirse algunos lujos.

Normalmente no gastaba dinero a lo loco, pero necesitaba un sitio tranquilo; un sitio en el que Max pudiera recuperarse después de la operación y donde Gabrielle tuviese ayuda antes de caer extenuada.

—Creo recordar que estabas restaurando una casa en Nueva Orleans cuando me destinaron a Afganistán.

—Sí, es verdad, una mansión histórica en lo que llaman Distrito Jardín. Es una casa de estilo italiano...

—¿Y está terminada?

—Sí, claro.

—¿Tiene un buen sistema de seguridad?

—Lo instalamos la semana pasada y hasta tiene muebles para que los posibles clientes se imaginen viviendo allí.

Sonaba perfecta.

—¿Podrías alquilármela durante un par de semanas?

–¿Por qué buscas una casa en lugar de un hotel?

–Los hoteles son ruidosos.

–Ah, muy bien. Bueno, ya sabes que lo que es mío es tuyo.

–Insisto en pagar el alquiler.

–Venga, hombre –Jonah hizo una pausa–. ¿Por qué me has llamado a mí? Cualquiera de los amigos de mi madre o de tu padre podrían haberte buscado una casa.

–Ginger se habría enterado y me habría hecho preguntas.

–Ah, ya veo, hay una mujer –dijo Jonah, riendo.

No tenía por qué negarlo. Pero si su madrastra se enteraba de la existencia de un bebé, aunque no fuera nieto suyo, iría corriendo a Nueva Orleans.

–Quiero que todo sea muy discreto. Lo último que necesito es a la prensa o a nuestra familia incordiándome.

–Lo entiendo –dijo Jonah. Claro que lo entendía. La mujer de Jonah Landis era la hija ilegítima de un rey depuesto y la privacidad era algo fundamental para ellos–. Puedo decirle al agente inmobiliario que te lleve la llave ahora mismo.

–No quiero molestar a nadie en Mardi Gras, me pasaré por la agencia mañana.

–Muy bien, entonces sigue de fiesta. Le llamaré para decirle que irás a la agencia mañana.

–Te lo agradezco mucho, Jonah.

–Somos familia, aunque tú te escondas de nosotros. Y me alegra mucho saber de ti, Hank.

Eran familia, sí. Su padre y su segunda esposa,

Ginger, habían logrado eso tras la muerte de sus respectivos esposos.

Hank miró la escalera de hierro que llevaba al apartamento de Gabrielle. Ella necesitaba ayuda con Max, como Ginger y su padre habían necesitado ayuda con sus hijos.

Y la quisiera o no, iba a tenerla.

Gabrielle masculló una palabrota al golpearse la rodilla con el lavabo en su prisa por quitarse la ropa. Hank volvería en cualquier momento con la cena y tenía que lavarse después de darle el pecho a Max.

Ningún hombre soltero querría saber nada sobre vómito infantil y no tenía tiempo para ducharse, pero al menos sí podía lavarse un poco y cambiarse de ropa.

Aunque no era su aspecto lo que le importaba. Lo importante era que iba a comer con otro adulto por primera vez desde que nació Max. Aunque debía recordar que aquello no era una cita. Solo una cena con un viejo amigo.

Estaba hecha un asco, pensó, mirándose al espejo. Por mucho que se cepillase el pelo, no tenía arreglo. Era una madre soltera que llevaba sujetadores de lactancia y olía a leche materna. Y ella no quería cambiar eso.

Aunque, de alguna forma, Kevin le hubiera dado permiso para enamorarse de su mejor amigo.

Que hubiera sabido lo que sentía por Hank la hacía sentir como una estafadora…

Frustrada, se puso un pantalón negro de gimnasia y una camiseta y tomó un frasco de lavanda. Supuestamente, el aroma de la lavanda era relajante y ella necesitaba calmarse.

Pero se le hizo un nudo en el estómago al escuchar los pasos de Hank. No podía evitarlo, como no podía evitar sentirse culpable por haberle hecho daño al hombre al que había prometido amar durante toda su vida.

Después de guardar el frasco de lavanda en el armario, Gabrielle volvió al salón descalza...

Y se quedó sin aliento al ver a Hank en la puerta. Con la cazadora de aviador y el pantalón caqui podría ser cualquier militar volviendo a casa con su familia. Sin embargo, a pesar de estar medio escondido entre las sombras, jamás lo confundiría con ningún otro.

Un ruido de cubiertos interrumpió sus pensamientos y, al darse la vuelta, vio a un camarero poniendo la mesa: platos de porcelana, copas de cristal y hasta una rosa en un jarroncito. Aquello no tenía nada que ver con el sándwich y el vaso de leche que ella pensaba tomar.

Hank apartó una silla para ella y el camarero abrió una botella de vino con una etiqueta de Burdeos, pero Gabrielle puso la mano sobre su copa.

—No, gracias. Estoy dándole el pecho a mi hijo.

El hombre asintió con la cabeza y le sirvió un vaso de agua mineral mientras Hank se sentaba frente a ella.

—No sé lo que es, pero huele de maravilla —dijo

Gabrielle cuando el camarero se marchó–. Y debo admitir que cuando se trata de pedir comida a domicilio, eres el mejor.

–¿El niño se ha dormido?

Estaba un poco inclinado hacia ella, como si quisiera respirar su perfume. ¿O era su imaginación?

En cualquier caso, tenía que ordenar sus prioridades. Lo primero era Max y, por él, necesitaba comer para reunir fuerzas.

–Sí, se ha dormido. No despertará hasta dentro de una hora y media más o menos.

–Debes estar agotada.

–No soy la única madre soltera en el mundo. Sobreviviré.

Y sobreviviría mejor después de cenar, pensó, mirando el pudín de maíz, la ensalada y la ternera a la plancha. De hecho, tenía apetito de verdad por primera vez en varios meses.

Sí, tal vez estaba evitando la conversación con Hank, fingiendo durante unos minutos que no pasaba nada.

Hasta que tuvo que preguntar:

–¿Qué has querido decir con eso de que Kevin nos había perdonado?

Hank dejó el tenedor sobre su plato.

–No parecía saber los detalles, pero sí que sentíamos algo el uno por el otro. Dijo que lo entendía y que quería que siguiéramos adelante con nuestras vidas.

Gabrielle levantó la mirada, angustiada. Kevin había intuido sus confusos sentimientos por Hank cuando ella se creía capaz de esconderlos.

Discutían mucho antes de que se marchase. Kevin parecía buscar pelea por cualquier cosa y ella había intentado morderse la lengua, pensando que el destino en Afganistán lo tenía alterado... hasta que un día los nervios le jugaron una mala pasada.

Kevin quería que se fuera de fiesta con él, pero Gabrielle estaba nerviosa porque la última vez habían olvidado usar preservativo y le había dicho que estaba cansada de ser la adulta en esa relación. La respuesta de Kevin había sido que saliera con Hank, que según ella era tan maduro...

La pelea había sido producto del miedo que ambos tenían por su nuevo y peligroso destino. Qué triste que después se hubiera dejado llevar por sus sentimientos... unos sentimientos que llevaba meses intentando disimular.

–¿Estás diciendo que Kevin te dio su bendición para mantener una relación conmigo?

–No, no –respondió Hank–. Solo me dijo que te quería, que nos perdonaba a los dos y luego murmuró algo... que sentía no haberte llevado a comer *gumbo* de pollo.

Los ojos de Gabrielle se llenaron de lágrimas. La enormidad de lo que Hank estaba diciendo, de su mera presencia allí, superándola por completo.

–No esperarás que retomemos lo que pasó ese día, ¿verdad? Porque eso sería absurdo. Si has venido aquí pensando que...

–Gabrielle, por favor. Claro que no.

–Me alegra que estemos de acuerdo. ¿Entonces por qué estás aquí?

Hank dejó el vaso sobre la mesa.

–Vine a decirte que Kevin pensó en ti antes de morir y que te quería. Fin de la historia. Pero he descubierto que Kevin tuvo un hijo y eso lo cambia todo.

¿Iba a quedarse por Max?, se preguntó Gabrielle. Eso debería hacerla feliz, ya que su hijo lo era todo para ella.

Hank había dicho que quería ser un sustituto de su padre y, sin embargo, la idea le resultaba extraña.

–Max no cambia nada –le dijo, levantándose de golpe–. Puedes irte cuando quieras. No es hijo tuyo y, por lo tanto, no es tu responsabilidad.

Él se levantó también para tomarla por los hombros.

–Tú me conoces, Gabrielle. ¿De verdad crees que podría marcharme ahora, como si no hubiera pasado nada?

–Te sientes culpable por ese beso, pero Kevin te perdonó –replicó ella–. Y puedes considerarte absuelto por mí también. Yo instigué ese beso, fue culpa mía, no hay nada más que decir.

Gabrielle intentó apartarse antes de sucumbir a la tentación de echarse en sus brazos.

–Mentira –dijo Hank, entrelazando sus dedos con los de ella–. Lo que pasó esa noche… fui yo. Yo te besé y sigo sintiéndome culpable porque si tuviese la oportunidad, volvería a hacerlo.

Capítulo Cuatro

Hank estaba tan cerca de Gabrielle que su cuerpo despertó a la vida, el deseo que corría por sus venas lo excitaba como nunca. Aunque le gustaría achacarlo a una larga abstinencia sexual, siempre había sido así con ella.

El día que la conoció, él estaba con otra persona; una relación de un año que Hank había roto de inmediato. De hecho, la abstinencia había empezado ese día, casi dos años antes. Y si esperaba mucho más acabaría convertido en un monje.

Teniéndola tan cerca, recordaba todas las razones por las que la había besado aquel día. O, más bien, la única razón: se sentía inexplicablemente atraído por aquella mujer y el deseo de reclamarla como suya no había desaparecido con el tiempo.

La maternidad había acentuado sus curvas y notó que se inclinaba ligeramente hacia él, sus pupilas dilatadas de deseo...

Pero parpadeó varias veces, echando los hombros hacia atrás y, lentamente, apartó las manos de él.

–Hank –murmuró, su acento más marcado que nunca–. Creo que deberías irte.

La decepción de Hank pronto dejó paso a la voz de la razón. La situación era diez veces más complicada que antes y necesitaba tiempo para acostumbrarse a la idea de que tenía un hijo.

De modo que dio un paso atrás. Necesitaba poner distancia en todos los sentidos, pero hablaba en serio al decir que quería ayudarla. Se lo debía a su amigo, se lo debía a ella.

El resto lo decidiría más tarde, cuando estuviera en su hotel, metido en la bañera y con una cerveza bien fría en la mano.

–Estaré aquí mañana a las nueve para ir contigo al hospital.

–¿Cómo sabes que mañana voy al hospital?

–Has dejado una nota en la puerta de la nevera. ¿Van a operarlo pasado mañana?

–Sí –respondió ella–. Pero es mi hijo, Hank, es mi vida. Puedo hacerlo yo sola.

–Sí, ya lo sé –asintió él. Esa era una de las cosas que admiraba de Gabrielle, su independencia–. Pero no tienes que hacerlo sola.

A la mañana siguiente, Gabrielle tomó la bolsa de los pañales con una mano y la mochila portabebés con la otra.

Estaba decidida a marcharse antes de que Hank llegase. Su repentina aparición la noche anterior, sus palabras, el roce de sus manos, el sonido de su voz, todo había puesto su mundo patas arriba. Y las sábanas en el suelo de la habitación atestiguaban que también lo había visto en sueños.

Primero, llevando una máscara oscura y misteriosa con un fondo de música de blues y envuelto en niebla. Luego era ella quien iba disfrazada, pero su máscara era más sensual, su ropa y sus inhibiciones cayendo al suelo con ella…

No quería volver a verlo. Le dejaría un mensaje en su buzón de voz cuando estuviera en el coche, decidió.

Aquel día iban a hacerle los últimos análisis a Max antes de la operación. En dos días, su hijo sería operado y su vida volvería a la normalidad.

Pero cuando llegó al portal se quedó inmóvil al ver a Hank sentado en uno de los escalones. Aquel día no llevaba su cazadora de Top Gun sino unos pantalones vaqueros, mocasines y gafas de aviador sobre la cabeza.

¿Cómo podía estar tan atractivo a esa hora de la mañana?

–Hank, ¿qué estás haciendo aquí…?

¿Estaba jugando con su iPhone? De repente, sonó una musiquilla de victoria en el aparato y Hank lo guardó en el bolsillo con una sonrisa en los labios.

–¿Estás lista? –le preguntó, levantándose.

Las explícitas imágenes de su sueño la tenían tan nerviosa que no era capaz de llevar aire a sus pulmones, como si él se llevara todo el oxígeno.

–¿Cuánto tiempo llevas aquí y cómo has abierto la verja? –logró preguntar, intentando disimular su agitación.

–Llevo veinticinco minutos esperando. En cuanto a cómo he entrado, digamos que esto deja bien claro que no es un edificio seguro.

–Sí, eso ya lo sé –Gabrielle suspiró mientras le daba la bolsa de los pañales–. En fin, ya que estás aquí, ayúdame con esto.

–Sí, señora –dijo él, riendo.

El sonido de su risa la desafiaba y la ponía nerviosa al mismo tiempo. La enfadaba que estuviera tan convencido de que podía entrar en su vida sin pedir permiso, pero estaba más enfadada consigo misma por la alegría que había sentido al verlo.

–Mi coche está aparcado a unas manzanas de aquí.

–Mi coche está ahí delante, así que conduciré yo –Hank le quitó las llaves de la mano para abrir la verja.

–Tú no tienes asiento de seguridad para Max.

–Sí lo tengo.

–¿Cómo lo has conseguido? Aún no son las ocho de la mañana y no hay ninguna tienda abierta. ¿Las influencias de los Renshaw otra vez?

Él la miró por encima de sus gafas de aviador, sus ojos azules brillantes y demasiado atractivos.

–He ido al centro comercial Walmart, que está abierto veinticuatro horas.

–¿Un Renshaw en Walmart? –repitió ella, cerrando la verja.

–Para comprar un asiento de seguridad, sí –respondió Hank, sacando las llaves del coche, un Escalade azul oscuro. Nada demasiado llamativo, un coche de alta gama, pero discreto.

–Muy bonito –reconoció Gabrielle–. Y más cómodo que mi viejo cacharro.

Hacer que se doblase sobre sí mismo para entrar

36

en su cochecito sería absurdo y pelearse por algo tan tonto la pondría en evidencia.

Él abrió la puerta trasera para dejar la bolsa de los pañales.

–¿El asiento de seguridad te parece bien?

–Déjame ver… –Gabrielle asomó la cabeza para comprobar si estaba bien instalado.

–Las fuerzas aéreas me confían un B-52, imagino que tú podrás confiar que sepa leer unas instrucciones.

–Estoy pensando en la seguridad de mi hijo.

Por supuesto, el asiento estaba perfectamente instalado y, después de ponerle el cinturón, le dio un beso en la frente. Su hijo, tan pequeño, tan perfecto. El amor y el deseo de protegerlo se mezclaban con la gratitud hacia Hank, que se había tomado tantas molestias por ella.

–¿Nos vamos? –Hank abrió la puerta del coche, con la ciudad de Nueva Orleans a sus espaldas.

Su aventura. Tenía tantos planes cuando llegó allí. Entonces estaba dispuesta a hacerse un nombre en el mundo de la banca… pero en aquel momento, solo quería que su hijo se pusiera bien.

–Sí, vamos, antes de que se haga tarde.

Mientras Hank conectaba el GPS para anotar la dirección del hospital, Gabrielle miró a la gente que iba a trabajar, algunos con traje de chaqueta, otros con atuendos menos formales. También había una madre empujando un cochecito, un indigente durmiendo en un portal…

Nueva Orleans era una mezcla de historia, poder,

dinero, pobreza y decadencia. Le había parecido diferente antes de que naciera Max... tal vez porque sus planes eran diferentes.

El móvil de Hank, en el salpicadero, empezó a sonar, pero él no respondió.

—No sabía que te gustaran los videojuegos.

Él la miró con una sonrisa en los labios.

—Uno de mis compañeros en la academia militar era un *friki* de la informática.

—¿Y te enganchó a los videojuegos?

—Podríamos decir que sí. Tenía un acceso limitado a Internet, una condición que le impusieron a cambio de no ir a la cárcel por piratear la página web del departamento de Defensa, de modo que se dedicó a los videojuegos.

Gabrielle soltó una carcajada.

—Menudo elemento.

—Sí, es un tipo muy creativo.

—¿Y por qué yo no sabía que habías ido a una academia militar? ¿O que te gustasen los videojuegos?

—Tú y yo siempre... en fin hablábamos de cosas sin importancia.

Siempre habían evitado hablar de cualquier tema serio... hasta ese día en el que ella le abrió su corazón después de pelearse con Kevin porque él quería que vivieran juntos y ella quería un poco de espacio. Kevin había hecho realidad sus sueños y Gabrielle quería tener la misma oportunidad.

Pero no le había contado todo a Hank. Había sido incapaz de contarle, por ejemplo, que Kevin y ella habían olvidado usar un preservativo la última vez que estuvieron juntos o lo frustrada que se sentía porque Kevin siempre quería ir de fiesta. La misma actitud díscola que tanto la había atraído en principio empezaba a molestarle. Estaba cansada de tener que ser siempre la responsable de la pareja.

Pero no podía romper con Kevin justo antes de que se fuera a Afganistán, especialmente sin estar segura de lo que quería. Y aquel día, con Hank, antes de que se diera cuenta estaba besándolo, sorprendida por el deseo que despertaba en ella. Siempre lo había encontrado atractivo e interesante, pero creía tener controlada esa atracción.

Kevin y ella se llevaban bien, se equilibraban el uno al otro. Su sentido del humor era un buen contraste con la seria naturaleza de Gabrielle, que no necesitaba más intensidad en su vida.

Pero cuando Hank concentró esa intensidad en ella, había sido incapaz de resistirse.

Gabrielle se clavó las uñas en las palmas de las manos. Era mejor no recordar el pasado, especialmente aquel día.

—¿Y qué fue de ese compañero friki?

—Cuando cumplió veintiún años abrió una empresa de *software* de última generación.

—Ah, claro, videojuegos.

—Eso es.

—¿Cómo ese con el que estabas jugando? —le preguntó Gabrielle, intrigada por aquella faceta desconocida para ella. Tal vez nunca la había visto porque cuando estaba con Kevin también él tenía que ser más responsable.

–Sí, es uno nuevo que aún no ha salido al mercado.

–Qué amable por parte de tu amigo dejar que lo pruebes.

–No, en realidad yo soy copropietario de la empresa.

–Ah, ya veo. Otra cosa que no sabía sobre ti.

–No lo sabe nadie y prefiero que siga siendo así. Ya tengo notoriedad más que suficiente con mi apellido.

–¿Y por qué has invertido en esa empresa? No pareces un hombre al que le gusten los videojuegos.

–Soy una persona práctica –respondió él, deteniéndose en un semáforo–. Mi amigo es un genio de la informática y me pareció una aventura interesante. Pero, sobre todo, una buena inversión.

–No sabía que, además de militar fueras también empresario. Pero has arriesgado tu dinero para ayudar a un amigo y, al final, te ha dado beneficios. Eso está muy bien.

–¿Ahora estudias psicología? –bromeó Hank, bajando las gafas de sol por el puente de su nariz para mirarla a los ojos.

–Oye, que eres tú quien ha aparecido en mi vida de repente. También yo tengo derecho a saber algo de la tuya.

Poco después llegaban al hospital y Hank la acompañó mientras le hacían las últimas pruebas a Max para preparar el ingreso. No tuvieron oportunidad de hablar durante el almuerzo, de modo que el día pasaba y Hank no encontraba la manera de convencerla para que se alojase en la casa que había alquilado.

Cada vez que lo intentaba algo lo distraía, como que Max rompiese a llorar cuando la enfermera intentaba hacerle un análisis de sangre.

Al oírlo llorar, había deseado tomar al niño bajo el brazo y salir corriendo del hospital, lo cual era una bobada, porque la enfermera estaba sencillamente haciendo su trabajo y todo aquello era necesario para que Max se pusiera bien.

El niño seguía llorando cuando llegaron al apartamento, de modo que Hank lo sacó del asiento de seguridad y Gabrielle lo siguió, sus ojeras más pronunciadas aquel día. Maldita fuera, necesitaba ayuda para soportar aquello.

Tendría que decírselo directamente, pensó. Y ella diría que no. Y entonces tendría que insistir y Gabrielle se enfadaría aunque él tuviese razón. Pero tener razón no lo consolaba mucho en aquel momento.

Hank empezó a preparar su discurso, y la pelea que lo esperaba, pero al ver que Gabrielle se detenía de golpe miró alrededor, temiendo que alguien hubiese entrado en el jardincillo, tal vez algún borracho como los de la noche anterior.

¿Cómo podía haber olvidado que estaban en el centro de Nueva Orleans, un lugar estupendo para ir de fiesta, pero también uno de los sitios más inseguro del país?

—¿Qué ocurre? —exclamó, tomándola por la cintura.

41

—Mira —dijo ella, señalando el agua que corría por los escalones.

Una mujer de unos cincuenta años, con un disfraz de los años veinte, salía en ese momento del portal.

—¿Qué ha ocurrido, Leonie?

—Se ha roto una cañería —respondió la mujer, mirando a Hank con curiosidad—. Pero lo más importante: ¿quién es él?

—Te presento a Hank, un amigo mío —dijo Gabrielle—. Ella es Leonie Lanier. Trabaja en la tienda de antigüedades y me ayuda con Max.

Ah, de ahí el disfraz de los años veinte, pensó Hank. Pero le pareció interesante que Gabrielle no hubiera mencionado su apellido y que no lo hubiera presentado como amigo de Kevin.

—Encantado.

—Lo mismo digo —Leonie se volvió hacia Gabrielle—. Se ha roto una cañería y ha inundado las tres plantas. Tu piso solo tiene el suelo mojado, pero la tienda es una catástrofe.

—¿Han cortado el agua?

—Sí, pero todos los inquilinos tienen que buscar otro sitio en el que alojarse por el momento. En cuanto me lo dijeron me llevé un disgusto por ti... precisamente ahora que van a operar a Max.

Por primera vez en muchos meses, la vida estaba dándole un respiro, pensó Hank. Ya no tendría que pelearse con Gabrielle para que se mudase a la casa.

—No hay ningún problema. Gabrielle puede quedarse conmigo.

—Me iré a un hotel —dijo ella, testaruda hasta el final.

—¿De verdad quieres exponer a tu hijo a los gérmenes que hay en una habitación de hotel? —le preguntó él.

—¿Desde cuándo te preocupan los gérmenes? Si no recuerdo mal, tanto Kevin como tú os jactabais de haber comido insectos durante el entrenamiento en el campamento militar.

—Yo no soy un bebé recién operado.

—¿Estás intentando hacerme llorar?

—¡Estoy intentando cuidar de ti, maldita sea!

Leonie se aclaró la garganta y Hank recordó que estaban en medio de la calle.

—Gabrielle, cariño, todos los hoteles de la ciudad están llenos —dijo la mujer—. Recuerda que estamos en Mardi Gras.

Ella se apoyó en la pared, derrotada.

—Sí, es verdad. ¿Qué vamos a hacer?

—No te preocupes por mí, concéntrate en Max —dijo Leonie, mucho más sutil presionando que Hank.

Él sacó el móvil del bolsillo.

—Para cuando le hayas dado el pecho al niño, tendré una casa alquilada. Y Leonie puede quedarse en mi habitación.

No pensaba tentar a la suerte diciendo que lo tenía todo preparado desde el día anterior.

Gabrielle lo miró, recelosa.

—¿Has hecho que alguien rompiese una cañería?

—Lo habría hecho si fuera necesario, pero hoy el destino se ha aliado conmigo —respondió Hank.

Aunque Gabrielle seguía mirándolo con el ceño fruncido–. Sí, bueno, está bien, ya he alquilado una casa. La conseguí anoche y esperaba convencerte para que te mudases allí hasta que Max se hubiera recuperado. Pero te juro que no he tenido nada que ver con el asunto de la cañería.

–No sé si creerte.

–Tu apartamento está inundado, de modo que discutir es una pérdida de tiempo, ¿no te parece?

Gabrielle se apartó de la pared.

–Lo que me parece es que no voy a tener más remedio que aceptar tu propuesta.

Capítulo Cinco

De vuelta en el Escalade de Hank una hora después, Gabrielle deseó que todo en su vida fuese tan fácil como decidir dónde iba a pasar la noche. Con la operación de su hijo al día siguiente, alojarse en casa de Hank era la única solución.

Afortunadamente, los daños en el apartamento eran mínimos y sus tesoros, las cosas de Max y sus álbumes de fotos, estaban a salvo.

Hank había hecho un par de viajes para llevar al coche su maleta y las cosas del niño…

¿Dónde iría después? ¿Qué haría? Lo pensaría más adelante, decidió. Por el momento, solo pensaría en la operación del día siguiente. Aunque pensar en ello hacía que se le encogiera el corazón.

Esa tenía que ser la razón por la que sus sentimientos estaban tan descontrolados. Cuando hubiesen operado a Max y el niño estuviera bien, sería racional de nuevo.

Hank la llevó al Distrito Jardín, reconstruido después del paso del devastador huracán Katrina. Iba despacio mientras pasaban frente a los históricos edificios y Gabrielle dejó que la paz y la belleza de aquel sitio la calmasen un poco.

Desde que Max nació no había tenido tiempo

para hacer rutas turísticas y cuando llevaba al niño a dar un paseo en el cochecito, en general estaba agotada y no podía llegar muy lejos.

Como en aquel momento y aún no era la hora de la comida.

Tal vez debería pedirle que parase en una hamburguesería, pensó. Iba a decírselo cuando él tomó un camino recién pavimentado frente a una casa de estuco rosa con balcones de metal. El jardín, aunque no muy grande, era una parcela en una de las zonas más caras de la ciudad y le hacía justicia al nombre de Distrito Jardín.

Cuando soñaba con ir a Nueva Orleans, aquella era la casa que había imaginado. Siendo hija de un militar estadounidense había crecido por todo el mundo, pero ninguna de las ciudades en las que había vivido era su hogar.

Nueva Orleans estaba llena de historia, de raíces, que era lo que ella quería tener.

–¿Es un hostal? –le preguntó–. Qué buena idea. No sé cómo no se me había ocurrido a mí.

–No es un hostal –respondió él, deteniendo el coche frente a un garaje de tres plazas–. Es una casa que he alquilado.

–Pero no he visto el cartel de la agencia en la entrada.

–Acaban de restaurarla y aún no ha salido al mercado –dijo Hank–. La intención es alquilársela a gente que necesita privacidad: políticos, grandes empresarios, estrellas de cine.

–Pero esto es...

–No es nada, Gabrielle. Tú necesitas un sitio en el que alojarte y yo también, nada más.

–Es muy considerado por tu parte.

–Lo importante es que estés cómoda. Ha sido fácil encontrarla y el precio no tiene importancia, así que no es para tanto.

Gabrielle asintió con la cabeza.

–A veces me olvido de quién es tu familia.

–Gracias –dijo él, con una sonrisa en los labios–. Me lo tomo como un cumplido.

–Lo es, pero esto… –Gabrielle señaló la mansión–. Es demasiado.

–Ya está hecho, así que no tiene sentido discutir. Me quedan diez días de permiso y voy a pasarlos aquí, en esta casa. De modo que o entras conmigo o nos quedaremos en el coche durante una semana y media.

Ella sacudió la cabeza.

–¿Por qué haces que sienta que yo te estoy haciendo un favor cuando es al revés?

Él volvió a ponerse las gafas en su sitio y ese gesto pareció alejarlo de ella.

–Llámalo sentimiento de culpa del superviviente. Es un asco.

Qué situación tan triste lo había llevado allí, intentando hacer lo posible por Max cuando los recuerdos de Kevin debían ser tan dolorosos para él.

–Sí, es verdad –murmuró Gabrielle–. Es verdad.

***

47

Media hora después, Gabrielle dejaba el asiento de Max en el suelo y se apoyaba en la pared de su dormitorio.

Aunque la palabra dormitorio se quedaba corta para describir tan lujosa habitación. Afortunadamente, no era una suite moderna, ya que habían querido mantener la integridad de la antigua mansión sureña.

Agradeciendo tener un poco de espacio para pensar antes de volver a ver a Hank, Gabrielle dejó el asiento de seguridad al pie de la cama de matrimonio, entre dos ventanales. Las sábanas de lino azul eran tan invitadoras que le daban ganas de echarse una siesta.

El sofá tapizado en color amarillo, las alfombras persas sobre brillantes suelos de madera que conservaban las marcas del tiempo… la belleza de aquel sitio estaba en cómo se habían mantenido sus imperfecciones para que la casa pareciese restaurada y no reformada del todo.

Por lo que había visto, tenía pocos muebles; una antigua mesa en el comedor y un espejo con marco de pan de oro en el pasillo. En el cuarto de estar había un sofá, un par de sillones y dos apliques en la pared, sobre la chimenea. Y, frente a los enormes ventanales, las alegres cortinas daban una nota de color a las paredes pintadas de blanco.

Pero estaba claro que Hank había pedido muebles adicionales para su estancia allí. En la habitación de Max, conectada con la suya por medio de una puerta, había una cuna, un moisés, un cambiador, una mecedora… y era casi seguro que nada de eso había estado allí un día antes.

Aparte de los muebles, se había encargado de comprar cosas prácticas, como pañales, mantitas y hasta un monitor. Y la mesa de caoba al lado del sofá era en realidad una mininevera con agua mineral, leche y zumos de todas clases.

Siempre había sabido que Hank provenía de una familia rica e influyente, pero debía reconocer que jamás se jactaba de ello. Y, desde luego, jamás había mencionado su inteligente inversión en una empresa de videojuegos, de modo que aquel lujo la pilló por sorpresa.

Y también la emocionó que se preocupase tanto por ella y por su hijo.

Debía admitir que estaba encantada de poder vivir unos días en aquella preciosa casa, en la ciudad de sus sueños.

Con la ayuda de Hank, también tuvo tiempo para darse un largo baño de espuma en lugar de la ducha rápida a la que estaba acostumbrada y dejó escapar un gemido de alegría al ver la bañera con patas en forma de garras de león. Acababa de desnudarse cuando le sonó el móvil en el dormitorio.

–Maldita sea –murmuró.

Envolviéndose en una gruesa toalla de algodón, volvió a toda prisa al dormitorio pensando que podría ser una llamada del hospital. Intentando que no se le cayera la toalla, buscó el móvil en la bolsa de los pañales y, por fin, localizó el aparato.

Y, al ver el número de su madre en la pantalla,

dejó escapar un gemido de alivio y de frustración a la vez porque imaginaba que, de nuevo, intentaría convencerla para que volviese a casa.

–Hola, mamá –respondió, en alemán.

–¿Por qué no estás en tu apartamento? He llamado varias veces, pero no contestabas. Pensé que alguien había entrado a robar…

–Estoy bien, mamá. Nadie ha entrado en casa para robar mi vieja televisión o mi bisutería barata –bromeó Gabrielle.

Aunque sí tenía el anillo de diamantes que Kevin le había regalado guardado en una caja, esperando que algún día Max se lo regalase a su futura esposa.

–Si no te tiene secuestrada algún criminal es que has estado fuera de casa todo el día. ¿Qué ha pasado, se te ha estropeado el coche?

–No, mamá.

–Tú sabes que tu padre podría ayudarte con ese tipo de cosas si vivieras aquí.

Gabrielle miró alrededor y pensó en lo complicado que sería explicarle a su madre qué hacía allí. Especialmente cuando no sabía cómo explicarle su relación con Hank.

–Lo siento, es que no podía contestar al teléfono. Estaba ocupada con Max.

–Nunca has sabido mentir, hija.

–Ya no tengo diez años –protestó Gabrielle, dejándose caer sobre la cama–. Se ha roto una cañería en mi edificio y hemos tenido que desalojarlo.

–¡Ay, Dios mío, precisamente ahora! ¿Dónde estás?

Su madre seguía sintiendo la necesidad de saber todo lo que hacían sus cinco hijos, como si de ese modo tuviese más control sobre un mundo que resultaba incontrolable.

Y, en cierto modo, Gabrielle lo entendía. También ella quería controlar su propia vida.

—Estoy en un hostal.

Con un poco de suerte, en aquella ocasión la mentira pasaría desapercibida.

—¿Un hostal? Ah, bueno, entonces me quedo más tranquila. Recuerda que prometiste llamarme mañana, en cuanto hayan operado a Max.

—Pues claro que sí —dijo Gabrielle. Siendo madre ella misma, podía imaginar el miedo que tenía su madre—. Sé que también tú estás preocupada.

—Estaría allí si me dejases.

—Gracias, de verdad, pero ya viniste a Estados Unidos cuando nació Max —dijo Gabrielle. Y cuando Kevin murió, pero no quería hablar de eso, especialmente aquel día—. Todo va bien, en serio.

Gracias a Hank.

De repente, se sintió culpable por no ser sincera del todo con su madre, que era una mujer asombrosa. Esposa de un militar y madre de cinco hijos, dos de los cuales aún estaban en el instituto, era profesora de matemáticas y tenía que cambiar de colegio cada vez que a su marido lo trasladaban. Su madre era tan perfecta que a veces la acomplejaba.

Como en aquel momento.

—Gracias por llamar, mamá, pero tengo que hacer algo de cena.

Y ponerse algo de ropa.

—Espera un momento, tu padre quiere decirte hola.

Gabrielle cambió mentalmente de idioma para hablar con su padre, algo que hacía sin pensar desde que era pequeña, mientras imaginaba a su delgada y enérgica madre subiendo la escalera para buscarlo…

—¡Gary! –la oyó llamarlo.

De niña, tenía pesadillas sobre su invencible padre muriendo en la guerra…

Algunas de las exageradas preocupaciones de su madre se le habían pegado, evidentemente. Había crecido debatiéndose entre el respeto que sentía por las personas de uniforme y un desesperado deseo de que su padre se dedicase a cualquier otra profesión.

Hasta su madre lloraba cuando creía que no la veía nadie.

Gabrielle apretó el teléfono con fuerza, cuestionando por primera vez si se había quedado en Nueva Orleans por razones prácticas o porque no quería que su familia la viese llorar.

—Gabby, cariño –escuchó la voz de su padre, fuerte y familiar.

—Hola, papá… –en ese momento sonó un golpecito en la puerta–. ¡Espera un segundo!

Sin embargo, la puerta se abrió y Gabrielle se levantó de un salto, sujetando la toalla.

Hank estaba en el quicio, mirándola con los ojos como platos, y al levantar una mano para pedirle silencio, Gabrielle estuvo a punto de perder la toalla, pero afortunadamente la sujetó a tiempo.

–Papá, te quiero mucho, pero tengo que irme… Max me necesita. Prometo llamar mañana en cuanto termine la operación.

–Pero hija…

–Un beso, papá.

Dejando el móvil sobre la cama, Gabrielle sujetó la toalla con las dos manos para mirar a Hank y su cuerpo despertó a la vida al notar cómo la acariciaba con la mirada.

–¿Querías algo?

Él parpadeó un par de veces, como si saliera de un trance.

–No, no. Venía a ver si necesitabas algo.

–Gracias, pero todo está bien. Mucho mejor que bien. Bajaré en cuanto me haya vestido.

Aunque ya no podría darse un baño de espuma sabiendo que él la imaginaría en la bañera y ella estaría pensando en cómo la acariciaba con los ojos.

Después de meses de embarazo y postparto a los que su cuerpo aún estaba acostumbrándose, no podía negar que su evidente deseo por ella era muy halagador.

Sin embargo, en cuanto cerró la puerta se le doblaron las rodillas.

Hank estaba en el solárium, con un vaso de té helado en la mano, escuchando los sonidos lejanos de la ciudad, que permanecía despierta hasta muy tarde.

Hubiera preferido una cerveza después de ver a Gabrielle apenas cubierta con una toalla. O tal vez varias cervezas, pero debía mantener la cabeza despejada por si necesitaba su ayuda.

Aunque era la una de la madrugada, había luz en su habitación. Debía estar agotada después de despertar varias veces para darle el pecho al niño, por no hablar del estrés de la situación. Pero él había puesto en marcha varios planes para hacerle la vida más fácil durante la recuperación de Max y el niño se recuperaría porque Hank se negaba a aceptar otra cosa.

Tenía que ir a ver cómo estaba, decidió. Le preguntaría por qué no podía dormir y si podía hacer algo al respecto. Gabrielle había estado muy callada durante la cena y se había excusado enseguida para irse a dormir. Pero no estaba dormida, a menos que tuviera por costumbre dejar la luz encendida, en cuyo caso también él intentaría dormir un poco.

Solo lograba dormir unas cuatro horas al día… algo que había empezado tras la muerte de Kevin. Se sentía angustiado por la muerte de su amigo, pero eso terminaría cuando hubiera hecho todo lo posible por ayudar a su hijo, estaba convencido de ello.

Aunque una vocecita en su cabeza le recordó que estaba allí tanto por Gabrielle como por el niño

Hank subió los escalones de dos en dos y golpeó la puerta con los nudillos un par de veces, pero no obtuvo respuesta. Y no iba a cometer el error de entrar sin avisarla otra vez.

Iba a darse la vuelta cuando la puerta se abrió y Gabrielle apareció totalmente despierta, y afortunadamente cubierta por un albornoz.

Hank apoyó una mano en la pared, inclinándose hacia ella pero sin tocarla.

–¿Va todo bien? Tenías la luz encendida y pensé que tal vez necesitabas algo… un vaso de agua, por ejemplo.

–Hay agua en la nevera –le recordó Gabrielle–. De hecho, hay más cosas de las que necesito.

–¿Y por qué no estás dormida?

–Porque necesitaba abrazarlo –respondió ella, apoyando la mejilla en la cabecita del niño.

–¿Quieres compañía?

Las palabras habían salido de su boca sin que pudiera evitarlas y, aunque vio un brillo de indecisión en los ojos verdes, Gabrielle asintió con la cabeza.

–Si ninguno de los dos puede dormir, tal vez lo mejor sea que nos hagamos compañía el uno al otro.

Cuando se sentó en el sofá, Hank se sentó a su lado y esperó. Antes charlaban durante horas… aunque siempre sobre cosas intrascendentes. La única vez que habían hablado de algo importante, él había cometido el error de besarla cuando debería haberla consolado.

Y, definitivamente, debía ir con cuidado esta vez.

Hank se levantó para sacar una botella de agua mineral de la nevera.

–Todo va a salir bien –le dijo.

–Eso es lo que dicen los médicos, pero nunca se puede estar seguro al cien por cien.

Él volvió al sofá, su rodilla rozaba la pierna de Gabrielle.

–He estado investigando un poco y sé que los médicos que van a operar a Max son los mejores de la ciudad.

—¿Has investigado a los médicos? —exclamó Gabrielle.

—Shh —dijo él, poniéndose un dedo en los labios—. Vas a despertar a Max. Y sí, quería comprobar si eran buenos médicos, pero no te enfades conmigo.

—Querías saber si podías conseguir algo mejor con dinero —replicó ella.

—¿Y eso es malo? ¿Me habrías dicho que no aunque eso significase tener el mejor tratamiento para tu hijo?

—¿No crees que ya me había informado? —le espetó Gabrielle—. Si me hiciera falta dinero, lo habría suplicado, lo habría pedido prestado o robado para que el niño tuviera los mejores cuidados. Agradezco lo que has hecho, pero Max es mi hijo.

—Sé que no es mi hijo, Gabrielle, pero es mi último lazo con Kevin y eso tiene que significar algo.

Tú significas algo.

No lo había dicho en voz alta, pero las palabras quedaron colgadas en el aire.

Gabrielle alargó una mano para tocarle el brazo.

—Me cuesta aceptar que la gente haga cosas por mí. Mi madre es una mujer extraordinaria en todos los sentidos y yo… en fin, me cuesta un mundo que Max y yo estemos duchados y vestidos a las nueve de la mañana.

—Estabas muy guapa y muy limpia esta mañana —dijo Hank, de nuevo sin pensar—. Y olías muy bien. No creo que tengas ningún problema.

Ella sonrió.

–No tengo ningún problema para ducharme, el problema es hacerlo y atender a mi hijo a la vez. Y huelo a lavanda, se supone que es un aroma relajante.

Hank sonrió también, aunque imaginarla desnuda bajo la ducha lo estaba matando. Y el aroma a lavanda no le parecía en absoluto relajante, al contrario.

Le gustaría abrazarla, consolarla, convencerla de que todo iba a salir bien. De hecho, le gustaría tenerla entre sus brazos durante las siguientes doce horas, hasta que todo hubiera pasado.

–Tú también vienes de una familia asombrosa... ¡tu madrastra fue Secretaria de Estado! No los conozco, pero he oído hablar mucho de ellos. Y luego están todos esos hermanastros...

–¿Entiendes ahora por qué me escondo en Louisiana?

–Ah, claro –Gabrielle le hizo un guiño, recordándole a la simpática chica que había conocido dos años antes–. ¿Y tu madre? Nunca te he oído hablar de ella.

–No la recuerdo mucho. Murió cuando yo era muy pequeño.

–¿Y qué más?

A Hank no le gustaba hablar de su infancia porque pensar en ello no cambiaba las cosas, pero si eso era lo que Gabrielle quería... En realidad, habría caminado sobre cristales rotos si así la ayudaba a pasar la noche.

–Hace años, mi hermana mayor hizo un álbum

con todas las fotografías familiares que guardábamos... y la verdad es que no sé qué recuerdos son reales y cuáles creados por esas fotos.

—Pero eso no importa, ¿no? Lo que hizo tu hermana es muy bonito. Quería que recordaseis los momentos que habíais pasado con vuestra madre.

—Sí, lo sé —asintió él—. Es mejor tener esos recuerdos que no tener ninguno. Aunque, por alguna razón, mis hermanas la recuerdan mejor que yo.

Pero Max no tendría recuerdo alguno de su padre, pensó entonces. Si los padres de Kevin no querían saber nada de su nieto, solo él podría hacerlo. ¿Quién más podría hablarle de la carrera militar de su padre, de cuánto le gustaba pilotar un avión?

—¿Qué recuerdas, además de esas fotos?

—Recuerdo su voz cuando me leía cuentos. No recuerdo qué cuentos eran, pero sí el sonido de su voz...

—Es un recuerdo muy bonito —Gabrielle tomó su cara entre las manos, sus ojos llenos de compasión por él a pesar de sus propios problemas—. Al menos, tienes eso.

—Y a Max le dará igual si estás arreglada y duchada a las nueve de la mañana. Cuando piense en su madre, pensará en tu voz, en el cariño que le dabas.

Sin darse cuenta, estaban uno en brazos del otro.

Gabrielle tenía razón: no podía prometer que todo iba a salir bien, pero sí podía abrazarla durante el tiempo que hiciese falta.

Capítulo Seis

A medida que pasaba la mañana, Gabrielle agradecía más la presencia de Hank, que estaba a su lado en la sala de espera desde que se llevaron al niño al quirófano una hora antes.

Había estado con ella toda la noche y su compromiso y su afecto la envolvían como un abrazo.

¿Por qué podía relajarse en presencia de Hank, pero no con su propia familia?

Estaba tan decidida a enfrentarse a la vida ella sola... pero no podía negar que Hank era un gran apoyo. No quería ni imaginar lo que hubiera sido estar sola en la sala de espera, sin tener a nadie que le hiciese compañía.

Gabrielle apoyó la cabeza en su hombro.

—Debías tener planes más interesantes para tus vacaciones que pasar horas en la sala de espera de un hospital —le dijo.

Él esbozó una sonrisa.

—Mis planes consistían en comer y dormir, así que no hay ningún problema.

—¿Qué te gusta comer? —insistió Gabrielle, por hablar de algo. Había sido tan difícil ver cómo se llevaban a su hijo al quirófano que no quería ni pensar en ello.

–Cualquier cosa que no esté preparada por un cocinero militar –respondió Hank–. Y café de verdad.

–Estoy de acuerdo contigo. Yo estoy deseando tomar un expreso, pero por ahora no puedo porque la cafeína no es buena para el bebé.

–Ah, claro, es verdad. ¿Qué más cosas vas a hacer cuando Max esté sano y fuerte?

–La verdad es que no lo sé. Mirar hacia el futuro me da un poco de miedo.

–Pues tendrás que hacer planes cuando Max esté sano –Hank le apretó un hombro, atrayéndola hacia él–. ¿Por qué no empezamos a hacerlos ahora mismo? Es bueno ser positivo.

–Sí, es verdad.

–¿Qué te apetece hacer?

–Te reirás si te lo cuento.

–¿Reírme de ti? No, en absoluto –respondió él.

–Mis deseos no son ambiciosos como los de tu familia.

Hank la tiró del pelo.

–¿Es que aún no te has dado cuenta de que yo soy la oveja negra de mi familia?

–Eso no es verdad.

–Bueno, si no la oveja negra, al menos completamente diferente a los demás. Yo prefiero pasar desapercibido.

Por lo que sabía de él, era cierto. Hank Renshaw era un hombre con valores y siempre le había gustado su falta de pretensión.

–Me gusta hacer cosas que no tienen nada que

ver con mis estudios –dijo Gabrielle–. Cosas manuales, nada que ver con modernas tecnologías.

–¿Por ejemplo?

–Álbumes.

Hank frunció el ceño.

–¿Álbumes de fotos?

–¿Tan raro te parece? –bromeó ella.

–No, no me parece raro.

–Siempre me ha gustado guardar recuerdos. Mi familia y yo nos mudábamos tan a menudo que quería tener algo tangible de cada ciudad. Tenía cajas de zapatos llenas de recuerdos y, al final, tuve que organizarlos y etiquetarlos.

–A mi madre le habría gustado eso –dijo Hank, deslizando la mano por su hombro para darle un masaje en el cuello–. Y a mi madrastra también. Ginger tiene montones de álbumes. Ahora que lo pienso, también he visto a las mujeres de mis hermanastros con fotos, sellos y cosas así.

–Hacer álbumes se ha convertido en una forma de arte –Gabrielle tuvo que disimular el placer que provocaba el roce de sus dedos.

Afortunadamente, Hank no decía que era guardar basura, como Kevin había dicho una vez.

–Seguro que empezaste con esos álbumes cuando nació Max y que tienes uno de Kevin.

–Sí –asintió Gabrielle. Quería esos recuerdos para ella misma pero sobre todo por su hijo–. Y cuando Leonie me dijo que se había inundado el apartamento temí haberlos perdido.

–Pero están bien, ¿no?

–Sí, no han sufrido daño alguno. Los he guardado en una caja.

–¿Qué vas a poner hoy en el álbum?

–La pulserita del hospital de Max y la nota que viste en la puerta de la nevera.

–¿Y tu álbum de Kevin?

Hablar de Kevin le parecía una deslealtad. Aunque era absurdo, ella no estaba engañando a Kevin con Hank.

–Prefiero no hablar de él hoy.

–¿Por qué no?

Gabrielle se inclinó hacia delante.

–Porque me hace sentir incómoda hablar de él cuanto tengo tu brazo sobre mi hombro.

Hank señaló a una pareja mayor.

–Él también tiene un brazo sobre el hombro de ella. Está intentando consolarla, servirle de apoyo. A menos que tú sientas algo más cuando te toco....

Sería tan fácil que el consuelo llevase a una relación física. Pero una cosa era sentir algo por él y otra muy diferente reconocerlo en voz alta.

–¿Eso es lo que tú sientes cuando me pones un brazo sobre los hombros? ¿El deseo de consolarme?

–Eso y mucho más –respondió él, levantando su barbilla con un dedo–. ¿Y tú?

Ya no podía mentirle o mentirse a sí misma, pensó Gabrielle.

–Eso y mucho más.

Hank inclinó la cabeza para besarla, un beso suave, apenas un roce de sus labios. Y Gabrielle cerró los ojos, agarrándose a sus fuertes brazos, agradecida de tenerlo allí. Estaba desconcertada, pero no podía pedirle que se fuera.

De modo que se quedó donde estaba, abrazada a él mientras rezaba por su hijo, apoyándose en aquel hombre que había entrado en su vida de nuevo.

El sonido de unos pasos hizo que los dos levantasen la cabeza.

—¿Señorita Ballard? —el cirujano se acercó a ella y, por instinto, Gabrielle agarró la mano de Hank.

—¿Sí, doctor Milward?

—La operación ha ido bien, sin complicaciones…

El hombre siguió hablando, pero Gabrielle apenas lo escuchaba. Aliviada, se dejó caer sobre Hank, un sólido muro de apoyo.

¿Pero durante cuánto tiempo?

La operación de Max había sido un éxito. Todo había terminado y también el papel de padre suplente para Hank.

Durante los dos últimos días, había hecho todo lo posible por ayudarla mientras Max se recuperaba en el hospital. Le había llevado sus sándwiches favoritos porque no quería separarse de su hijo ni siquiera para comer, ropa para que se cambiase porque dormía en un sillón al lado de la cama… aunque sabía que no había pegado ojo. Sus ojeras eran más profundas que antes.

Había querido animarla, hacerle la vida más fácil, pero debía hacer algo más antes de que tuviesen que internarla por extenuación.

Afortunadamente, cuando le dieron el alta a Max, Gabrielle había vuelto a la casa sin discutir y Hank estaba en la puerta de la habitación, viéndola ponerle un pijamita limpio. La felicidad que había en su rostro casi se había llevado las marcas de cansancio... El amor que había en sus ojos cuando miraba a Max lo cegaba. Era tan bella.

Era... no sabía qué expresión usar y no era una sorpresa. Gabrielle Ballard había puesto su mundo patas arriba de nuevo.

El beso que habían compartido en el hospital había cambiado las cosas... Gabrielle aceptaba su presencia, incluso parecía tan relajada a su lado que mucha gente en el hospital los había tomado por una pareja y eso era algo en lo que debía pensar.

Pero, por el momento, estaba concentrado en intentar que no acabase en el hospital.

Hank golpeó la puerta con los nudillos para indicarle que estaba allí.

—Hola, preciosa.

Ella levantó la mirada y sonrió mientras tomaba el moisés de Max.

—Querrás decir «hola, agotada». Pero no importa, lo importante es que mi hijo está en casa.

¿En casa? A Hank no se le ocurrió corregirla.

—La cena está lista. Y hay un moisés abajo para que no tengas que separarte de Max. A menos que quieras irte a dormir... en ese caso, te subiré la cena.

—Ya has hecho más que suficiente por mí, Hank.

—Mis hermanas dicen que todas las madres recientes merecen ser mimadas.

Ella asintió con la cabeza.

–No sabes cuánto te agradezco todo lo que has hecho por mí, pero no tienes que hacer esto por Kevin.

–¿Y si no fuera por Kevin?

Gabrielle no se movió, apenas parpadeó, sus ojos clavados en los ojos azules de Hank. Las palabras quedaron suspendidas entre ambos.

–Has dicho algo de la cena…

Estaba evitando el tema y él se lo tomó como una pequeña victoria.

–Sígueme.

Después de atravesar la biblioteca, Hank abrió la puerta del solárium. En la casa de al lado había una fiesta con música en directo.

–Podemos poner a Max en la biblioteca para que no lo despierte la música. Si dejamos la puerta abierta podrás verlo desde aquí.

–Muy bien.

–Dame el moisés, yo lo haré.

El niño era tan pequeño, tan frágil. Siempre había pensado que sus hermanos estaban locos al decir que un bebé tenía los rasgos del padre o de la madre, pero en aquel momento podía ver los ojos de Kevin en los de Max.

Sobre la mesa había un jarrón con flores y una vela cubierta por un globo de cristal para que no se apagase con el viento.

Gabrielle levantó la tapa de un par de bandejas y suspiró al ver pollo al *gumbo* y tartaletas de cangrejo.

–Le he pedido al chef que no pusiera demasiadas especias. Pero hay más cosas en la nevera, por si acaso esto no te gusta.

–¿Hay *muffuleta*? –preguntó ella, refiriéndose al sándwich de salami, mozzarella y aceitunas.

–En un segundo, si eso es lo que quieres.

–No, no, esto me encanta –dijo Gabrielle, mirando alrededor–. En realidad, ¿sabes lo que me gustaría?

–Dímelo y será tuyo –respondió Hank.

–¿Podríamos bailar? –Gabrielle empezó a moverse al ritmo de la música que sonaba en la casa de los vecinos–. La música es preciosa y me parece un crimen no aprovechar la oportunidad.

Al demonio la cena. Hank puso una mano en su espalda e intentó relajarse mientras ella canturreaba suavemente, la vibración de su voz hacía eco en su pecho.

Parecía disfrutar tanto de algo tan sencillo, un baile, un poco de música. Le gustaría poder darle todo lo que quisiera, todo lo que soñase. Se esforzaba tanto para que su hijo tuviera lo mejor…

Y necesitaba un hombre en su vida en el que pudiera apoyarse.

En la casa de al lado, las parejas bailaban, los amigos reían… la fiesta era ruidosa, como las que su padre quería organizar para él, la clase de reunión que Hank intentaba evitar a toda costa.

No quería que su familia lo interrogase sobre Gabrielle. Ni siquiera sabría cómo responder a sus preguntas, aparte de decir que la deseaba y no quería apartarse de ella. Pero no estaban saliendo juntos, no tenían una relación. Gabrielle había amado a Kevin y tenía un hijo con él. Y él no podía evitar sentirse culpable por estar allí en lugar de su amigo.

–Gracias por todo, Hank. Has hecho que fuese más fácil para mí y no sé cómo agradecértelo.

–Para eso estoy aquí –dijo él. En lugar de Kevin, aunque le doliese reconocerlo porque lo que quería era que Gabrielle lo viese a él, no a un sustituto del hombre al que había amado una vez.

–Seguramente debería haber aceptado la ayuda de mis padres –estaba diciendo Gabrielle–. Quiero mucho a mi madre, pero tiende a hacerse cargo de todo en lugar de limitarse a ayudar y acabo agotada de pelearme con ella.

–Te entiendo –asintió Hank, moviéndose al ritmo de la música, al ritmo de Gabrielle–. La sombra de mi padre es muy alargada.

Ella levantó la cabeza para mirarlo a los ojos, el viento le movió el pelo.

–¿Por qué decidiste alistarte en el Ejército, incluso volar en el mismo avión que pilotaba tu padre?

–No lo sé, es lo que mejor se me da –respondió Hank. De hecho, no se imaginaba haciendo otra cosa–. Sería ridículo hacer otra cosa solo para demostrar que he elegido un camino distinto.

–Sí, te entiendo.

Hank apoyó la barbilla en su cabeza, respirando su olor a lavanda.

–Aunque debo confesar que mi vida sería más fácil.

–Kevin me dijo que trabajabas el doble que los demás para demostrar que no habías conseguido nada por ser hijo de quien eres. Y que todo el mundo decía que eras fantástico.

–Fantástico, ¿eh? –Hank casi podía escuchar la voz de su amigo y… cuánto añoraba a Kevin.

–Decía que algunos conocían la ciencia de la aviación, pero que tú lo habías convertido en una forma de arte.

–Su opinión significa mucho para mí. Gracias por contármelo.

¿Algún día podría olvidar el lazo que los unía?, se preguntó. ¿Sería capaz de ver a Gabrielle sin pensar en Kevin? Su amigo había sido un tipo divertido y un poco irresponsable, pero Hank sabía sin la menor duda que había amado a Gabrielle y se había tomado en serio su compromiso con ella.

Aunque la relación no era perfecta.

Una noche, borracho, Kevin le había confesado que amaba a Gabrielle, pero temía no saber hacerla feliz porque ella quería echar raíces, formar una familia.

–Kevin te quería mucho.

Gabrielle se puso tensa entre sus brazos.

–Lo sé.

–Yo estaba con él cuando te compró el anillo de compromiso –le dijo. Hank tomó su mano izquierda y vio que no lo llevaba puesto–. Llamó a tu madre para que le dijera qué tipo de anillo te gustaría.

El corazón de Gabrielle empezó a latir con fuerza.

–Lo llevé durante un tiempo después de su muerte, pero tuve que quitármelo en el hospital para dar a luz y no he vuelto a ponérmelo. Lo he guardado para que Max se lo regale a su prometida algún día.

–Seguro que a Kevin le gustaría eso.

En realidad, a él no le había gustado el anillo que eligió su amigo. Él hubiera elegido algo más sencillo, pero Gabrielle parecía contenta y eso era lo único que importaba.

–Erais muy buenos amigos. Sigues siéndolo.

–Aparte de haberme besado con su prometida.

Gabrielle dejó de bailar y tomó su cara entre las manos.

–Fui yo quien te besé, de modo que la culpa es mía.

–¿De verdad crees que empezaste tú?

–Sé que fue así. Me sentía culpable por sentirme atraída por ti… no solo ese día sino desde mucho antes.

–¿Mucho antes? –repitió él, atrayéndola hacia sí.

–No fue algo que ocurriese de repente. ¿Te acuerdas de aquella noche, cuando fuimos a cenar a un barco? Tú estabas frente a la barandilla… –Gabrielle lo miró, con los ojos llenos de lágrimas–. Algo ocurrió dentro de mí, algo que me asustó. Pero Kevin estaba a punto de irse a Afganistán… ¿cómo iba a decírselo? Pensé que tendría tiempo para aclarar mis sentimientos y, además, ni siquiera sabía lo que sentía por ti. Y luego, el día que discutí con Kevin y acabé llorando en tus brazos…

–Solo hiciste lo que yo quería hacer desde el día

que te conocí. Una vez que me besaste, te aseguro que yo puse el corazón en ello al cien por cien.

Al ver un brillo de deseo en sus ojos verdes, incapaz de resistirse como no había podido hacerlo antes, Hank inclinó la cabeza para besarla.

Tenía que hacerlo. Desde que llegó a Nueva Orleans habían estado esperando ese momento, pero allí, esa noche, bajo las estrellas, la deseaba tanto que, sencillamente, no podía seguir conteniéndose.

Y, afortunadamente, Gabrielle tampoco porque le echó los brazos al cuello, apretándose contra su torso como un año antes. Y él no necesitaba más invitación, de modo que agarró su trasero y la levantó un poco, empujándola hacia un viejo roble mientras ella acariciaba su pelo, el calor de su cuerpo haciendo que se excitase como nunca.

Desearía quitarle la ropa allí mismo, pero quería alargar el momento todo lo posible y sabía que no podría dejarla escapar de nuevo sin llegar hasta el final. Intentar ignorar la atracción que había entre ellos no había funcionado. De hecho, había aumentado el deseo de explorar cada centímetro de su cuerpo con los ojos, las manos, la boca.

Un grito interrumpió aquel momento de felicidad, haciendo que los dos se detuvieran.

Max.

El llanto del bebé parecía urgente y Gabrielle se apartó para correr hacia el moisés mientras él se apoyaba en el viejo roble.

No deberían terminar aquello esa noche, pensó. Gabrielle estaba agotada y preocupada por Max...

Su hijo acababa de ser operado y ella estaba angustiada. Solo un egoísta sin corazón se aprovecharía de una situación así.

Gabrielle necesitaba dormir urgentemente y los dos necesitaban encontrar la manera de deshacerse de un fantasma.

Porque llevase o no puesto el anillo de compromiso, el recuerdo de Kevin seguía entre ellos.

Mientras el reloj de pared daba la medianoche, Gabrielle miraba la pantalla de su ordenador meciendo suavemente a su hijo.

Le gustaría poder culpar al cansancio por su falta de concentración, pero no quería mentirse a sí misma. Aunque debería trabajar, no podía dejar de pensar en Hank. En sus besos, en sus caricias.

Había llevado a Max a la habitación con la excusa de que debía darle el pecho porque necesitaba recuperar la compostura…

Después de darle el pecho y cambiarle el pañal, descubrió que Hank había subido la cena a su habitación, con una nota: «Nos vemos por la mañana».

Había hecho bien en marcharse porque los dos necesitaban un poco de espacio.

Intentando concentrar la mirada en la pantalla, trabajó un rato más, pero a la una apagó el ordenador.

No podía ignorar la realidad como había hecho un año antes. Su atracción por Hank era mucho más que una amistad.

En menos de dos semanas, Hank volvería a la

base aérea de Barksdale y ella volvería a su apartamento, a su vida.

No, pensó entonces. Debía aceptar que su vida había cambiado, que no podía seguir igual. Tendría que encontrar un sitio más seguro, un sitio que tuviera un jardín o un parque cerca para que Max pudiese jugar. Y, con un presupuesto limitado, tendría que irse fuera de la ciudad.

Tendría que hacer cambios en su vida y esos cambios incluían algo más que su apartamento. Tenía que dejar de ignorar la atracción que sentía por Hank.

Nada de fingir, nada de evitar.

Hank y ella iban a ser amantes.

Capítulo Siete

Anhelaba estar con él, su cuerpo ardía de deseo después de meses, años deseando a Hank.

Y, en sus sueños, podía tenerlo. Podían hacer el amor bajo el roble del jardín a la luz de la luna... casi podía sentir el sedoso forro de su cazadora de cuero bajo la espalda, respirar el aroma de su colonia masculina. Podía acariciar su torso mientras él estaba sobre ella, entrando en ella, llenándola, llevándola tan cerca del abismo...

Deseaba algo que solo él podía darle y dejó escapar un gemido.

Gabrielle se levantó de un salto, el olor a cuero aún grabado en su cerebro. El sueño había sido interrumpido antes de que pudiese llegar al final.

Parpadeando rápidamente para acostumbrarse a la luz que entraba por la ventana, intentó orientarse. Estaba sola en la cama, con las sábanas en el suelo...

Intentó apartar de sí las imágenes eróticas de Hank, pero sentía un vacío entre las piernas y el peso de sus pechos, más sensibles que nunca.

Al llevarse una mano al corazón se dio cuenta de que seguía llevando el vestido de la noche anterior. Se había quedado dormida y no le había dado el pecho a Max desde antes de medianoche...

Y su hijo no había despertado.

Aterrorizada, se levantó de un salto para ir a la habitación del niño y estuvo a punto de caer de bruces al tropezar con el edredón, tirado en el suelo. Con el corazón en la garganta, el miedo amenazaba con estrangularla...

¿Tan profundamente dormida estaba que no lo había oído llorar? No, imposible, ella siempre lo oía llorar. Siempre.

Al borde de la histeria, empujó la puerta de la habitación del niño, preguntándose cómo se había cerrado durante la noche sin que ella se diera cuenta.

La cuna estaba vacía, pero enseguida vio a Leonie sentada en la mecedora, con Max en brazos. Y había cuatro biberones vacíos sobre la mesa...

Gabrielle no entendía nada. ¿Cuánto tiempo llevaba durmiendo?

–¿Qué haces aquí, Leonie?

La mujer se levantó para poner al niño en sus brazos.

–Dejándote dormir.

Ella levantó el pijamita del niño y comprobó que la cicatriz estaba curando perfectamente. Todo iba bien, pero Max era su responsabilidad. Su hijo.

–Es muy generoso por tu parte, pero alguien debería habérmelo dicho –murmuró, dejándose caer sobre la mecedora cuando le fallaron las piernas–. ¿Cuánto tiempo llevas aquí?

¿Y dónde estaba Hank? Él tenía que ser el responsable de aquello.

–Llegué anoche. El comandante Renshaw y yo hicimos turnos para cuidar de Max. Como eres tan obstinada y siempre quieres hacerlo todo sola...

Entonces entendió que le hubiese parecido oler la colonia de Hank en sueños; él había estado en la habitación.

—Ya veo.

—Hemos decidimos darte una sorpresa.

—Pues lo habéis conseguido.

No le hacía gracia, pero Leonie no era la responsable. Hablaría más tarde con Hank y le dejaría bien claro que no le gustaba nada que hiciese planes sin contar con ella.

Leonie se sentó en una silla, bajo la ventana.

—Tu amigo sabía que no tengo trabajo hasta que vuelvan a abrir la tienda y me ofreció que cuidase de Max...

—¿Hank te está pagando?

—Claro —respondió la mujer—. Yo conozco la rutina de Max y adoro al chiquitín. ¿Estás disgustada?

—Sorprendida más bien —respondió Gabrielle.

—Lo siento, no quería disgustarte. Al contrario, solo quería que descansaras porque sé que te hace mucha falta —Leonie la miró, preocupada—. Me pareció la solución perfecta a todos los problemas y una bonita sorpresa para ti.

—Tú no has hecho nada malo, no te preocupes.

Bueno, aparte de no decirle nada. Pero regañar a Leonie no serviría de nada. A quien debía regañar era al cerebro de la operación.

—¿Has dormido un poco? Eso es lo más importante.

—He dormido muy bien… gracias. Tú eres una de las pocas personas con las que puedo dejar a Max con toda confianza.

El niño enredó los deditos en su pelo, la señal de que tenía hambre.

—Pareces más descansada y eso es bueno, tanto para ti como para Max. No le servirás de nada si te pones enferma, cielo.

—Bueno, ya que tú has hecho el turno de noche, ¿por qué no me quedo con él un rato? Tengo que darle el pecho de todas formas —Gabrielle desabrochó los botones del vestido y su hijo se agarró al pecho, moviendo los puñitos ansiosamente—. En realidad, necesito abrazarlo. Si no lo tengo cerca me preocupo. Imagino que se pasará con el tiempo…

—Ahora eres madre —la interrumpió Leonie, mientras se dirigía a la puerta—. Nunca dejarás de preocuparte por tu hijo.

Gabrielle se echó hacia atrás en la mecedora, tan frustrada consigo misma como con Hank. La noche anterior se había permitido a sí misma apoyarse en él en todos los sentidos. Había bajado la guardia y, aunque sabía que sus intenciones eran buenas, él la había manipulado. ¿Contratar a una niñera sin decirle nada? ¿Dejar que atendiera a su hijo sin despertarla?

Era absurdo pensar que podía tener una aventura con Hank. Su vida no era tan sencilla. Ella tenía problemas, preocupaciones, muchas más de las que había imaginado un año antes.

Tal vez Hank no había cambiado, pero ella sí.

Hank estaba sentado en el solárium, jugando distraídamente con su iPhone mientras limpiaban la casa de al lado después de la fiesta. Con un poco de suerte, no despertarían a Gabrielle. Había sufrido tanto durante los últimos meses que seguramente le haría falta una semana de sueño. Porque no dormir acabaría pasándole factura.

Sus dedos se movían a toda velocidad sobre las teclas del iPhone, pero seguramente su nerviosismo tenía más que ver con la mujer que dormía a unos metros de él que con la necesidad de descompresión.

Las puertas de la terraza se abrieron de golpe y Hank dejó el iPhone sobre la mesa mientras Gabrielle se acercaba con expresión furiosa.

Dios, qué guapa era.

Y qué enfadada estaba.

–¿Una niñera? –le espetó, deteniéndose frente a él–. ¿Has contratado una niñera para mi hijo?

–Es la persona que cuida de Max cuando tú tienes que ir a algún sitio y pensé que necesitabas dormir. Estaba intentando ser… un buen amigo.

–Y yo estoy intentando ser una madre y hago lo que hace una madre: cuidar de su hijo –Gabrielle señaló alrededor–. La casa, los muebles que has comprado para Max, todo eso es muy generoso y te lo agradezco, pero no tienes derecho a hacerte cargo del cuidado de mi hijo.

–Es que estabas agotada… ¿Max está bien?

–Perfectamente –respondió ella.

–¿Entonces cuál es el problema?

Gabrielle apretó los dientes.

–Que no me lo consultaste.

–¿Estás enfadada conmigo? –Hank se pasó una mano por el cuello.

–Sí, lo estoy.

Evidentemente, lo que a él le había parecido un regalo a ella le parecía una ofensa.

–¿Porque he intentado ayudarte?

–Porque has hecho algo sin consultarme primero –respondió Gabrielle–. Yo soy perfectamente capaz...

–De cuidar de Max, ya lo sé. Me lo has dicho muchas veces.

–Iba a decir que soy perfectamente capaz de pedir ayuda si la necesito.

–Pues a mí no me lo parece –replicó él, enfadado. Estaba haciendo todo lo posible por ayudarla y ella le ponía obstáculos a cada paso.

–Que no volviese a casa de mis padres no significa que no sea capaz de aceptar ayuda –Gabrielle sacudió la cabeza–. Y mira quién habla de aceptar ayuda.

–¿Qué quieres decir?

–Que tú vives una vida solitaria y apenas te hablas con tus padres. ¿Por qué solo puedes ser tú quien necesita ser independiente?

¿Por qué estaban hablando de él? Lo último que Hank quería era que alguien se metiera en su vida.

–Solo intentaba ayudarte y, si he metido la pata, lo siento. Estoy haciendo lo que puedo.

Ella levantó los ojos al cielo.

–Puedes decir que esto no es por Kevin, pero yo no estoy tan segura. El primer día me dijiste que querías ser un padre suplente para Max y lo entiendo, pero no es tan sencillo. He cambiado desde el año pasado, Hank. Ahora tengo otras prioridades. Anoche besaste a la antigua Gabrielle... no conoces a la mujer que soy ahora.

Después de decir eso se dio la vuelta, dejándolo helado y absurdamente excitado por aquella mujer vibrante que tanto se parecía a la chica que había estado prometida con su mejor amigo.

¿Cómo había pasado de estar excitada a estar furiosa con Hank en tan poco tiempo?

Gabrielle apagó el ordenador y se echó hacia atrás en la silla. Concentrarse en el trabajo había sido casi imposible después de su discusión con él.

Tras la muerte de Kevin había vivido en una montaña rusa emocional, pero desde que Hank apareció en Nueva Orleans era como si estuviera dando vueltas y vueltas sin parar.

Se sentía culpable por haber perdido los nervios con él. Seguía pensando que debería haberla consultado, pero debería haberse mostrado más calmada. Tal vez se había enfadado porque su madre siempre intentaba decirle lo que tenía que hacer. De hecho, había tenido que mudarse al otro lado del mundo para ir la universidad sin que Christine Ballard hablase con sus profesores.

Aunque debía confesar que la ayuda de Leonie había sido un regalo del cielo... bueno, del cielo no, de Hank. Saber que estaba con Max mientras ella trabajaba, sin tener que estar atenta a cualquier ruido procedente de la cuna, hacía que pudiese concentrarse un poco más en el trabajo y en sus estudios.

No había visto a Hank desde su discusión por la mañana y era de esperar. Lo había visto salir en el coche y se preguntaba dónde habría ido. ¿Lo habría asustado para siempre? No podía creer que se hubiera ido sin decirle adiós, por mucho que le hubiese gritado. Él no era ese tipo de persona.

Y eso la llevaba a otra pregunta: ¿qué clase de hombre era Hank Renshaw? Aparte del mejor amigo de su exprometido, aparte del pedigrí de su familia, aparte del uniforme.

Era una buena persona que estaba intentando ayudarla cuando Max no era responsabilidad suya. Estaba aprovechando su permiso para apretar su mano mientras operaban al niño, cuidando de ella, intentando hacerle la vida más fácil. Sí, había tomado decisiones sin consultarla, pero no debía esperar que entendiese lo que era ser padre porque no lo era.

Y debía admitir que le debía una disculpa.

Gabrielle se levantó de la silla para ir a la habitación del niño.

—¿Leonie?

Su vecina, y amiga, soltó la revista que estaba leyendo.

—¿Qué puedo hacer por ti? Y, por favor, no digas

que nada. No he hecho nada en todo el día y me siento culpable por aceptar un cheque tan generoso de tu guapo comandante.

–¿Muy generoso? –murmuró Gabrielle, preguntándose cómo iba a devolverle el favor.

–Pecadoramente generoso –respondió Leonie–. Y, además, me ha dicho que lo hace para ayudar a la economía de Nueva Orleans.

Gabrielle se volvió para mirar a Max en su cuna. Verlo dormir tan profundamente, más cómodo al poder retener algo de alimento, la llenaba de felicidad. Tenía tantas cosas por las que estar agradecida y, en lugar de eso, se había enfadado con Hank...

Leonie se aclaró la garganta.

–Volvió hace una hora.

Gabrielle no se molestó en preguntarle a quién se refería.

–No me he dado cuenta.

–Ve a disfrutar de la tarde. Yo he dormido casi todo el día.

–Gracias, Leonie.

–¿Por qué?

–Por querer a mi hijo.

La mujer le apretó la mano.

–También te quiero a ti. Venga, ve a pasarlo bien. Disfruta de tu juventud. Arréglate un poco.

Gabrielle miró la camiseta arrugada y los vaqueros rotos. Sería estupendo tener tiempo para hacerse algo más que una coleta, pensó. No había llevado mucha ropa, pero cualquier cosa sería mejor que esa camiseta con una mancha de café.

Quince minutos después se sentía un poco mejor con un vestido negro corto y el pelo suelto y recién cepillado.

¿Estaba buscando una excusa para poder tener de nuevo esas fantasías y tal vez hacerlas realidad? Posiblemente. No estaba segura. Pero sí sabía que por primera vez en un año se sentía feliz.

Gabrielle pasó la mano por la barandilla de caoba mientras bajaba al primer piso, siguiendo un ruido de cacerolas en la cocina.

Hank estaba levantando tapaderas y moviendo algo en varias cacerolas a la vez con un cucharón de madera, el delantal blanco manchado de salsa de tomate.

Olía a comida italiana y Gabrielle tuvo que tragar saliva. Por todo, por la comida y por el hombre.

Después de probar una salsa, Hank se dio la vuelta y la vio en la puerta…

—Antes de que te enfades, estoy haciendo la cena para mí, no para ti.

—Ah, vaya.

—No quiero que pienses que estoy intentando decirte lo que debes comer.

—Puedes bajar la guardia, he venido en son de paz –dijo Gabrielle, apoyándose en el quicio de la puerta–. Siento haberte gritado antes. Sigo pensando lo que dije, pero no cómo lo dije.

—Muy bien –Hank se volvió para tapar una cacerola–. Y yo te pido disculpas por no haberte consultado.

—Tenías razón, habría dicho que no –le confesó ella.

–Tal vez darte una sorpresa la primera noche después de la operación no fue tan buena idea.

–Estás perdonado.

–¿Eso significa que no vas a hacer las maletas?

–No, claro que no. Quedarnos aquí es lo mejor para Max y sería una tonta si me marchase.

¿Y lo mejor para ella? Desde luego, era un cambio en su rutina.

¿Podía tener una aventura temporal con Hank?, se preguntó. A la porra que su vida fuese diferente, que ella hubiese cambiado. ¿Qué más daba si solo iba a ser algo temporal? Solo con pensar en ello sentía escalofríos.

Gabrielle se apartó de la puerta para acercarse a la encimera de granito.

–Admito que me siento frustrada porque no puedo darle todo lo que me gustaría, pero sé que un hotel y una madre agotada no es lo mejor para Max.

–¿Eso significa que Leonie puede quedarse?

–Leonie necesita el dinero.

–¿Y tú necesitas ayuda?

–No tientes a la suerte –le advirtió ella.

–Ah, no, eso no. No quiero perder la posibilidad de tener suerte contigo.

Gabrielle lo miró, boquiabierta. Pero antes de que pudiese cerrarla, Hank metió una fresa entre sus labios y ella la mordió.

Todo parecía tan sencillo con Hank…

–Imagino que esto es la cena.

–Claro.

–Pues yo estoy muerta de hambre.

Hank había cocinado para ella, esperando hacer las paces. Incluso había colgado luces en los árboles del jardín, como en la fiesta de la noche anterior. Y había comprado CD de música clásica porque Kevin le había dicho que le gustaba mucho y solía llevarlo a conciertos...

Su sonrisa desapareció.

Gabrielle tenía razón, al final siempre estaba Kevin.

Pero esa noche necesitaba crear un recuerdo solo de los dos. Si no podía hacer eso tendría que marcharse en lugar de seguir atormentándose y atormentándola a ella.

Seguía agradeciendo que lo hubiese perdonado y que quisiera cenar con él. Gabrielle incluso parecía disfrutar de la salsa casera de tomate que había hecho. Su repertorio culinario no era muy amplio, pero como gastarse dinero con ella no funcionaba, decidió hacer algo personal. Gabrielle había crecido en una familia más modesta que la suya y seguramente ganaría puntos demostrándole que, a pesar de la posición social de los Renshaw, él tenía los pies en la tierra.

Gabrielle probó el sorbete de limón que había hecho como postre y lo miró, sorprendida.

–Qué rico.

–¿Más? –le preguntó Hank.

–No, gracias. Me estás haciendo sentir culpable.

–Has estado tan preocupada por Max... necesitabas que alguien cuidase de ti.

–Pues lo estás haciendo. Y la cena estaba riquísima –dijo Gabrielle–. No podía imaginar que fueras tan buen cocinero o tan buen anfitrión.

Hank señaló la máscara y la vela, envuelta en un collar de cuentas típico de Mardi Gras.

–Todo esto ha caído del jardín de la casa de al lado. No me he gastado un céntimo en adornos.

–¿Quién hubiera imaginado que un millonario sería tan prudente con el dinero? –bromeó Gabrielle.

Era multimillonario en realidad, pero decir eso la haría salir corriendo en lugar de echarse en sus brazos. Y que fuera así hacía que le gustase aún más.

–Mi familia no ha sido siempre rica. Mi padre era un militar que fue ascendiendo de rango.

–Debes estar muy orgulloso de él.

–Sí, la verdad es que sí. Es un tipo estupendo. Cuando era jefe de escuadrón en Guam…

–¿Viviste en la isla de Guam?

–Es un sitio precioso. Como Hawái, pero sin los turistas –le dijo. Él prefería recordarlo así y no pensar en los momentos oscuros tras la muerte de su madre–. Me gustaría llevarte allí algún día.

–Parece que echas de menos los viejos tiempos.

Hablar de su pasado era terreno peligroso, pero si quería llegar a algún sitio con Gabrielle, y quería hacerlo, tenía que arriesgarse.

–La vida era más sencilla antes, eso desde luego.

–¿Y cuándo cambió todo? –le preguntó ella.

Hank inclinó a un lado la cabeza.

–¿Seguro que no estás emparentada con Sigmund Freud? Después de todo, eres medio alemana.

Gabrielle sonrió, poniéndose la máscara sobre los ojos.

–Soy una mujer llena de misterios.

Su sonrisa despertó en Hank un escalofrío de deseo. Aunque estar con ella tuviera efectos desastrosos para él, la deseaba. Más que a nadie.

–Pero no, no soy freudiana, solo siento curiosidad. Hay tantas cosas que no sé sobre ti. Cuando estábamos juntos, era Kevin el que hablaba, tú no decías mucho.

–¿Qué quieres saber?

–¿Por qué mantienes las distancias con tu familia?

Recordar ciertas cosas era doloroso para Hank.

–La muerte de mi madre lo cambió todo. Era la roca para mi familia, pero también una persona flexible que se aclimataba a todo y nos lo hacía más fácil.

Gabrielle le tocó la mano.

–¿Cómo se llamaba?

–Jessica –respondió Hank–. Todo el mundo ve a mi padre y Ginger como una pareja y te aseguro que no tengo nada contra mi madrastra –añadió–. Y con el paso del tiempo, todos han ido olvidando a mi madre.

–¿Tus padres estaban muy enamorados?

–No lo recuerdo, pero sí recuerdo que ella era la única persona que se atrevía a enfrentarse con el general. Mi hermana mayor dice que a veces discutían, pero enseguida hacían las paces y desaparecían en el dormitorio –Hank esbozó una sonrisa–. Yo estaba en el colegio cuando mi madre murió de un aneurisma un par de semanas después de Navidad. Ella no sabía que tuviese nada y algunos dicen que fue una bendición que no lo supiera.

–Debió ser horrible para ti no poder despedirte.

–Sí, claro.

Pero había estado al lado de Kevin para decirle adiós y tampoco resultó nada fácil.

–La notoriedad de mi padre no tiene nada que ver con el dinero o con su nueva esposa, se la ganó a pulso gracias a su talento.

–¿Y tus hermanas?

Hank acarició el collar de cuentas, enredándolas entre sus dedos, pensativo…

–Alicia es piloto del Ejército y Darcy piloto comercial. Al final, todos hemos seguido los pasos de nuestro padre. Pero cuando vivíamos en Guam, mi hermana Darcy fue secuestrada…

Gabrielle lo miró sin poder disimular su sorpresa, pero no dijo nada. Se quedó escuchando, en silencio. Parecía como si hasta los insectos nocturnos se hubieran quedado inmóviles, escuchando.

–Un grupo extremista que pedía la desaparición de la base militar se la llevó durante una fiesta –siguió Hank. Cuando él estaba con ella–. La retuvieron durante una semana. No le hicieron daño, gracias a Dios, pero algo así marca a una persona.

–Y a toda la familia, imagino.

–No sé por qué te estoy contando todo esto.

–Porque yo te he preguntado –dijo Gabrielle levantándose de la silla para tomar su mano–. No sé por qué no te pregunté nunca por tu pasado cuando estábamos los tres juntos.

–Déjate de análisis, señorita Freud. No hay ningún significado oculto. Solo son hechos.

–Hechos que explican por qué te daría miedo encariñarte con una mujer y…

Hank tiró de ella para besarla en los labios. Una cosa era entrar en la dolorosa niebla del pasado, otra muy diferente dejar que Gabrielle le robase las pocas defensas que le quedaban.

La sentó sobre sus rodillas y pasó las manos por sus brazos y su cintura hasta llegar a sus pechos. Había esperado tanto tiempo que quería recordar cada detalle.

Gabrielle enredó los dedos en su pelo, sin protestar en absoluto. Aquella atracción no era algo que hubiese imaginado, se dijo Hank. Era algo real, intenso.

Y estaba a punto de serlo aún más.

Capítulo Ocho

Fueron besándose del solárium al dormitorio de Hank. Besándose, tocándose con manos frenéticas, explorándose el uno al otro mientras subían la escalera.

La puerta se cerró tras ellos, alejándolos del mundo, y Gabrielle se apretó contra él. Después de tanto tiempo deseando tocarlo no se cansaba de hacerlo. Había intentado contenerse pero, al fin, era suyo. Aunque solo fuese una noche o el tiempo que le quedase en Nueva Orleans, por fin podía dejarse llevar por la tenaz pasión que había entre ellos.

El aroma a orégano, a cena casera, las luces en los árboles y las decoraciones en la mesa, todo hecho por él, la habían entusiasmado más que una cena en un restaurante de cinco tenedores.

Hank besó su oreja, su aliento quemándola.

—¿Seguro que no vamos demasiado rápido?

Ella intentó llevar aire a sus pulmones.

—¿Mis besos no te dan ninguna pista?

—Tenía esperanzas, pero no hay prisa —Hank acariciaba su pelo, su cuello y sus hombros con manos ansiosas.

—Los dos llevamos mucho tiempo esperando esto —murmuró Gabrielle. Pero la mención al pasado amenazaba con robarles aquel hermoso momento–. Vamos a concentrarnos en el presente.

–Siempre he dicho que eras una mujer muy lista.

Ella le besó la barbilla, riendo.

–Esta noche ha sido asombrosa.

–Y espero que a partir de ahora sea aún mejor –Hank metió las manos bajo el vestido para enganchar el elástico de las medias, haciéndola sentir un delicioso escalofrío.

–Yo diría que sí –Gabrielle echó la cabeza hacia atrás, dándole libre acceso a su cuello.

Hank Renshaw la hacía sentir hermosa y sexy, algo que necesitaba después de haber estado embarazada, de modo que disfrutó de sus caricias y del duro roce de sus muslos.

Hank tiró hacia abajo del cuello del vestido para besarle la garganta, haciéndola temblar…

–Vamos a la cama o esto va ocurrir contra la puerta.

–¿Y eso es malo? –preguntó Gabrielle, tirando de los faldones de su camisa.

–No, en absoluto –Hank la besó antes de mirarla a los ojos– pero he esperado demasiado tiempo como para ir deprisa –añadió mientras tiraba de su mano para llevarla hacia la cama.

Gabrielle miró el resto de la habitación por primera vez desde que entraron. Apenas había muebles porque solo se había preocupado de amueblar su habitación y la de Max…

No había vestidores en la histórica mansión, de modo que la suite solo contaba con un enorme armario antiguo y dos sillones frente a la chimenea. Era un sitio muy masculino, casi espartano.

Sus piernas chocaron entonces con el borde de la cama. Iba a hacerlo, pensó. Iba a tener un momento robado con Hank. Los nervios y la anticipación se mezclaban de manera embriagadora mientras le desabrochaba la camisa, apartándola para acariciar su torso desnudo.

Lo había visto en bañador, pero aquello era tan diferente, tan íntimo. Se permitió el placer de mirar la fuerte columna de su cuello, su esculpido torso bronceado por el sol. Tenía una cicatriz en la clavícula y Gabrielle pasó un dedo por ella.

–¿Qué pasó?

–Metralla –respondió él, sujetando su mano–. Nada importante.

¿Nada importante? La cicatriz parecía profunda y estaba cerca de la yugular. Un centímetro más y lo habría perdido.

¿Habría ocurrido el día que mataron a Kevin?

Cuando ese pensamiento amenazaba con helarla por dentro, Hank tomó su cara entre las manos.

–Deja de pensar en ello, es el pasado. Vuelve al presente, Gabrielle.

–Haz que olvide, Hank, por favor.

–No se me ocurre nada mejor –murmuró él, apartándose para quitarle el vestido y arrodillándose después ante ella para tirar de las medias.

Gabrielle no había estado con nadie desde Kevin y su cuerpo era diferente desde que tuvo a Max. No se consideraba una mujer particularmente presumida, pero era la primera vez que alguien iba a ver sus estrías y sus kilos de más y eso la ponía un poco nerviosa.

Sin embargo, Hank la miraba con un brillo de admiración en los ojos.

–Eres más hermosa de lo que había imaginado. Y te aseguro que te he imaginado más veces de las que podría contar.

Tenía en la mano la máscara de Mardi Gras que había caído al suelo cuando le quitó la camisa y empezó a acariciar sus caderas con la pluma…

Jadeando de deseo, Gabrielle lo ayudó a quitarse el pantalón y los calzoncillos y pasó los dedos por sus marcados abdominales y las delgadas caderas hasta llegar a su miembro erecto.

Lo acarició suavemente, pasando la mano arriba y abajo, rozando la punta con el pulgar y viendo cómo se mordía los labios.

Pero, de repente, Hank apartó su mano y la tiró suavemente sobre la cama.

Se colocó sobre ella, sujetándose con una mano al colchón para no aplastarla, y acarició su cuello con la pluma de la máscara, poniendo la presión necesaria para hacerle cosquillas y excitarla al mismo tiempo.

Gabrielle giró a un lado la cabeza y, afortunadamente, él entendió el mensaje porque siguió haciéndolo hasta que se le puso la piel de gallina. Acarició sus pechos, primero uno y luego otro hasta que tuvo que morderse los labios para no gritar de placer, para no suplicarle más.

Aunque no tenía que suplicárselo porque él seguía haciendo círculos sobre sus aureolas mientras murmuraba palabras cariñosas.

Gabrielle se agarró a sus brazos cuando la rozó entre los muslos con la pluma, tan cerca del sitio donde más lo necesitaba. Ansiosa, buscó aire, el pulso le latía en los oídos.

Los dedos de Hank reemplazaron a la pluma y luego lo hizo su boca.

El roce de su lengua la llevó a un sitio en el que ya no podía pensar, pero no quería llegar sola. Hank había hecho tantas cosas por ella que necesitaba que estuvieran juntos en ese momento.

–Te quiero todo –susurró, levantando las caderas para tenerlo dentro de ella, piel con piel… –pero entonces se dio cuenta de algo–. Preservativos…

¿Cómo podía haberlo olvidado?

No cambiaría a Max por nada del mundo, pero el embarazo había sido un accidente, producto de una noche en la que Kevin y ella bebieron demasiado.

–No te preocupes, lo tengo todo controlado –dijo él, abriendo un cajón de la mesilla.

Gabrielle se apoyó en un codo para ver cómo se lo ponía y después le echó los brazos al cuello.

Enredando las piernas en su cintura, lo urgió hacia delante y cerró los ojos para contener las lágrimas porque al fin lo tenía después de tanto tiempo y sentirlo moviéndose dentro de ella era más de lo que había imaginado. Y sí, más de lo que había esperado porque algo tan especial hacía que tuviera que replantearse el resto de su vida.

Aunque lo último que quería era hacer planes de futuro. Quería vivir el momento, los dos solos.

Levantó las caderas mientras él empujaba adelante y atrás, sus cuerpos sincronizados con un ritmo único, eterno.

El sonido de su voz era como una caricia mientras sus sudorosos cuerpos se deslizaban uno sobre el otro. Hank la llevó al borde del abismo una y otra vez, conteniéndose hasta el último segundo, haciendo que clavase las uñas en su espalda hasta que…

Una oleada de insoportable placer la golpeó con una intensidad contenida durante demasiado tiempo. Un grito escapó de su garganta y él lo capturó con sus labios… tal vez intentando disimular su propio grito de alivio.

Las sacudidas posteriores los unieron aún más, haciendo que se pegasen el uno al otro, sin aliento.

Gabrielle volvió a la tierra lentamente, fijándose tontamente en el ventilador del techo, que no había visto hasta entonces, mientras acariciaba el cuerpo de Hank, su peso anclándola a la cama. La máscara había quedado aplastada entre los dos, pero no quería moverse. No quería soltarlo por nada del mundo.

Por el momento, se habían quitado las máscaras, literal y simbólicamente, y ni el pasado ni el futuro creaban sombras entre ellos.

Por el momento, tenía a Hank entre sus brazos y se agarró a él con fuerza, sabiendo cuánto le dolería perderlo. Le habían roto el corazón una vez y no estaba segura de tener fuerzas suficientes para soportar de nuevo ese dolor.

Hank se tumbó de lado, intentando recuperar el aliento después de un segundo asalto con Gabrielle, que estaba demostrando ser igualmente hábil jugando con la máscara, atormentándolo para luego darle placer.

Estar con ella era todo lo que había esperado, pero debía asegurarse de que no saliera corriendo. Porque empezaba a ver dudas y miedos en sus ojos verdes.

–No sabía que fueras tan juguetón –murmuró Gabrielle– pero me gustan las sorpresas.

–Me alegra saberlo –dijo él, acariciando la curva de su trasero.

–Eres diferente lejos del escuadrón, más abierto. Pero supongo que todo el mundo lleva una máscara alguna vez.

–Desnudarse ante alguien, en sentido figurado, puede ser aterrador. Pero juro que no voy a hacerte daño.

–Nadie puede prometer eso, Hank. La vida hace daño.

Él le levantó la barbilla con un dedo para que tuviera que mirarlo a los ojos.

–¿Estás sufriendo ahora?

Gabrielle negó con la cabeza.

–No, claro que no. Me siento feliz y un poco asustada, pero no estoy sufriendo en absoluto.

–Me alegro mucho –Hank inclinó la cabeza para

besarla–. Vamos a ver si puedo seguir haciéndote feliz. Tengo un regalo para ti.

–¿Otro regalo? –ella arrugó la nariz–. Si sigues así, vas a tener que pedirle a tu socio que invente otro juego que os haga ricos.

Hank saltó de la cama para sacar del armario la bolsa de una perfumería del barrio francés que Gabrielle miró con curiosidad.

–Venga, ábrela.

–¡Productos para el baño! –gritó, mirando las sales, los geles, aceites y jabones de diferentes aromas.

–Dijiste que siempre tenías que ducharte a toda prisa, pero ahora puedes darte todos los baños de espuma que quieras.

Gabrielle abrió un frasco de aceite y cerró los ojos.

–Umm, qué bien huele. Es una delicia.

–Sé que esto no es tan bonito como un diamante, pero imaginé que si te regalaba una joya me la tirarías a la cara.

–Y estabas en lo cierto. Además, las perlas de baño son más preciosas que las perlas de verdad.

–¿No quieres probarlas?

–¿Ahora mismo?

–¿Por qué no? El baño está ahí.

Gabrielle se incorporó para besarlo antes de tomar la bolsa y correr al baño, casi tropezando con las sábanas en su prisa por llegar allí.

Hank se sentó en el centro de la cama, apoyándose en el cabecero mientras la escuchaba canturrear. Aunque desearía hacerle el amor de nuevo, no iba a interrumpir su primer baño de espuma en mucho tiempo.

Qué absurdo era que le gustase tanto estar allí, escuchándola. Pero el sonido de su voz lo acariciaba como lo habían acariciado sus manos.

Estaba trastornado y era capaz de reconocerlo, pero después de haberla hecho suya, no pensaba dejarla escapar.

Gabrielle estaba en la gloria. El baño aliviaba su estrés y la tensión desaparecía con cada segundo.

Aunque no solo por las sales de baño. El hombre que se las había regalado podría haber comprado joyas que ella no hubiese aceptado. O bombones.

Hank había prestado atención a sus necesidades y Gabrielle suspiró por enésima vez en aquella bañera en la que cabrían dos personas. Tal vez debería terminar con una ducha, pensó, mirando la columna con varios chorros de hidromasaje.

Incluso había una pantalla de televisión montada en la pared, por si quería ver una película mientras estaba en el baño. Aquel sitio era un paraíso.

Ella nunca se había considerado una persona materialista, pero no le importaría tener algo así al final del día.

¿Con Hank esperándola en el dormitorio?

No podía ignorar que habían dado un gran paso adelante aquella noche. Por mucho que quisiera decirse a sí misma que era una simple aventura, ella no era la clase de persona que tenía aventuras. Seguía siendo la misma de antes, la chica que vivía para formar una familia y tener los niños mejor vestidos y más felices del mundo, como había hecho durante su infancia con las muñecas.

Pero pensar eso la hacía recordar el miedo que había aparecido después de hacer el amor con Hank...

Su relación con Kevin nunca había ido bien del todo y no dejaba de recordar su última pelea, cuando él insistía en que vivieran juntos y ella se resistía.

¿Era una locura pensar en un futuro con Hank? Él estaba más atado al Ejército de lo que lo había estado Kevin...

Gabrielle suspiró. No había caldera lo bastante grande como para quitarle el frío que se había instalado en sus huesos.

Saber que Gabrielle estaba en la bañera era una tortura, pero aunque nada le gustaría más que reunirse con ella y hacerle el amor, Hank estaba decidido a dejar que se relajase.

Para controlar la tentación, se puso un pantalón de chándal y entró en la habitación de Max para darle un pequeño respiro a Leonie. Era como si todos vivieran para el niño, como tenía que ser.

Antes de entrar en la habitación escuchó la voz de Leonie a través del monitor. Estaba cantando una nana y, de repente, recordó a su madre colgando adornos en el árbol de Navidad, su padre diciendo que le dolían los oídos porque desafinaba...

Los dos riendo.

Sus hermanas le habían contado que fue una madre estupenda. Su padre no hablaba mucho de ella, solo decía que había sido una mujer maravillosa, capaz de cuidar sola de sus hijos mientras él estaba de servicio.

Hank pasó un dedo por la mesa en la que Gabrielle había instalado su ordenador para trabajar y estudiar, o las dos cosas, mientras cuidaba de su hijo.

Al ver los álbumes de los que le había hablado, se sentó en la silla y tomó uno de ellos. Era un álbum de fotos y, en la primera, Gabrielle y Kevin estaban en un partido de fútbol. Ella llevaba una camiseta del equipo, su rubia coleta moviéndose con el viento. Kevin tenía un brazo sobre sus hombros.

Parecían felices. Realmente felices.

Entonces se miró a sí mismo, sentado a su lado y… caray.

Era lógico que Kevin hubiera sabido lo que sentía por ella. Hasta el más idiota se habría dado cuenta.

Sus ojos estaban clavados en Gabrielle, como un hombre hambriento que encontrase el más delicioso manjar después de una larga huelga de hambre.

Pero ella no se había dado cuenta porque pareció sorprendida cuando la besó un año atrás. O cuando ella lo besó, según su versión.

¿Lograría algún día superar el sentimiento de culpa?

Capítulo Nueve

Acostumbrarse a compartir cama otra vez no fue tan fácil como Gabrielle había pensado. Sobre todo porque Hank era de los que se llevaban el edredón sin darse cuenta.

En la oscuridad, buscó el edredón con la mano…

Durante esa semana había descubierto que Hank tenía el sueño muy inquieto, lo cual era un problema porque ella, después de tantos meses aguzando el oído por si Max se despertaba, tenía el sueño muy ligero.

Pero muchas cosas buenas compensaban la costumbre de Hank de robarle el edredón. Esa semana había estado llena de cenas fabulosas y sexo aún más fabuloso. Incluso habían paseado por el parque con Max en el cochecito. La gente los confundía con una familia, ellos se sentían como una familia.

Gabrielle parpadeó, adormilada. La luz de la luna que entraba por el ventanal caía sobre la cama y cuando se dio la vuelta vio a Hank con los ojos abiertos.

Pero estaba dormido. Había tirado el edredón al suelo y agarraba con fuerza la sábana, murmurando algo ininteligible.

A juzgar por los tendones marcados en su cuello, estaba teniendo una pesadilla horrible. Tanto que le daba miedo tocarlo. Sabía que no le haría daño deliberadamente, pero en aquel estado un simple roce podría hacerlo saltar.

Gabrielle se inclinó para encender la lámpara de la mesilla, esperando que eso lo despertase.

Vio que movía la cabeza, pero no despertaba. Lo oía murmurar palabras, algunas con sentido, otras no…

«Cuidado… Dios, no… Kevin, aguanta».

Al darse cuenta de que estaba soñando con la muerte de Kevin se le encogió el corazón. Le hubiera gustado ponerse el albornoz y salir corriendo, pero no podía dejarlo solo. Ya había vivido una vez esa tortura, no debería tener que hacerlo nunca más.

–Hank –lo llamó, poniendo una mano en su brazo–. Hank, despierta. Estás en Nueva Orleans, conmigo. Solo es una pesadilla. ¿Me oyes?

Hank parpadeó rápidamente, conteniendo el aliento durante un segundo antes de volverse hacia ella.

–¿Gabrielle?

–¿Estás bien?

–No –su voz sonaba ronca, estrangulada, como si tuviera que hacer un esfuerzo para hacer funcionar sus cuerdas vocales–. Dame un segundo…

–¿Estabas soñando con la muerte de Kevin?

Él asintió con la cabeza, apartándose un poco. Si dejaba que el silencio se alargase se marcharía, pensó Gabrielle. La dejaría fuera y lidiaría solo con su dolor.

Y después de todo lo que había hecho por ella, no podía dejar que cargase solo con eso. Era hora de que alguien tirase las barreras que había construido a su alrededor, de modo que apoyó la cara en su hombro.

–Verme ha debido recordártelo. Pero esto no puede ser lo que los militares llaman «recargar después de la batalla» –murmuró, acariciando su brazo hasta que sintió que se relajaba un poco.

–No te culpes a ti misma –dijo él–. Podría mirar una moneda en el suelo y de alguna forma me recordaría a Kevin y ese día…

–¿Puedes contarme lo que pasó?

–¿Los padres de Kevin no te lo contaron? Ellos recibieron el informe oficial.

–Sé lo que le pasó y que tú estabas allí –respondió Gabrielle. Aunque no sabía por qué habían sido atacados en tierra cuando ellos eran pilotos–. Pero quiero que tú me lo cuentes.

Él se quedó en silencio durante tanto tiempo que pensó que no iba a decir nada, pero de repente dejó escapar un largo suspiro.

–Estábamos en un paso fronterizo. Todo el mundo tenía que bajar del autobús y mostrarnos los papeles. Debería haber sido algo rápido porque aquella no era una zona particularmente peligrosa.

Su corazón seguía latiendo desbocado y Gabrielle lo abrazó, esperando.

–Un francotirador disparó dos veces antes de que yo pudiese cubrir a Kevin.

Unas palabras tan simples y, sin embargo, la había transportado a un mundo de dolor. Casi podía respirar el olor de la pólvora, sentir la arena en la boca...

–Llevé a Kevin al autobús para protegerlo –siguió Hank.

Ella lo abrazó con más fuerza, tocando su cicatriz en la clavícula.

–¿Fue ahí donde te hirieron?

–Sí.

Gabrielle cerró los ojos, intentando contener las lágrimas. También él había recibido un disparo. Podría haberlos perdido a los dos.

Hank se aclaró la garganta antes de continuar:

–Una vez en el autobús llamé por radio a una ambulancia, pero no pude localizar a nadie, así que le quité el chaleco antibalas para que respirase mejor.

Gabrielle imaginó sus últimos momentos de vida, en un autobús militar en tierra extraña. ¿Cuántas personas habría en el autobús con ellos? Casi podía oír sus voces, los gritos, imaginar su desesperación.

Pero, con sus últimas palabras, Kevin había dejado claro que sabía lo que había entre Hank y ella y, de nuevo, Gabrielle se sintió culpable.

¿Hubiera encontrado algún consuelo en saber que esperaba un hijo? Debería habérselo contado, pero pensó que eso lo distraería de su trabajo y, al final, habría muerto de todos modos.

–Estoy segura de que hiciste todo lo que estaba en tu mano para salvarlo.

–Hice lo único que podía hacer: poner mis dedos en los orificios de las balas para intentar que no se desangrase. Kevin me pidió que cuidase de ti y luego vi cómo se le iba la vida...

Hank se levantó de repente y, sin mirarla, se puso los vaqueros y salió de la habitación.

Cuando la puerta se cerró tras él, Gabrielle se dio cuenta de que estaba siendo una egoísta. Temía que estar juntos pudiese hacerle daño a ella, pero no había pensado cuánto debía dolerle a él.

Aunque ella consiguiera olvidar el sentimiento de culpa para seguir adelante con aquella aventura, Hank podría no ser capaz de hacerlo.

Hank bajó a la cocina. Necesitaba una cerveza, aunque sabía que eso no serviría de nada. Pero cualquier excusa era buena para salir de la habitación y escapar de los recuerdos.

Llevaba diez meses intentando lidiar con la muerte de Kevin, pero volver a Estados Unidos y estar con Gabrielle había empeorado la situación.

Hank entró en la cocina... y se detuvo de golpe.

Leonie estaba tomando un pastel de nueces y leyendo una revista mientras Max la miraba desde su moisés.

—Hola, comandante —lo saludó, bajando del taburete para atarse el cinturón de la bata—. ¿Quiere un trozo de pastel? Aún queda mucho.

—No, gracias —respondió él, abriendo la nevera para sacar un zumo que tomó directamente del cartón, sin molestarse en buscar un vaso. Al demonio las buenas maneras, no estaba de humor para eso.

–Me alegra saber que las cosas van mejor –dijo Leonie entonces–. Al principio, no estaba segura.

–¿Por qué? –Hank se volvió para mirarla, con el cartón de zumo en la mano.

–Me contrató sin consultar con Gabrielle… cualquier mujer se enfadaría.

–¿Y por qué aceptaste el trabajo si sabías que iba a enfadarse?

–Necesitaba el dinero y ella necesitaba descanso. Además, adoro al pequeñajo.

–Podrías haberme avisado de que Gabrielle iba a enfadarse.

–Decírselo no hubiera servido de nada. Las lecciones en la vida se aprenden cometiendo errores y arreglándolos. Así es como se construyen las relaciones.

–¿Relaciones? –Hank hizo una mueca.

–Por favor, no me diga que es el típico hombre que se asusta ante esa palabra –suspirando, Leonie dejó el plato en el fregadero–. Esperaba más de usted.

Hank quería estar solo y, de repente, tenía que escuchar un sermón de la niñera…

–¿Por qué me regañas?

–No tiene usted madre y, por alguna razón, tampoco tiene mucho contacto con su familia. ¿Quién va a decirle lo que hay que decirle?

Hank enarcó una ceja, casi copiando un gesto de su padre. Claro que había seguido los pasos de su padre en casi todo lo demás.

–Lees demasiadas revistas.

–Me encantan las revistas de cotilleos, es verdad –Leonie soltó una risita–. Las noticias sobre su familia venden mucho.

Hank miró la que había sobre la encimera. El titular decía: «Ginger Landis regala un poni a su nieta». El resto del artículo detallaba la fabulosa fiesta de cumpleaños que su madrastra había organizado para su nueva nieta… una niña cuya madre era una princesa ilegítima. La lista de invitados incluía hijos de estrellas de cine, hijos de políticos y otros embajadores.

Como los emails que le enviaban desde su casa incluían detalles y fotos de la fiesta, Hank sabía que el noventa por ciento de las cosas que contaban era mentira. Su madrastra había alquilado un poni, pero la lista de invitados incluía solo a la familia, aunque la familia consistiera en los Renshaw, los Landis y hasta los Medina, que pertenecían a una familia real. Pero, aparentemente, meter las narices en la vida de los ricos y famosos e inventar cosas sobre ellos era un gran negocio.

De repente, Hank tuvo una sospecha.

–¿Tienes serios problemas económicos, Leonie?

La sonrisa de la mujer desapareció de inmediato.

–No tanto como para hacerle daño a Gabrielle o a este niño, comandante. Y le sacaré a usted los ojos si se lo hace –respondió, con un tono que no admitía réplica.

–Me alegro. Yo haría lo mismo.

–¿Entonces pensará en lo que le he dicho?

–¿A qué te refieres?

Había dicho tantas cosas que había perdido el hilo.

–Hombres –murmuró ella, tomando el moisés.

–Yo me quedaré un rato con el niño. Ve a descansar.

–No hace falta, comandante.

–No, en serio, sigue leyendo tu revista. No puede ser fácil pasar al turno de noche de repente.

–Muy bien, usted es el jefe –asintió ella, saliendo de la cocina.

Hank dejó el cartón de zumo en la encimera y se sentó frente al moisés para mirar al hijo de Kevin, el hijo de Gabrielle. Examinó su rostro para ver si encontraba algún parecido con las dos personas a las que tanto quería... sí, tenía la boca de Kevin y la barbilla de ella.

El niño estaba despierto, mirándolo con sus ojitos azules y, de repente, sus facciones se convirtieron en una única, individual.

Max.

Sin pensar, Hank se inclinó para tomar al niño en brazos, la cosa más suave que había tocado nunca, y sacudió un sonajero frente a su cara. Max abrió la manita para agarrar su pulgar, apretándolo con una fuerza inusitada.

–Hola, pequeñín –murmuró–. Vamos a pasarlo muy bien juntos. ¿Te gusta el béisbol? Tienes mucha fuerza, seguro que se te da bien lanzar una bola. Tú y yo vamos a...

¿Tú y yo?

No sabía qué iba a ser de él y de Max. ¿Qué mostrarían los álbumes de Gabrielle cuando pusiera fotografías suyas? Él no quería ser un sustituto, quería ser un padre de verdad. El padre de Max y el marido de Gabrielle.

Pero no quería olvidar a Kevin y no sabía cómo vivir con un fantasma.

Gabrielle despertó unas horas después y alargó una mano para tocar a Hank, pero no había vuelto a la cama. Creía que hacerle hablar de lo que ocurrió un año antes lo ayudaría, pero no había sido así. Tal vez incluso había empeorado la situación.

Tal vez debería dejar de presionarlo y darle un poco de espacio. Kevin le había dicho que Hank era muy reservado y aquel día debía sentirse especialmente vulnerable, aunque sabía que se enfadaría si se lo dijera porque Hank Renshaw no era de los que reconocían sus necesidades emocionales.

Probablemente también ella necesitaba espacio, pensó entonces. Todo había ocurrido tan rápido desde la operación de Max y el inicio de su aventura con Hank… Gabrielle se llevó una mano al corazón, deseando con todas sus fuerzas que la vida fuera más sencilla.

Después de ponerse un albornoz fue a buscar a Max para darle el pecho y encontró a Leonie frente a la ventana, leyendo una revista.

—Max está abajo, con el comandante.

—¿Con Hank?

—Ha insistido en quedarse con él ¿y cómo iba a

discutir yo con un hombre tan guapo? –bromeó Leonie, abanicándose con la revista.

–Gracias por la información –dijo Gabrielle, con el corazón encogido al pensar cuánto debía dolerle mirar al hijo de su amigo muerto.

Pero, siendo como era, solo pensaba en los demás. La dejaba dormir a ella, dejaba descansar a Leonie y se olvidaba de sí mismo.

Lo encontró en la biblioteca, tumbado en el sofá de piel, con Max dormido sobre su pecho.

Y Gabrielle no podía imaginar nada más hermoso que aquella imagen de su hijo durmiendo sobre el torso desnudo de Hank Renshaw, que sujetaba a Max con una mano en la que casi cabría el niño.

Escuchó entonces una vibración sobre la mesa… era el móvil de Hank, que debía haber puesto en vibración para no despertar a Max.

Él alargó la mano y apagó teléfono antes de mirar hacia la puerta.

–¿Cuánto tiempo llevas ahí?

–Un par de minutos. Tengo que darle el pecho a Max –respondió Gabrielle.

Su hijo levantó la cabecita al escuchar su voz y Hank le pasó al niño sin decir nada.

Debería subir a su habitación, pero Max estaba inquieto esperando su comida, de modo que Gabrielle se sentó en el sofá y abrió un poco el albornoz para darle el pecho mientras Hank los miraba en silencio.

Su teléfono volvió a sonar pero, de nuevo, lo apagó antes de guardarlo en el bolsillo del pantalón.

En cuanto Max terminase de comer iría a dar un paseo, decidió Gabrielle. Y se llevaría a Leonie con ella para que Hank pudiese estar solo un rato.

Pero en ese momento sonó el timbre y, unos segundos después, oyeron voces en el pasillo.

Gabrielle sujetó la cabeza de su hijo con gesto protector y Hank se levantó de un salto.

–¿Qué ocurre? ¿Alguien ha entrado en la casa? –preguntó ella, asustada.

Hank volvió a dejarse caer sobre el sofá, murmurando una palabrota.

–No, es mi familia.

Capítulo Diez

Gabrielle quería irse a cualquier sitio, donde fuera, al ver a las cuatro personas que la miraban con cara de sorpresa. Aunque era comprensible. Si la hubieran avisado, habría subido corriendo a su habitación para vestirse.

Había leído suficientes artículos sobre los Renshaw y los Landis como para saber que eran ellos. No había que ser fan de las revistas de cotilleos para reconocerlos. El padre de Hank, el general Renshaw, estaba al lado de su segunda esposa, Ginger Landis, con una pareja más joven a su lado.

Aunque los hijos de Ginger se parecían entre ellos, Gabrielle estaba casi segura de que aquel era el más joven, el arquitecto especializado en restaurar edificios históricos, casado con una mujer que pertenecía a la realeza europea y que llevaba un bebé en brazos.

¿Qué pensarían? En fin, no tenía que preguntar. Sabía muy bien lo que pensaría cualquiera en esa situación. Hank estaba descalzo y sin camisa y ella dándole el pecho a Max...

Si apartase al niño se arriesgaría a enseñarle el pecho a toda la familia Renshaw-Landis y, además, Max se pondría a gritar si interrumpía su desayuno.

¿Estarían juzgándola, pensando que pretendía aprovecharse de Hank?

—Como veis, no esperábamos visita —dijo él—. ¿Qué tal si salimos al pasillo y dejamos que Gabrielle siga dándole el pecho a su hijo? Las presentaciones pueden esperar un rato.

Salieron de la habitación, pero Gabrielle podía oír sus voces al otro lado de la puerta. Debían estar bombardeándolo con preguntas, pensó. Si pudiese entender lo que decían... pero su hijo seguía mamando alegremente, sin saber lo que pasaba.

Unos minutos después, Leonie entró a toda prisa, cerrando la puerta tras ella.

—Ha llegado la caballería, cielo. He traído ropa para ti.

—Gracias a Dios.

—Yo puedo quedarme con Max, no te preocupes.

—Ya ha terminado, solo tienes que colocártelo al hombro para que expulse los gases.

—Muy bien —Leonie tomó al niño y empezó a darle palmaditas en la espalda—. ¿Te puedes creer que estamos compartiendo casa con una antigua secretaria de estado y una princesa?

—Lo crea o no, están aquí —dijo Gabrielle, mientras se ponía los vaqueros, la camisa y las sandalias que le había llevado. Vestida, gracias a Dios.

Tal vez podría ir a su habitación para arreglarse un poco el pelo, pensó. Pero cuando abrió la puerta y asomó la cabeza...

No tuvo suerte.

Estaban frente a la puerta del comedor, todos los

ojos clavados en ella. Pero, de nuevo, Leonie acudió en su ayuda saliendo del cuarto de estar con Max. Todos los ojos se volvieron hacia el niño y Gabrielle se aclaró la garganta mientras Hank se colocaba a su lado para tomarla por la cintura.

—Aún no les he contado nada —le dijo al oído—. Quería hablar contigo antes… aunque nadie nos va a creer si decimos que solo somos amigos.

Ella no se molestó en protestar. Se acostaban juntos y negarlo los haría quedar como dos tontos.

—Muy bien.

—Ginger, papá, os presento a Gabrielle Ballard.

Hank Renshaw Sr., que era una versión mayor de su hijo, inclinó solemnemente la cabeza. No le hacía falta un uniforme para parecer un general; incluso con un polo de golf tenía tal aire militar que Gabrielle tuvo que contenerse para no hacer un saludo.

Ginger Landis Renshaw le ofreció su mano con una sonrisa que parecía auténtica.

—Disculpa que hayamos venido sin avisar. Deberíamos haber llamado antes.

Su pelo rubio ceniza estaba perfectamente cortado y peinado, en contraste con las greñas de Gabrielle. Sabía que tenía sesenta años, pero parecía mucho más joven. Con un jersey rosa pálido, vaqueros de diseño y un collar de perlas, Ginger no era lo que había esperado. Afortunadamente porque lo que había esperado daba mucho miedo.

La había visto en las noticias, siempre elegante, refinada e inteligente. A veces dura y decidida. Aunque con ella se mostraba muy simpática.

—Yo soy Ginger —se presentó la mujer, algo totalmente innecesario—. Encantada de conocerte, Gabrielle. Aunque no sé muy bien a quién estoy saludando porque Hank solo nos ha dicho tu nombre.

Había dejado que ella decidiese cómo quería presentarse y eso era de agradecer.

—Hank y yo somos amigos desde hace tiempo. Acaban de operar a mi hijo y él me está ayudando porque… mi prometido murió.

Ya lo había dicho. A partir de ese momento, Hank podía decidir qué quería contarles.

Los cuatro dejaron escapar un colectivo suspiro de alivio y Ginger se llevó una mano al collar de perlas.

—Entonces, el bebé no es de Hank.

—No, claro que no.

Evidentemente, se habían llevado un disgusto al creer que tenían un nieto del que no sabían nada. Y, aunque Hank debía saber lo que estaban pensando, los había hecho esperar hasta que ella decidiera qué quería contarles.

Hank señaló a la pareja mas joven.

—Este es mi hermanastro, Jonah, y su mujer, Eloísa. Y su hija —añadió, señalando el bebé que llevaba en brazos— que también se llama Ginger. Jonah es quien me ha alquilado esta casa.

—Ah, ya veo.

Ginger puso una mano en su brazo.

—Siento mucho esta repentina invasión, pero la revista Architectural Digest va a hacer unas fotografías de la casa mañana por la noche.

–¿Por qué no me lo dijiste? –Hank se apartó un poco para hablar a solas con su hermanastro.

–No he podido hacerlo –respondió Jonah–. Mamá lo arregló todo ayer… como una excusa para venir, claro. Te he llamado, pero tú no contestabas al móvil.

–¿Van a fotografiar la casa? –exclamó Gabrielle.

–Y a nuestra familia –respondió Ginger–. Aparte de ser una buena publicidad para Jonah, es una oportunidad para que yo presuma de familia sin que haya *paparazzi* escondidos entre los árboles.

Leonie tendría que librarse de sus revistas si quería tener la aprobación de la embajadora.

–Hemos descubierto que si nos dejamos fotografiar de cuando en cuando, el público se aburre de nosotros y nos deja en paz –intervino el general.

–¿Quieres participar en la sesión? –le preguntó Ginger–. Los amigos son siempre bienvenidos.

–No sé qué decir…

Era cierto, estaba abrumada.

–No tienes que decidirlo ahora mismo, pero me alegro mucho de conocerte. Además, tendrás tiempo para pensarlo mientras deshacemos las maletas. Señores, ¿podrían sacar las cosas del coche?

Asustada, Gabrielle miró a Hank y vio una mezcla de frustración y resignación en sus ojos.

Su familia iba a quedarse allí.

–¿Te importa que nos quedemos? –le preguntó su padre.

Hank estaba sacando maletas del Mercedes todo-terreno aparcado en la puerta.

–No, general, claro que no.

–Hijo...

Su padre había pertenecido a la Junta de Jefes de Estado Mayor, pero seguía molestándose cuando sus hijos lo llamaban «general».

–¿Sí, papá?

–Así está mejor –dijo él, sacando una enorme maleta del coche.

Había un segundo vehículo aparcado detrás del Mercedes, un utilitario negro con dos hombres vestidos de oscuro. Su padre y Ginger tenían un guardaespaldas y, sin duda, la seguridad extra era por el lado de la familia real.

A partir de ese momento nada de besarse en el solárium, pensó.

–¿El niño es hijo tuyo?

Hank se detuvo de golpe.

–Ya has oído a Gabrielle, no es mío.

–Sé lo que ha dicho, pero tal vez intentaba protegerte.

Hank tuvo que contener el deseo de darle la espalda. Le había molestado que lo interrogase a los dieciséis años, que lo hiciese ahora era una cuestión de honor.

–Nadie tiene que protegerme, especialmente Gabrielle. Si Max fuese hijo mío, tú lo sabrías.

–¿Tú crees? No eres famoso por compartir tus cosas con el resto de la familia –bromeó su padre.

–Muy bien, de acuerdo –asintió él–. Pero tener

un hijo no es algo que yo escondería nunca. Y aunque hubiese decidido hacerlo, no dejaría sola a Gabrielle con esa carga.

–Por supuesto que no. Yo sé que eres un hombre honrado.

–Gracias –Hank empezó a subir los escalones del porche.

–Y también eres un hombre muy reservado, de modo que no es fácil para ti ser miembro de esta familia.

–¿No me digas?

Su padre rio y Hank rio con él. La última semana y media había sido tan estresante… estupenda en muchos sentidos, como cuando el cirujano les dijo que Max iba a ponerse bien o la noche anterior con Gabrielle. Pero el fantasma de Kevin seguía estando entre ellos.

Su padre lo tomó del brazo cuando llegaron a la puerta.

–Si el niño no es tuyo, ¿de quién es?

–De mi amigo Kevin, un piloto de mi escuadrón que murió en Afganistán.

Esas simples palabras avivaban el recuerdo de su pesadilla.

–Lo siento mucho, hijo.

–Bueno, ya sabes cómo es esto.

–¿Seguro que sabes lo que haces?

–No he pedido tu opinión, papá.

–Ya sé que no la has pedido, pero uno no llega a ningún sitio si se sienta a esperar que lo inviten a decir algo.

–Muy bien. Entonces no te preguntaré si te importa que me marche.

–El niño es muy pequeño, de modo que el padre no puede haber muerto hace mucho tiempo.

Esas palabras detuvieron a Hank, que se había dado la vuelta para entrar en la casa.

–Diez meses –respondió, sin volverse, el olor de la pólvora y el estruendo de las detonaciones tan reales como si estuviera de vuelta allí, viviendo ese infierno de nuevo.

–¿Seguro que ella ha dejado de llorar por él? –preguntó su padre, poniéndole una mano en el hombro–. No digo que no sea la mujer adecuada para ti, solo que tal vez este no sea el mejor momento.

Esas palabras quedaron colgadas en el aire. Por mucho que Hank quisiera vivir su propia vida, el legado de Hank Renshaw Jr. lo seguía a todas partes. ¿Algo en sus genes lo empujaba a intentar conseguir tantas cosas como él, aunque hiciera todo lo posible por ser diferente?

Su padre se había enamorado de la viuda de su mejor amigo… pero había esperado una década para hacer algo al respecto.

¿Iba él a hacer lo mismo?

Hank se quedó en el porche mucho después de que su padre hubiese entrado en la casa.

Mientras los demás deshacían sus maletas, Gabrielle estaba con las dos Ginger en el solárium, la niña correteando mientras Max dormía en su moisés. Podrían ser una familia y... debía ser sincera consigo misma: ella querría aquella vida.

Bueno, aparte de los guardaespaldas que hablaban por radio continuamente.

—¿No te cansas de que los guardaespaldas te sigan a todas partes?

Ginger giró la cabeza para mirar hacia el jardín, como si hubiera olvidado que estaban allí.

—Si, pero intento recordar que son parte del trabajo que he tenido la suerte de hacer —respondió, tomando a su nieta en brazos—. Aunque ser abuela es el mejor trabajo del mundo.

—¿Mejor que ser secretaria de estado?

—Mucho mejor. Y te da muchas más recompensas, te lo aseguro —Ginger dejó a la niña en el suelo cuando empezó a protestar—. Tu hijo es un cielo, por cierto. Si no te importa que pregunte, ¿por qué tiene una cicatriz en la barriguita?

—Lo han operado de un problema digestivo, pero ya está bien —respondió Gabrielle. Aunque era extraño resumir tantos meses de preocupación en una sola frase—. Por eso estoy aquí. Hank me está ayudando porque Max es hijo de su amigo Kevin. Está haciendo de padre suplente, se podría decir.

—Pero es evidente que Hank también es amigo tuyo.

¿Estaba preguntado por curiosidad o como una madrastra preocupada?

—Somos amigos, sí.

—Yo conozco a Hank desde que era de la edad de tu hijo.

–¿En serio? Pero yo pensé que se había casado con el general hace unos años.

–Y así es, pero mi primer marido era compañero del padre de Hank en las fuerzas armadas –sus ojos azules, del mismo tono que los de su hijo Jonah, se iluminaron con un brillo de nostalgia–. Mi marido, Benjamin, no era un militar de carrera como Hank. Se alistó en el ejército durante unos cuantos años, pero luego se metió en política.

Según los expertos, Ginger era más astuta e inteligente que su marido; una mujer nacida para la política, decían. Había sido secretaria de estado y en aquel momento era embajadora en un país sudamericano…

Y resultaba difícil no sentirse intimidada por tanto poder.

De modo que Gabrielle la escuchó, preguntándose por qué le contaba aquello. Sin duda, Ginger Landis sería tan astuta defendiendo a su familia como lo era negociando por su país.

–Fuimos amigos de Hank y Jessica durante mucho tiempo y mis hijos jugaban con los suyos –siguió ella–. Cuando Jessica murió, yo ayudé a Hank con los niños y él me ayudó con los míos cuando murió Benjamin –Ginger hizo una pausa, parpadeando para disimular una pena que, aparentemente, el tiempo no había logrado curar–. Nunca hubo nada entre nosotros mientras Jessica o Benjamin vivían, nada. Créeme, nos sorprendió mucho cuando nuestra amistad se convirtió en algo más.

Gabrielle intentó disimular la vergüenza que seguía sintiendo por haber besado a Hank mientras Kevin vivía. Él podría haberlos perdonado, pero ella no podía perdonarse a sí misma.

Miró hacia el jardín, intentando controlar sus emociones, pero vio a Hank dirigiéndose a un guardaespaldas con las manos en los bolsillos del pantalón. No parecía menos imponente con los vaqueros que con el uniforme.

Como su padre.

Ginger sonrió entonces.

—En fin, estábamos hablando del pequeño Hank.

—¿El pequeño Hank?

—¿Qué quieres que te diga? —Ginger se encogió de hombros, sonriendo afectuosamente al mirar a su hijastro—. Para mí, siempre será el niño que correteaba por la acera. Le encantaba jugar en la calle y era el jefe de la pandilla, pero siempre era justo, demasiado justo.

Gabrielle apartó los ojos de Hank para concentrarse en la conversación. Ginger le recordaba a su madre: la perfecta esposa de un militar con quien nadie podría compararse.

—¿Cómo puede alguien ser demasiado justo?

Ginger se inclinó hacia delante, apoyando los codos en las rodillas. Aparentemente, había decidido ir al grano y dejarse de rodeos.

—Hank siempre piensa en los demás antes que en él mismo.

—¿Quieres decir que yo estoy utilizándolo?

—No, por Dios. Solo digo que Hank es una persona tan generosa que tal vez no te haya dicho lo que siente de verdad. Pregúntale qué quiere, Gabrielle. Y pregúntale otra vez hasta que te diga la verdad.

¿Había preguntas que no le había hecho? ¿Sería posible que Hank solo estuviera con ella sencillamente porque era un buen tipo?

La noche anterior había empezado a abrirle su corazón, pero luego se asustó tanto que salió huyendo. Había ido a buscar a su hijo en lugar de volver a la cama con ella.

¿Y Ginger pensaba que debía insistir? En lugar de ayudarla, esa revelación la hacía temer no ser la persona adecuada para Hank.

Había aceptado su ayuda desde que volvió a aparecer en su vida, pero Hank merecía a alguien que tuviese algo que ofrecer. Alguien que pudiese romper sus barreras y cuidar de él. Con cada segundo que pasaba, la posibilidad de un futuro con Hank le parecía más complicada, más improbable.

Ginger se levantó entonces, pasando las manos por su sus elegantes vaqueros.

—Bueno, ya está bien de charla seria por un día. Vamos a divertirnos.

—¿Qué? —exclamó Gabrielle, sorprendida por el cambio de tema.

—Van a traer ropa para la sesión de fotos de mañana y una mamá reciente merece pasar la tarde en un spa.

Capítulo Once

Hank se sentía como un adolescente entrando a escondidas en la habitación de Gabrielle, pero no había podido estar a solas con ella desde que llegó su familia.

Primero, su madrastra la había secuestrado para probarse vestidos y luego, durante la cena, que había sido interminable, habían alternado entre interrogarla sutil y no tan sutilmente y hablar de la sesión de fotos del día siguiente.

¿Quién hubiera dicho que sus parientes eran aves nocturnas? Aquella era su casa, demonios, pero eso no parecía detener a nadie. Las barreras habían desaparecido mucho tiempo atrás en su familia y tanto escrutinio lo molestaba más de lo habitual.

El de su padre más que ninguno. ¿Y si tenía razón y Gabrielle no había olvidado a Kevin? ¿Y si nunca había dejado de amarlo?

Hank puso la mano en el picaporte, pensativo. Había temido decirle la verdad dos años antes y había sido un infierno para él. Pero después de haber estado con ella no se creía capaz de seguir fingiendo.

Llamó suavemente con los nudillos antes de asomar la cabeza en la habitación… pero Gabrielle no estaba en la cama. Sorprendido, entró en la habitación y la vio recostada sobre el escritorio, profundamente dormida.

¿Cuántas veces se quedaba dormida delante del ordenador?, se preguntó. Pasar la tarde probándose vestidos con su madrastra debía haberla dejado agotada.

Furioso, Hank echó el cerrojo. Si alguien quería entrar, tendría que aporrear la puerta. Sus padres eran buenas personas, pero tenían por costumbre meterse en la vida de los demás «por su propio bien».

Con cuidado, la tomó en brazos para llevarla a la cama, pero Gabrielle abrió los ojos.

—¿Hank?

—Shhh… duérmete. Solo voy a llevarte a la cama para que estés más cómoda.

Ella le echó los brazos al cuello, aparentemente no tan grogui como creía.

—Espera, déjame en el suelo. Casi he terminado lo que estaba haciendo…

—¿Tienes que entregarlo mañana?

—No.

—Entonces, lo terminarás en otro momento. Ya habrá tiempo para eso.

Gabrielle le pasó los dedos por el cuello de la camisa.

—También tengo tiempo… para esto —el mordisquito en el cuello le provocó un escalofrío de deseo que fue directamente a su entrepierna.

Olía a lavanda y a Gabrielle, un aroma ya tan familiar que casi podía saborearlo.

La dejó sobre la cama, o más bien la tiró, y dio un paso atrás, haciendo lo imposible por portarse como un caballero.

–Deberías dormir.

–He dormido más que suficiente esta semana, gracias a ti y a Leonie –Gabrielle se quitó el albornoz–. Te aseguro que sé lo que necesito en este momento.

Podría ser un canalla egoísta, pero al verla tumbada en la cama con una braguita verde no pudo decir que no.

–¿Y qué necesitas exactamente? –Hank sacó un preservativo de la cartera antes de dejarla sobre la mesilla–. Porque me gustaría saber los detalles.

–A ti, aquí, haciendo todo lo que yo diga.

Él enarcó una ceja.

–¿En serio? ¿Quieres…?

–Controlarte. ¿Algún problema?

El brillo de desafío en sus ojos verdes lo encendió aún más, si eso era posible.

–Ninguno en absoluto –Hank se quitó la camisa y los vaqueros y se tumbó a su lado en la cama–. ¿Qué vas a hacer conmigo ahora que me tienes a tu disposición?

Tomándolo por los hombros, Gabrielle lo tumbó de espaldas sobre la cama para colocarse a horcajadas sobre él.

–Tendrás que esperar.

–¿Y cuánto tiempo tendré que esperar?

–Paciencia –murmuró ella, moviéndose adelante y atrás.

Dejando escapar un gruñido, Hank sujetó sus caderas para intentar marcar el ritmo, pero ella no se lo permitió.

–¿Qué haces?

Gabrielle tenía en la mano el cinturón de su albornoz y empezó a acariciarlo con él desde el torso hasta el ombligo, sonriendo mientras se inclinaba...

Para taparle los ojos.

¿Y quién era él para discutir si quería llevar el control?

Suspirando, intentó relajarse mientras lo acariciaba con las manos, los labios y el pelo como había hecho él con la máscara de Mardi Gras.

El roce de su pelo sobre su miembro erecto amenazaba con hacerlo explotar, el aroma a lavanda llenaba sus pulmones cada vez que respiraba.

Gabrielle empezó a acariciarlo con la mano, excitándolo como nunca, pero cuando sintió la caricia de sus labios tuvo que agarrarse al cabecero de la cama...

Unos segundos después, cuando no pudo soportarlo más, se quitó la venda de un tirón.

–Muy bien, tú ganas. Si no te toco, voy a perder la cabeza.

Ella le dio un beso en el estómago, ronroneando.

–Soy toda tuya.

«Gracias a Dios».

Hank la tumbó de espaldas sobre el colchón y se puso el preservativo en tiempo récord antes de enterrarse en ella.

Sujetando sus manos sobre la cabeza, empujó

una y otra vez, observando su rostro para comprobar que estaba tan excitada como él, sin control.

Algo en aquella mujer le robaba el sentido común, poniendo su mundo patas arriba.

Gabrielle levantó la mirada, sus pupilas dilatadas y el rostro enrojecido de placer, claras señales de que estaba tan cerca del abismo como él. Pero se contuvo, esperando, mirándola... hasta que vio que llegaba al clímax.

Solo entonces se dejó ir, empujando una y otra vez. Pero mientras se derramaba dentro de ella quería más.

Lo quería todo.

Gabrielle sería su esposa y al demonio con todo lo demás.

Pensaba insistir hasta que ella le dijera que sí.

Frente al espejo de cuerpo entero del armario, Gabrielle intentaba subir la cremallera de su nuevo vestido temiendo rasgar la tela si tiraba con demasiada fuerza.

¿Quién habría imaginado que la sesión incluiría fotos de cuerpo entero con vestido de noche? Había tenido que hacerse la manicura, la pedicura, un elegante moño francés... aunque todo eso había sido muy agradable.

Pero se quedó de piedra al ver que iba a llevar un vestido del diseñador favorito de las actrices de Hollywood. Con la conciencia un poco más tranquila cuando Ginger le dijo que no debía preocuparse porque lo donarían a una organización benéfica después de la cena, Gabrielle había aceptado el préstamo para la sesión de fotos.

El vestido de satén en color ciruela le recordó lo que Hank y ella habían hecho por la noche en la cama... el juego con la venda y, más tarde, con las manos atadas había durado casi hasta el amanecer, dejándolos a los dos saciados y agotados.

Pero lo que ocurrió esa noche también la había dejado desconcertada porque había visto una intensidad en los ojos grises de Hank que casi la asustaba.

Las cosas iban demasiado aprisa y ella quería tiempo para pensar antes de hacer pública su relación. Claro que esa posibilidad había desaparecido en cuanto su familia apareció en la casa sin anunciarse.

En ese momento oyó un golpecito en la puerta.

—Soy yo, Hank. ¿Estás lista?

Gabrielle se acercó a la puerta para decirle que había cambiado de opinión sobre la sesión de fotos porque sería como declarar públicamente que mantenían una relación, por mucho que dijera su madrastra.

Pero no pudo hacerlo.

Hank iba de uniforme, con las plateadas alas de aviador y montones de medallas en la pechera. Lo había visto de uniforme otras veces, pero entonces estaba con Kevin y siempre mantenían las distancias.

Gabrielle le puso una mano sobre el torso.

—Me dejas sin aliento.

—Yo debería decirte eso a ti —replicó él, sin molestarse en mirar el vestido, sus ojos clavados en los suyos.

Ella le acarició la boca, la boca que tanto placer le había dado la noche anterior. Si pudieran encerrarse en la habitación… pero no podían hacerlo.

Había gente abajo esperando para la sesión de fotos y eso le recordaba…

—Necesito que me ayudes a subir esta cremallera.

—Mientras me dejes bajarla más tarde –bromeó Hank.

—No sé si yo debería aparecer en las fotos. ¿Y si la gente piensa… más de lo que debería pensar?

—Pensarán que eres mi novia y es verdad. Incluso podrían pensar que somos amantes, que también es verdad –Hank puso una mano en su cintura, concentrándose en subir la cremallera–. O pensarán que eres una modelo que hemos contratado para la sesión de fotos.

—Hablo en serio. ¿No crees que sería mejor que yo no apareciera? Podría quedarme en la habitación con Max o ir dando un paseo hasta el lago Ponchartrain.

—Cualquiera de las dos cosas suena infinitamente más tentadora que cenar con mi familia… siempre que yo esté incluido.

—No, no, tú tienes que cenar con ellos. No quiero crear problemas con tu familia.

—Su opinión nunca me ha detenido, te lo aseguro.

Pero si lo hacía, Ginger se llevaría un disgusto. Y aunque preferiría que no se metiesen tanto en sus asuntos, Gabrielle sabía que Hank quería a su familia.

–En fin, creo que estamos atrapados. Vamos a cenar y luego podremos ir dando un paseo hasta el lago.

–¿Estás segura?

–Sí, lo estoy.

–Muy bien, entonces tenemos una cita para después de la cena. Espera un momento…

Hank tomó una cajita que había escondido encima del armario de la que sacó una pulsera de diamantes con pendientes a juego y Gabrielle lanzó una exclamación, tanto por la belleza de las joyas como por lo que debían costar. ¡Solo con los diamantes de la pulsera se podría dar la entrada para una casa!

–Hank, yo no puedo...

–Solo para la sesión de fotos –la interrumpió él, poniéndole la pulsera–. Si tienes algún problema, háblalo con Ginger.

Gabrielle se puso los pendientes mientras se miraba al espejo.

–¿Y si se me caen en la sopa?

Hank la tomó por los hombros.

–Solo son unos pendientes.

–De diamantes.

–Nunca me ha importado el dinero, pero la verdad es que me gusta gastarlo contigo. Me gusta hacerte la vida más fácil.

Ella le acaricio el rostro, el brillo de sus ojos la emocionaba más que cualquier joya.

–Gracias, pero no me gusta la idea de ser una mantenida.

–Podrías ser mucho más que eso. Podríamos vivir juntos –dijo Hank entonces–. Yo podría ayudarte con Max.

A Gabrielle se le encogió el corazón.

–Hank, por favor… me he esforzado mucho para forjarme un futuro y no quiero tomar decisiones apresuradas.

–¿Decisiones apresuradas? –repitió él–. Llevo dos años enamorado de ti… entonces éramos amigos, ahora somos amantes –su voz se volvía más tensa con cada palabra–. Maldita sea, si fuera por mí ya estaríamos casados.

Gabrielle intentó decir algo, pero no le salían las palabras. Ya estaba medio enamorada de él y esa confesión la emocionaba… ¿pero casarse?

Por mucho que dijera, ese paso era demasiado importante.

–Tu entusiasmo es abrumador –dijo él, dolido.

–Es que me ha sorprendido. No sé qué decir.

Hank se apartó entonces, irguiendo los hombros.

–Deja que te lo ponga fácil para que no tengas que inventar excusas. Mi padre cree que debería darte más tiempo para que olvides a Kevin. ¿Sigues enamorada de él?

Gabrielle negó con la cabeza.

–No es tan sencillo.

–Para mí, sí lo es.

¿Cómo había perdido el control de la conversación? ¿Cómo había perdido el control de su vida? Gabrielle intentó encontrar las palabras adecuadas…

–Kevin y yo teníamos problemas. Sabes que discutíamos mucho y ahora tú me presionas para que tome la misma decisión.

–¿Era por eso por lo que discutíais tanto?

–Sí.

–Pero discutíais a menudo. Aquel día debió ocurrir algo más.

Hank Renshaw era un hombre muy perceptivo, evidentemente. Gabrielle quería dejar atrás el pasado, pero eso no sería posible con Hank porque sus vidas estaban estrechamente unidas.

–Habíamos discutido porque la última vez que estuvimos juntos olvidamos usar preservativos. ¿Estás contento ahora? –le espetó, mientras se ponía unas sandalias plateadas–. Vamos a cenar.

–No estoy contento, pero quiero saberlo todo.

¿Por qué seguía insistiendo? ¿Por qué no le daba más tiempo?

Quería a Hank y perderlo la asustaba casi tanto como tomar una decisión sin pensarlo bien. Necesitaba que entendiese lo que había ocurrido entre Kevin y ella, contarle cosas que no le había contado a nadie.

–Ese día nos peleamos de nuevo porque Kevin quería ir de fiesta y yo no quería beber. Solo quería estar con él antes de que se marchase a Afganistán... no sé, incluso he llegado a pensar que tal vez estaba buscando una excusa para romper la relación.

Resultaba imposible saber lo que Hank estaba pensando. Gabrielle había querido ayudarlo a superar el dolor de ver morir a Kevin, pero no se le había ocurrido pensar que estuviera… y tal vez no debería pasar por alto esa posibilidad.

–Así que nos peleamos de nuevo y yo estaba tan cansada de ser siempre la responsable, la adulta en esa relación… así que le dije que no estaba preparada para formar una familia, que no quería ser como mi madre.

Y pensar que su precioso hijo ya estaba creciendo dentro de ella…

–¿Por eso no le contaste que estabas embarazada?

–No se lo conté porque temía que lo utilizase para presionarme.

Hank se pasó una mano por la cara, como si no supiera qué pensar.

–¿Por qué no me has contado eso antes?

–Porque no es agradable contar ciertos detalles de mi relación con Kevin.

No se lo había contado nadie. Era algo entre su prometido y ella y, por muy atraída que se sintiera por Hank entonces, Kevin merecía su lealtad.

–Quiero decir por qué no me contaste que teníais problemas más serios que si te mudabas con él o no –dijo Hank, angustiado–. ¿Sabes lo culpable que me he sentido durante todo este tiempo?

–No más que yo, te lo aseguro. Pero entonces no quería traicionar a Kevin contando algo tan personal.

¿Habría cambiado algo si hubiera sido sincera con Hank ese día?

«No podías ser más sincera con él porque no lo eras contigo misma».

—Dices que no quieres ser como tu madre, pero eres tan controladora como ella. Estás matándote para demostrarle a todo el mundo que no necesitas a nadie.

—Eso no es justo.

Se había instalado en la casa con él, había dejado que Leonie la ayudase a cuidar de Max y de ella…

—Pero es sincero —afirmó Hank.

—Si no puedes aceptarme como soy, esto no va a funcionar.

Había luchado demasiado para conseguir su independencia como para tirarlo todo por la ventana en cuanto Hank Renshaw se lo pedía. Lo deseaba, pero eso no significaba que fuese a darle el control de su vida.

El silencio se alargó, como si estuvieran a varios kilómetros el uno del otro. Y entonces lo supo: no había manera de llegar a él.

Hank decía que ella quería controlarlo todo y, sin embargo, era él quien le decía lo que debía hacer.

Esperó que dijese que estaba equivocada, que todo iba a salir bien, pero no lo hizo. Kevin se enfadaba cuando no hacía lo que él quería y Hank se alejaba de ella, levantando un muro entre los dos. Pero el fracaso dolía más en aquella ocasión.

Menudo momento para reconocer que se había enamorado total, absolutamente de Hank Renshaw.

Capítulo Doce

Desde el día que Hank conoció a Gabrielle se había preguntado qué habría ocurrido si la hubiera conocido antes que Kevin. Pero dos años después había tenido una oportunidad y se la había cargado en menos de dos semanas.

Ella iba de su brazo mientras bajaban al cuarto de estar para la sesión de fotos. El general esperaba en el pasillo llevando el mismo uniforme que él, pero con tantas medallas que era un milagro que el peso no lo hiciera caer de bruces.

Ginger, vestida de rojo, estaba encantada. Había manipulado aquella situación con mano maestra y parecía tener muchas expectativas. ¿La llegada de su familia había empeorado la situación o sencillamente había expuesto lo inevitable?

De repente, Hank no tenía control sobre su mundo y no podía hacer nada al respecto, como cuando murió su madre, como cuando su hermana fue secuestrada. Como cuando Kevin murió.

El fotógrafo no dejaba de hacer fotografías. El clic de la cámara le recordaba los disparos del fusil ametrallador que mató a Kevin y, de repente, sintió que se quedaba sin aire, su corazón latiendo con tanta fuerza que apenas podía respirar.

No podía obligar a Gabrielle a aceptar lo que él tenía que ofrecerle, pensó. Solo podía poner un pie delante de otro como había hecho toda su vida...

Gabrielle, que en cualquier otra ocasión hubiera disfrutado de la elegante cena, tenía que hacer un esfuerzo sobrehumano para controlar las lágrimas. Pero se negaba a avergonzar a Hank poniéndose a llorar. ¿Cómo iba a explicárselo a su familia?

Soportaría la cena y después decidiría lo que debía hacer.

La casa había sido transformada por completo, convirtiéndola en todo lo que ella había soñado. Había flores por todas partes, bandejas y copas de cristal, platos de porcelana, cubiertos de plata para dieciséis personas...

¿Dieciséis?

Gabrielle miró a Ginger y al general. Y luego a Jonah, con esmoquin, y a su mujer, que llevaba un vestido dorado.

¿Quién más iba a cenar con ellos?

El timbre de la puerta sonó en ese momento y, por instinto, Gabrielle dio un paso atrás cuando todos los Renshaw y los Landis entraron en el cuarto de estar. Allí estaban los otros tres hijos de Ginger con sus esposas y las dos hijas del general con sus maridos, una mezcla de uniformes, trajes de chaqueta y vestidos de diseño.

Las presentaciones fueron hechas a toda prisa, con Ginger insistiendo en que se sentasen a la mesa.

Aquel evento había sido orquestado por ella, naturalmente. Todos habían sido llamados para «inspeccionar» a la amiga de Hank. Era lógico que él levantase barreras.

Una vez sentados a la mesa, Jonah se volvió hacia Hank.

–¿No sabías que vendría toda la familia a la sesión de fotos?

–Pues no, no lo sabía –respondió Hank–. ¿Dónde se alojan?

–En otra casa, a una manzana de aquí.

–Tú tampoco me habías dicho nada, por cierto. Si hubiera sabido que iba a tener que soportar que me mirasen como si estuviera en un zoo…

–Y te preguntas por qué nadie te dice nada –intervino la mujer de Jonah, con tono burlón–. Aunque yo creí que lo sabías. Tal vez Ginger pensó que el general te lo había contado.

–No te lo crees ni tú. Esto es una trampa, así de sencillo.

Gabrielle le apretó el brazo.

–¿Pero para qué?

–Para que vieras dónde ibas a meterte.

–Eso me parece un poco exagerado.

Jonah se encogió de hombros.

–¿Exagerado? Tal vez. Pero yo he decidido que lo mejor es seguirles la corriente.

Era mas fácil decirlo que hacerlo, pero Gabrielle intentó sonreír mientras respondía preguntas a derecha e izquierda. Eran personas encantadoras con las que en cualquier otro momento lo hubiera pasado bien, pero encariñarse con ellos para decirles adiós le rompería el corazón un poco más.

Apenas pudo disfrutar de las tapas y el cabernet que sirvieron durante la cena, de cinco platos, porque solo podía pensar en Hank, en su proposición y en lo diferente que hubiera sido seis meses más tarde, cuando los dos hubieran puesto cierta distancia, cuando su hijo estuviese recuperado del todo, cuando la muerte de Kevin quedase un poco más lejos.

Durante el postre, estaba a punto de ponerse a llorar y temía que el fotógrafo se diese cuenta.

Cuando el timbre sonó de nuevo Hank hizo una mueca, aunque era imposible que nadie se hubiera saltado el control de seguridad sin llevar identificación.

Pero entonces oyeron voces en el pasillo, voces familiares, y Gabrielle miró a Ginger, incrédula.

–¿Has invitado a mis padres? –exclamó.

–¿Gabby? –escuchó la voz de su madre, su acento alemán más suave después de vivir tantos años por todo el mundo–. ¿Dónde está mi niña? ¿Dónde está mi nieto?

Gabrielle se levantó y el general hizo lo propio, colocándose ante la cámara del fotógrafo.

Sus padres estaban en el quicio de la puerta, con aspecto cansado después de un viaje tan largo. No iban vestidos de fiesta, pero su madre siempre había sido una mujer elegante.

–Señor Ballard... Christine y Edward, bienvenidos –dijo Ginger.

Gabrielle les dio un abrazo y Hank se levantó para saludarlos.

–Mamá, papá... ¿qué estáis haciendo aquí?

–Sentimos mucho interrumpir esta cena –se disculpó su madre mirando su vestido y sus pendientes con cara de sorpresa–. No sabíamos que habría tanta gente…

–Señora Ballard, sargento Ballard, soy Hank Renshaw –se presentó él–. Es un placer conocerlos. Vamos un momento a la biblioteca mientras los camareros colocan dos sillas para ustedes.

La mujer de Jonah y las hermanas de Hank hicieron un semicírculo a su alrededor para que el fotógrafo no los molestase. Parecían movimientos casi ensayados, seguramente por su costumbre de lidiar con los medios de comunicación.

Hank llevó a sus padres a la biblioteca y Gabrielle no pudo dejar de pensar que era el sitio donde lo había encontrado el día anterior con su hijo sobre el pecho.

Todo estaba ocurriendo a tal velocidad…

La puerta de la habitación con estanterías vacías del suelo al techo se cerró y su madre se volvió hacia ella.

–Hemos venido a echarte una mano, pero parece que no necesitas ayuda –le dijo, mirando a Hank con curiosidad–. Dijiste que tu amigo estaba ayudándote, pero cuando se trata de un bebé la ayuda de un hombre no es lo mismo que la ayuda de una mujer.

¿Qué le estaría diciendo Hank a su padre en una esquina?, se preguntó Gabrielle.

–¿Cuándo habéis llegado?

–Hace un rato. Nos alojamos en un hostal cerca de aquí –respondió su madre–. Habríamos querido venir antes, pero hemos tenido que esperar que los turistas de Mardi Gras se marchasen para encontrar una habitación libre en la ciudad. Además, no sabíamos cuál era la situación con… tu amigo.

Porque ella no se lo había contado. Se había alejado de sus padres por miedo a que juzgasen su decisión de tener a su hijo sola.

Por miedo a convertirse en una niña otra vez y dejar que su madre se hiciera cargo de su vida.

Pero no podía quedarse allí tras su pelea con Hank. Tenía el corazón roto y necesitaba llorar. No huía de él, solo quería un poco de espacio para pensar, algo que no podría hacer en una casa en la que había veinte personas.

Además, se lo debía a sus padres, que habían cruzado el Atlántico para ver a su nieto.

–Me voy con vosotros –dijo de repente, lo último que hubiese esperado decir nunca–. Voy a guardar algo en la maleta… volveré en diez minutos.

–¿No crees que es un poco temprano para beber alcohol?

Hank, en el solárium, tomó un trago de cerveza sin responder a su padre. Sentado allí, mirando el jardín y atormentándose con los recuerdos de Gabrielle, no se le ocurría nada mejor que beber hasta emborracharse.

Gabrielle se había marchado con sus padres la noche anterior, deteniéndose un momento para despedirse de su familia.

A Hank se le había roto el corazón, pero no había sabido cómo retenerla.

–¿Quieres una cerveza?

–Sí, claro –su padre se dejó caer sobre una silla y sacó una botella del cubo de hielo que había en el suelo–. No quiero que bebas solo.

–Muy amable por tu parte.

–Y tienes suerte. Soy el único de la familia dispuesto a soportar tu mal humor.

–Con todo respeto, general, yo no os pedí que vinierais y vuestra llegada ha sido un desastre.

Su padre inclinó a un lado la cabeza.

–¿Por qué?

–Fuiste tú quien dijo que Gabrielle necesitaba tiempo para llorar a Kevin y no creo que aparecer aquí sin anunciaros fuese la mejor idea.

–¿Estás enamorado de ella?

Hank tomó un trago de cerveza, en silencio.

–Imagino que te sentías culpable por querer a Gabrielle cuando Kevin y ella estaban juntos –siguió su padre.

–¿Por qué crees que sentía algo por ella entonces? –le preguntó Hank.

–Volviste a Nueva Orleans hace dos semanas y tú no eres el tipo de persona que se enamora inmediatamente de alguien.

–Podrías estar equivocado.

De hecho, lo estaba. Se había enamorado de Gabrielle el primer día que la vio.

Su padre enarcó una ceja.

–¿Lo estoy? Te conozco bien, hijo.

Hank tuvo entonces una extraña e incómoda sospecha.

—¿Tú sentías algo por Ginger mientras mamá vivía?

—Ginger y yo estábamos casados y los dos queríamos a nuestras parejas, de modo que los sentimientos llegaron después —respondió su padre—. De hecho, perdimos mucho tiempo intentando fingir que no pasaba nada. Era duro para un hombre como yo admitir que tenía miedo de perder de nuevo otra vez a la mujer de la que estaba enamorado.

Hank empezó a mirar al invencible general con otros ojos.

—¿Y Kevin? Yo quería a Gabrielle antes de que él muriese... y no puedo perdonármelo.

—Tú eres un hombre honorable, de modo que debe ser duro para ti —asintió su padre, sin juzgarlo.

—Es difícil reconciliarse con eso.

Y hasta que no lo hiciera, no podría ver una salida. Seguía queriendo ser el marido de Gabrielle y el padre de Max, pero debía superar el sentimiento de culpa o seguiría saboteando su relación una y otra vez.

Kevin podía perdonarlo cien veces, pero era él quien tenía que perdonarse a sí mismo. La verdadera razón de su pelea con Gabrielle no era por decidir dónde vivirían o quién de los dos llevaba el control. No, el problema era que Kevin estaba llevando el timón de esa relación desde la tumba.

—Hijo, tienes que dejar de castigarte a ti mismo por estar vivo.

—Es más fácil decirlo que hacerlo –Hank tuvo que contener el deseo de gritar de frustración–. Y esta conversación no me está ayudando nada. Estoy aquí, a punto de explotar…

–¿Estás a punto de explotar? Estupendo, entonces te falta poco.

–¿Te alegra que esté a punto de darle un puñetazo a la pared?

El general lo miraba con ojos comprensivos.

–Un militar pasa mucho tiempo preparándose para entrar en acción. Tienes que creer que eres invencible para soportar lo que ocurre en el campo de batalla y es difícil apagar ese interruptor cuando vuelves a casa.

En eso tenía razón. Había decidido conquistar a Gabrielle como si fuera una misión…

Hank se concentró en las palabras de su padre, buscando algo a lo que agarrarse para no dejarse llevar por la rabia y el dolor.

–Eso que dices tiene mucho sentido.

–Da igual que tenga sentido o no. Deja de pensar con tanta lógica, deja de huir. Duele mucho perder a tu mejor amigo y mucho más de la forma en la que ocurrió, pero solo hay una manera de superar el dolor.

–¿Cómo?

–Lanzándote de cabeza a la vida.

La sabiduría de su padre rompió la última de sus reservas. Hank cerró los ojos, dejando que una lágrima rodase por su rostro mientras se despedía de Kevin por última vez.

Capítulo Trece

En contraste con el estruendo de la noche anterior, la habitación del hostal estaba en completo silencio. Gabrielle miró a Max, dormido en su moisés. Sus padres habían salido a dar un paseo antes de comer y, sorprendentemente, su madre no había insistido en que le contase nada.

La noche anterior se había ido de la casa de Hank a toda prisa… tenía que hacerlo para no ponerse a llorar delante de todos.

Se le rompía el corazón, pero no sabía qué hacer. Y cuanto más tiempo estuviera lejos de él, más difícil sería encontrar la manera de reconciliarse.

La puerta se abrió en ese momento y sus padres entraron en la habitación. Su padre, que no era nada hablador, llevaba una cajita blanca en las manos que dejó sobre la mesilla antes de darle un beso en la frente.

–Te quiero mucho, Gabby –le dijo, antes de entrar en la habitación contigua.

Su madre se sentó al borde de la cama.

–¿Te importa si me quedo contigo un rato?

–No, claro que no.

–Esos pralinés que ha comprado tu padre están riquísimos.

—Come los que quieras.

Christine sacó uno de la caja mientras miraba por la ventana. Gabrielle esperaba un sermón o un tercer grado, pero su madre no decía nada.

Por fin, cuando no pudo soportar más la tensión, le dijo:

—Pregunta lo que quieras.

Su madre la miró, poniendo cara de sorpresa.

—¿Preguntar qué?

—Por Hank y por mí. Has venido hasta aquí, así que di lo que tenga que decir.

—He venido para ver a mi nieto. Y también para conocer a ese hombre que, evidentemente, es tan importante para ti.

—Hank y yo ya no estamos juntos.

—¿Ah, no? Pues anoche me pareció que eras parte de la familia.

—No, era para el fotógrafo. Todo estaba preparado para una revista.

—No me refiero a la cena sino a cómo te mira. Ese hombre te quiere, Gabrielle.

Ella tragó saliva, emocionada.

—Puede que sienta algo por mí, pero no puede ser.

—¿Qué no puede ser?

—Siempre nos sentiríamos culpables. Hank siempre me verá como la novia de Kevin.

—¿Tú sigues viéndote como la novia de Kevin?

—No, claro que no. Él ha muerto y yo no puedo cambiar eso.

—Tú no podrías haber hecho nada por él, hija. No eres Superwoman.

–Mira quién habla, tú eres Superwoman.

–¿Yo?

–Claro. Tú haces que todo parezca tan fácil.

–La vida no es fácil, hija. No es nada fácil ser esposa de un militar y madre de cinco hijos.

Gabrielle la miró a los ojos para ver si estaba bromeando, pero descubrió que hablaba con total seriedad.

–¿Y por qué nunca pediste ayuda?

–Mi familia vivía muy lejos, mi marido estaba luchando en otro país y tenía cinco hijos a los que cuidar. La verdad, no tenía tiempo de quejarme.

Gabrielle entendía bien ese sentimiento.

–Si hubiese podido pedir ayuda lo habría hecho, te lo aseguro. Así habría tenido más tiempo para leeros cuentos, para hacer los deberse con vosotros o incluso para darme un baño de espuma. Nunca tuve tiempo para darme un baño de espuma.

A Gabrielle se le encogió el corazón al pensar en lo perceptivo que había sido Hank. Algunos podrían pensar que un baño era algo sin importancia, pero no lo era.

Christine tomó su mano entonces.

–Yo no sabía cómo resolverlo todo.

–¿Ah, no?

–Pues claro que no. Lo que pasa es que no te acuerdas de las cenas que quemaba o de cuando tuve un accidente con el coche porque olvidé ir a buscar a tu hermano a la guardería y salí de casa a toda prisa… créeme, entonces lloraba mucho. Nunca fui Superwoman –el acento alemán de su madre era más pronunciado cuando estaba agitada– y nunca fui perfecta. Lo que pasa es que aprendes con el tiempo y ahora se me da mejor solucionar las cosas.

¿Podría tener razón?, se preguntó Gabrielle.

–Si tú aprendiste con el tiempo, ¿no merezco yo la misma oportunidad?

–Desde luego que sí –Christine acarició su pelo como había hecho millones de veces, siempre a su lado, siempre cariñosa–. Sé que me meto en tu vida más de lo que debería, pero no puedo evitarlo –su madre le pasó un brazo por los hombros–. ¿Estás enamorada de Hank?

Gabrielle ni siquiera tenía que pensarlo porque esa era una verdad que estaba en su corazón; lo único que tenía sentido en su vida.

–Sí, mamá, estoy enamorada de Hank. Le quiero más de lo que nunca he querido a ningún hombre.

Por primera vez, no se sintió culpable al admitir que quería más a Hank de lo que había querido a Kevin. En realidad, había alargado la relación mucho más de lo que debería porque desde el principio era evidente que no estaban hechos el uno para el otro.

–Entonces no necesitas tener todas las repuestas ahora mismo. No tienes que ser perfecta, pero no te rindas. Da lo mejor de ti misma y el resto se solucionará con el tiempo.

Ese consejo era tan sensato que no sabía por qué no lo había visto antes. No tenía por qué saberlo todo, no tenía por qué hacerlo todo bien. Lo único importante era encontrar la forma de estar con el hombre al que amaba. Para siempre.

–Estoy decidida. Por completo.

–¿Entonces qué haces aquí? Ve a buscarlo. Tu padre y yo nos quedaremos con Max encantados.

Amor incondicional, pensó Gabrielle mirando los ojos de su madre, que la quería como ella quería a Max.

–Gracias, mamá –murmuró, abrazándola.

Solo esperaba que no fuese demasiado tarde para reclamar el amor que tan tontamente había desechado.

¿Cena familiar tres noches seguidas? Hank no sabía si estaban intentando batir un récord, pero su familia había ido a Nueva Orleans para estar con él y no podía echarlos de su casa, de modo que se sentó a la mesa mientras todos hablaban a la vez, como era la costumbre en aquella familia.

No estaban allí para molestar, sencillamente querían ser parte de su vida. Aprovechar que estaba de permiso para verlo y ofrecerle su cariño.

Y tras la conversación con su padre, debía confesar que aquella conexión con los Renshaw-Landis empezaba a gustarle. Habría que ser tonto para no reconocer que aquello era un regalo del cielo, algo por lo que muchas personas darían cualquier cosa.

La cena de aquella noche era informal, sin vestidos de fiesta ni camareros, pero Hank no podía saborear la cena sin Gabrielle.

Desde que habló con su padre había estado dándole vueltas a la cabeza para encontrar la forma de recuperarla. Se negaba a aceptar la derrota cuando su futuro estaba en juego.

Mientras probaba una gamba del golfo que le supo a cartón sonó el timbre y Leonie se levantó para abrir la puerta.

¿Qué familiares quedaban por aparecer?, se preguntó, frunciendo el ceño.

–¿Hank?

Era la voz de Gabrielle, la única voz que quería escuchar. ¿O estaba imaginándolo?

Entonces, milagrosamente, ella apareció en la puerta del comedor y el corazón de Hank empezó a latir con tanta fuerza que pensó que iba a ahogarse.

Se levantó, sintiendo los ojos de todos sus parientes clavados en él, pero solo podía ver a Gabrielle, con su pelo revuelto por el viento y su hermosa sonrisa.

Había vuelto y no pensaba hacer nada que la hiciese marcharse de nuevo, de modo que sonrió, esperando, dejando que ella tomase la iniciativa.

–Siento mucho molestar, pero… ¿puedo robaros a Hank un momento? Bueno, no sé si será solo un momento, tal vez lo retenga durante mucho, mucho tiempo.

Mientras todos reían, Ginger le apretó la mano.

–Cuánto me alegro de que hayas vuelto.

–Yo también.

Más que dispuesto a tenerla para él solo, Hank la tomó por la cintura para salir al pasillo. Al principio no dijo nada; se limitó a mirar su precioso rostro, con el que había soñado tan a menudo cuando estaba fuera del país.

—¿Qué te trae por aquí?

Gabrielle puso las manos sobre su torso.

—Tengo una sorpresa para ti.

—Tu llegada es sorpresa más que suficiente.

—No, no. Cierra los ojos —dijo ella, con un brillo travieso en sus ojos verdes—. Confía en mí.

Y él lo hizo. Confió en ella con todo su corazón y cerró los ojos, esperando que aquello tuviese un final feliz.

Gabrielle le puso una venda en los ojos.

—Para que no sientas la tentación de mirar.

Riendo, Hank le acarició el brazo.

—Imagino que no vamos a desnudarnos. Mi familia está en la habitación de al lado.

—Estás a salvo conmigo. Como yo contigo.

Gabrielle le tomó la mano para llevarlo hacia… debía ser el jardín porque notó el aire fresco en la cara.

—¿Dónde vamos?

—Mi coche es más pequeño que el tuyo, así que tendrás que agachar la cabeza.

—Podemos ir en el mío si lo prefieres. Las llaves están dentro.

—Ah, mejor.

—Espero que no nos vea nadie…

—No te preocupes, el guardia de seguridad está de espaldas, vigilando la calle.

—En realidad me da igual, solo quiero estar a solas contigo.

–Paciencia, Hank. Prometo que merecerá la pena.

Subieron al Escalade y, unos segundos después, estaban en la carretera. Y aunque él era copiloto y tenía un gran sentido de la orientación, no era capaz de decir si iban al norte o al sur.

–Conduces como una loca.

–Aprendí en las autopistas alemanas, donde no hay límite de velocidad.

–Ah, no lo sabía.

–Hay muchas cosas que no sabemos el uno del otro –Gabrielle detuvo el coche unos minutos después y Hank escuchó… ruido de agua.

El lago Ponchartrain.

La puerta se abrió y ella le quitó la venda de los ojos. Allí estaba, Gabrielle frente al lago, los últimos rayos de sol creando un halo dorado a su alrededor.

Hank le dio la mano y pasearon durante unos minutos, en silencio, comunicándose como solo podían hacerlo dos personas enamoradas.

Estaba anocheciendo y las luces de la ciudad empezaban a encenderse cuando Gabrielle se detuvo.

–Mi amor por ti es como este lago, poderoso y fluido, una fuerza de la naturaleza que no puedo seguir negando –le dijo, más seria que nunca–. Quiero estar contigo para siempre, aquí, en Bossier City, donde nos lleve ese amor.

Esa declaración era mucho más de lo que Hank había esperado y la tomó por los hombros, poniendo su corazón en unas palabras que llevaba dos años esperando pronunciar:

–Me enamoré de ti el día que te conocí, pero estoy dispuesto a esperar si eso es lo que necesitas, porque cada día contigo es mejor que una vida entera sin ti.

–Hank, te quiero tanto –Gabrielle tomó su cara entre las manos para besarlo, poniendo su alma en ese beso–. Te quiero más de lo que pensé que era posible amar a nadie. Y no quiero esperar, solo quiero que estemos juntos durante el resto de nuestras vidas.

Hank la tomó entre sus brazos.

–Si quieres que deje el Ejército, lo haré. Mi padre me ha ayudado a aceptar lo que pasó con Kevin… y ahora sé qué es lo más importante para mí.

–¿No me has oído? He dicho que te quiero y que iré contigo donde nos lleve la vida. No tienes que dejar el Ejército por mí.

–Espera, deja que termine. Me gusta mi trabajo, pero tú eres lo más importante y no quiero perderte.

Gabrielle negó con la cabeza.

–Te quiero demasiado como para pedirte que dejes algo que es parte de tu vida. Lo único que pido es que seamos socios, que hagamos todo lo posible para que esta relación funcione y que tengamos un hogar permanente cuando te retires.

–¿Qué tal si vamos día a día? –sugirió él–. Si cambias de opinión, dímelo. He seguido los pasos de mi padre en muchos sentidos, pero yo tengo mis propias ambiciones y no siento el menor deseo de convertirme en general.

–Pero podrías serlo –insistió Gabrielle, con una fe en él que Hank agradecía.

–Quiero abrir una empresa y Nueva Orleans sería un buen cuartel general. De hecho, me gustaría comprar la casa en la que estamos viviendo ahora mismo, así empezaremos a echar raíces, me quede en el Ejército o no.

Una sonrisa de felicidad iluminó el rostro de Gabrielle.

–Mientras estemos juntos, sería maravilloso.

–Y en cuanto a mi familia…

–Aparte de ser encantadores, está muy bien tenerlos a manos para que cuiden de los niños.

–¿Los niños? –repitió Hank–. ¿Me estás proponiendo que nos casemos?

–Tengo muchos planes para ti –respondió ella, sacando la venda del bolsillo–. Si tú estás de acuerdo.

Hank abrió los brazos.

–Soy todo tuyo, amor mío.

Epílogo

—Laissez les bons temps rouler! ¡Que empiece la fiesta!

Gabrielle Ballard Renshaw escuchaba los gritos mientras se abría paso entre la multitud que flanqueaba la avenida para ver el desfile de Mardi Gras, la popular fiesta de Nueva Orleans.

Y ella tenía ganas de fiesta.

La determinación de reunirse con su marido la empujaba mientras se abría paso entre la gente, algunos con sombreros, máscaras o los famosos collares de cuentas de Mardi Gras. Todas las farolas estaban encendidas, iluminando la calle por la que pasaba el desfile, su calle, con una banda de jazz tocando una canción de Louis Armstrong y la gente de las carrozas tirando collares sobre la pequeña multitud que era su familia, reunida en el jardín.

Gabrielle tocó la alianza de diamantes que llevaba en el dedo…

Se habían casado en una ceremonia sencilla, solo con la familia y unos cuantos amigos. Hank llevaba su uniforme de gala y un B-52 había volado por encima de la casa mientras salían de la capilla familiar de los Renshaw convertidos en marido y mujer.

Poco después, se les había ocurrido la idea de

154

crear una organización benéfica para hijos de soldados muertos en combate que llevaría el nombre de Kevin. Hank y ella se amaban, pero sin olvidar al hombre que había sido parte integral de sus vidas, el hombre que los había unido.

Gabrielle miró a su precioso y sano hijo jugando con sus primos bajo un roble adornado con lucecitas de Mardi Gras. Leonie, que cuidaba de la casa cuando ellos estaban fuera y del niño cuando estaban allí, vigilaba para que no se hicieran daño.

Y, por fin, llegó al lado de su marido. Hank se apartó de sus hermanastros, que intentaban decidir cómo atar una piñata a un árbol, y la tomó por la cintura con sus fuertes y firmes brazos.

–Hola, señora Renshaw.

–Hola, comandante –dijo ella, jugando con los botones de su camisa.

–¿Qué ha dicho el médico?

–Que tenemos mucho que celebrar esta noche porque sí, estoy embarazada de siete semanas. Ocurrió durante nuestra luna de miel.

–¿Y eres feliz?

–¡Estoy encantada! ¿Tú no? –le preguntó ella, aunque podía ver la repuesta en sus brillantes ojos azules.

Hank tomó su cara entre las manos.

–Max estará muy contento con una hermanita.

–Podría ser un hermanito.

–Pero es una niña –afirmó él, absolutamente convencido.

–Eres muy dominante, comandante Renshaw.

–Y gracias a Dios he encontrado a una mujer que es capaz de soportarme.

Y su vida era mejor de lo que Gabrielle había soñado nunca. Su madre le había hecho ver que no tenía que ser Superwoman, que podía cometer errores, que solo debía hacer todo lo que estuviera en su mano y aceptar lo mejor en los demás. Eso los había convertido en una familia.

–¿Vas a celebrarlo conmigo? –le susurró al oído.

–Vamos a celebrarlo ahora mismo –Hank miró hacia la calle–. *Laissez les bons temps rouler,* amor mío. ¡Que empiece la fiesta!

DESEO

CATHERINE MANN

TODO LO QUE DESEO

El empresario Seth Jansen necesitaba una niñera temporal y Alexa Randall parecía apropiada para el puesto. Ella aceptó pasar una temporada en una exuberante isla de Florida con aquel hombre cuya pasión le hacía cuestionarse las decisiones que había tomado.

Los bebés le hacían pensar a Alexa en la familia que siempre había querido y las noches con Seth eran incomparables. El millonario podía ser el hombre de sus sueños… si no estuviera fuera de su alcance.

HONRADAS INTENCIONES

El comandante Hank Renshaw lo sabía casi todo sobre Gabrielle Ballard.

N.º 548

Casi todo salvo cómo sería acariciarla porque era la prometida de su mejor amigo. O lo había sido hasta que Kevin murió en el campo de batalla, después de hacerle prometer que buscaría a Gabrielle.

De modo que estaba en Nueva Orleans, en el apartamento de Gabrielle, viéndola darle el pecho a su bebé. No era el honor ni el sentido del deber lo que hacía que quisiera quedarse, sino el deseo que sentía por ella, así de sencillo; el deseo de tomar a la mujer a la que siempre había amado y, por fin, hacerla suya.

DESEO

MARY LYNN BAXTER
UN AUTÉNTICO TEXANO

Grant Wilcox estaba acostumbrado a conseguir todo lo que deseaba y lo que ahora deseaba era a Kelly Baker, la bella desconocida recién llegada a la ciudad que además era una excelente abogada capaz de sacarle de una situación complicada. La relación que en principio era exclusivamente profesional no tardó en convertirse en una apasionada aventura…

JILL MONROE
CÓMO SEDUCIR AL JEFE

Era la ayudante perfecta, o al menos lo fue hasta que accedió a que la hipnotizaran durante una fiesta. De la noche a la mañana, la eficiente y recatada Annabelle Scott se convirtió en toda una seductora que se pasaba el día pensando cuál de sus atrevidos atuendos sorprendería más a Wagner Acrom, su jefe.

N.º 547

ROCHELLE ALERS
HERIDAS DE AMOR

Renee Wilson necesitaba desesperadamente conseguir ese trabajo en la granja Blackstone. No podía marcharse, pero tampoco se atrevía a quedarse con el viudo Sheldon Blackstone, ni a negar el deseo que ardía dentro de ella cuando él estaba cerca. No pasaría mucho tiempo antes de que Sheldon admitiera que, con su vulnerabilidad y su encanto, Renee estaba destruyendo la coraza de hierro con la que protegía su corazón.

JAZMÍN.

JESSICA HART
CITA SORPRESA

Finn McBride, el jefe de Kate Savage, parecía sacado del mismísimo infierno; quizá fuera guapo, pero se pasaba el día entero pegado a su mesa. Sus amigas decidieron concertarle a Kate una cita a ciegas con un atractivo viudo. Pero cuando llegó al lugar de la cita ¡descubrió horrorizada que el hombre misterioso no era otro que Finn!

KAREN ROSE SMITH
UN CORAZÓN PROTEGIDO

Era alto, moreno y muy guapo; seguramente por eso Jed Sawyer estaba en boca de toda la ciudad, y Brianne Barrington era la última víctima de sus encantos. Ella andaba buscando al hombre perfecto mientras que él sufría una verdadera fobia hacia el compromiso. ¿Cómo una mujer que creía en el "felices para siempre" había conseguido arruinar sus planes de mantener una relación estrictamente profesional?

N.º 577

LUCY GORDON
EL HIJO DEL ITALIANO

El hombre con el que Becky Hanley había estado a punto de casarse acababa de volver a su vida. Habían pasado años, pero Luca Montese estaba más guapo y sexy que nunca y la atracción volvió a surgir entre ellos con una fuerza arrolladora. Pero entonces Becky descubrió que solo había regresado para tener un hijo con ella... y lo más sorprendente era que ella estaba embarazada.

BIANCA™

KIM LAWRENCE

LIBRES PARA EL AMOR

En medio del caos de una huelga de controladores en el aeropuerto, el soltero más cotizado de Madrid, Emilio Ríos, se tropezó con un antiguo amor, Megan Armstrong. En el pasado, Emilio se había doblegado a su deber como hijo y heredero, y se había casado con la mujer «adecuada», renunciando a Megan, que no era tan sofisticada.

Alejarse de ella había sido lo más difícil que había hecho en su vida, pero ahora que era libre, no iba a perder ni un minuto.

TORMENTA DE ESCÁNDALO

El corazón de Poppy se rompió siete años antes, cuando el aristocrático Luca Ranieri le dijo adiós, eligiendo el deber por encima del amor.

Ahora, Poppy se encuentra en el castillo de su abuela en Escocia, atrapada por una violenta tormenta de la que

N.º 483

también se ha refugiado un deliciosamente desaliñado Luca. Durante dos días, encerrados y solos en el castillo, Poppy vuelve a entregarle su corazón. Pero con el final de la tormenta llegará la realidad… y Luca deberá elegir de nuevo entre su deber y sus sentimientos por ella.

DESEO

A merced de Su Majestad

EL MANDATO DEL REY

JENNIFER LEWIS

N.º 228

El seductor rey Vasco Montoya era imparable. Tras enterarse de que la muestra que había donado en su juventud a un banco de esperma había sido utilizada, había decidido reclamar a su heredero y, por ende, a su encantadora madre. Stella Greco estaba decidida a proteger a su pequeña familia de aquel desconocido. Pero su vida dio un giro y no le quedó más remedio que recluirse en el reino de los Montoya para empezar de nuevo. Incluso antes de llegar, la magia del cuento de hadas de Vasco empezó a desplegarse. Claro que los finales felices no eran tan simples como un beso, por muy ardiente que fuera.

DESEO

Estaban separados por intereses contrapuestos...
y unidos por el deseo

UNA JUGADA
PERFECTA

KAREN BOOTH

N.º 2187

Paige Moss estaba abriéndose camino en el mundo del deporte con su agencia para deportistas femeninas de élite, pero el guapísimo Zach Armstrong, su rival más destacado, estaba dispuesto a robarle la clientela. Cuando se encontraron en una feria deportiva en Las Vegas para aclarar las cosas, la atracción que nació entre ellos condujo a una noche de pasión.

Y, a pesar de la rivalidad, no pudieron resistirse a mezclar los negocios con el placer...